［澳］格雷姆·辛浦生

（Graeme Simsion）＿著

郑玲＿译

The Rosie Project

罗茜计划

遇见一个合适的人有多难

湖南文艺出版社
HUNAN LITERATURE AND ART PUBLISHING HOUSE

博集天卷
CS-BOOKY

目录

宁可再等六周，也不愿意和这里的其他任何人发生关系。现在，你愿意让我请你喝一杯吗？"

第一章　寻妻难题

我或许已经找到破解寻妻难题的办法了。科学发展突破不断，回头想想，答案其实就在眼前。但若不是因为一连串计划外的事件，我恐怕还未能参透个中的玄妙。

这一切都缘起于吉恩。吉恩坚持要我去做一场有关阿斯伯格综合征的讲座，而这本该是他自己的任务。讲座的时间极为恼人。虽说准备工作可以趁着午餐时间边吃边做，但讲座的当晚我已经为自己安排了总长为94分钟的浴室清洁活动。现在我有三个选择，哪个都无法让人满意。

1. 讲座结束之后清洁浴室，但要牺牲睡眠，忍受随之而来的精神和肉体上的双重退化。

2. 将清洁活动推迟到下周二，但要忍受为期八天的不洁浴室和极高的染病风险。

3. 推掉讲座，牺牲与吉恩的友谊。

我把我的困境摆给吉恩看，他像往常一样给出了全新的解决方案。

"唐，我会雇个人给你打扫浴室的。"

我向吉恩解释——再一次解释——所有的清洁工都会出岔子，只有那个穿短裙的匈牙利女人可能是个例外。那个穿短裙的女人曾是吉恩家的清洁工，与吉恩和克劳迪娅闹了矛盾，一走了之了。

"我会把伊娃的手机号给你，别提我就是了。"

"她要是问起来怎么办？我怎么可能不提到你？"

"你就说找她是因为她是家政界唯一的好手。如果她提到我，就什么也别说。"

这结果倒是相当不错，它展示了吉恩解决社交问题的高超技能。伊娃会很受用对自己工作的肯定，也许还能因此成为我的固定清洁工，这样我的时间规划中就可以平均每周腾出316分钟了。

吉恩推掉讲座是因为得到了一次与在墨尔本参会的智利学者上床的机会。吉恩有个宏伟的计划，要与不同国籍的女性上床，国别越多越好。作为心理学教授，他对人类性吸引力问题有着异乎寻常的兴趣，他认为基因是决定吸引力的主要因素。

这倒是与吉恩遗传学的学术背景相符。在雇我成为博士后研究员68天后，吉恩被提拔为心理学系的系主任。这一任命颇有些争议，学校希望借此跻身进化心理学研究的领军行列，增强社会影响力。

我们同在遗传学系工作期间，有过无数次很有意思的讨论，这些讨论在他升迁之后也没有中断。仅凭这一点，就足以让我对我们的关系感到满意。吉恩还邀请我到他家吃饭，履行其他交友礼仪，终于在我们之间正式建立起了社交关系。他的妻子，临床心理学家克劳迪娅也成了我的朋友。这样我就有了一对好友。

吉恩和克劳迪娅曾一度试图帮我解决寻妻难题。但遗憾的是，他们的方法仍基于传统的约会范式。我早已抛弃了这一范式，因为成功概率之低远不足以抵消付出的辛苦和不堪的经历。我39岁，高大，健壮又聪明。作为一名副教授，我有着较高的社会地位和不错的收入水平。从逻辑上看，我应该对绝大部分女人来说都挺有吸引力的。在动物王国，我一定能够成功繁衍。

但是，我的某些特质根本无法吸引女性。结交朋友对我来说绝非易事，而造成这一现象的缺陷似乎也影响了我建立恋爱关系的进程。杏味雪糕之灾就是个好例子。

克劳迪娅朋友众多，她将我介绍给了其中一位。伊丽莎白是位高智商的计算机科学家，视力不大好，鼻上架着一副眼镜。我提到眼镜是因为克劳迪娅给了我一张她的照片，问我是否能接受她的眼镜。一个多么荒谬的问题啊！还出自心理学家之口！评估伊丽莎白是否适合做我的潜在伴侣——那个激发智力、共同活动，甚至可能共同繁衍后代的人——克劳迪娅考虑的首要问题竟然是我对她的眼镜框的反应，况且这镜框可能根本不是她自己挑选的，完全是验光师的主意。这就是我生活的世界。接着，克劳迪娅告诉我："她有点顽固。"好像这是个问题一样。

"基于实证的顽固？"

"应该是吧。"克劳迪娅答道。

太完美了。她其实也可以这么形容我。

我们在一家泰国餐厅见了面。餐厅是社交无能者的雷区，来到这种场合，我一如既往地紧张起来。开头却十分顺利，我们都按计划于晚上7点准时抵达餐厅。同步性的缺乏会造成时间上的巨大浪费。

我们熬过了晚餐的考验，她没有指出我任何社交上的错误。一边对话，一边注意着把目光停留在正确的身体部位可真是件苦差事。我一直把目光锁定在她隔着镜片的双眼上，吉恩建议我这么做。这使我在进食过程中产生了一些精确度上的误差，但她似乎并没有注意到。相反，我们在席间就仿真算法进行了成果颇丰的讨论。她太有意思了！我仿佛已经看到了建立永久关系的可能性。

侍者送上了甜点菜单，伊丽莎白说："我不喜欢亚洲式甜点。"

这种基于有限经验做出的概论基本上是不会牢靠的，或许我本应将其视为一种警示信号。但我还是为自己创造了一个提出创意点子的机会。

"我们可以去路对面吃雪糕。"

"好主意，有杏味的就行。"

至此，我认为自己表现得挺不错，丝毫没有意识到对杏子的偏好会成为一个问题。但我错了。雪糕店里选择众多，杏味的雪糕却卖光了。我点了一份辣味巧克力加甘草的双球雪糕，并邀请伊丽莎白选择她第二喜欢的口味。

"没有杏味的，我就不吃了。"

这简直难以置信。要知道，在味蕾受冷刺激之后，所有的雪糕尝起来都是差不多的，特别是水果味的雪糕。我推荐了杧果口味。

"不用了，谢谢。"

我向她详细阐述了味蕾受冷收缩后的生理机能，并且预言她绝对无法分辨出杧果雪糕和蜜桃雪糕。延伸到杏味雪糕，情况也是一样。

"它们是完全不同的，"她说，"如果你尝不出杧果和桃子，那就是你自己的问题。"

现在我们之间有了一个简单而客观的分歧，完全可以通过实验来解决。两种口味我各点了一小份，但就在店员备餐，我转身邀请伊丽莎白闭上眼睛参与实验的当口儿，她走掉了。好一个"基于实证"的计算机"科学家"！

事后，克劳迪娅建议我应该在伊丽莎白离开之前就放弃那个实验。显然如此。但在什么时候？信号在哪里？我没有注意到这些细微之处。我也不明白为什么想要成为某人的伴侣，对雪糕口味的模糊暗示保持高度敏感是一个先决条件。我想会有女人不要求这一点的，这假设合情合理，但找到她们的进程异常低效。杏味雪糕之灾赔上了我整个晚上，有关仿真算法的信息成了唯一的补偿。

两顿午饭的时间足够让我完成对阿斯伯格综合征讲座的研究和准备，还不用牺牲我的营养摄入，这完全要感谢医学图书馆的咖啡厅覆盖了无线网络。孤独症谱系障碍并非我的专业领域，所以我知之甚少。但这个课题本身十分有趣。我认为应该把讨论的重点放在综合征的遗传方面，这可能并非听众们熟悉的内容。大部分疾病都或多或少地与我们的DNA有关，尽管很多时候我们尚未认清这种关联。我自己的研究重点为肝硬化的遗传倾向，所以我大部分的工作时间都花在千方百计灌醉小白鼠上了。

许多专著和研究论文都讨论了阿斯伯格综合征的症状，我也由此得出了初步的结论：大部分症状都只能算是人类大脑功能的变异，仅仅因为不符合社会规范——人为构建的社会规范——就要接受医学治疗是不合理的。这些规范只反映了最为普遍的人类思维模式，绝非全部。

讲座定于晚上7点在一所近郊的学校举行。骑自行车过去大约要12分钟，还得要3分钟来启动电脑，连接投影仪。

我按照计划于6点57分抵达学校，27分钟前让伊娃，就是那个穿短裙的清洁女工，进了家门。教室门口和靠前的地方大约有25个人在转来转去，我一眼就认出了朱莉。她是讲座的召集人，如吉恩所说，是个"金发大胸妹"。但实际上，对比她的体重，她的胸部尺寸超过标准值不足1.5个标准差，所以胸部本不应被看作她显著的识别要素。而这要得益于她恰当的服装选择，将她的胸脯托高，露在外面，对于炎热的一月晚上来说特别适用。

我可能花了太长时间来确认她的身份，她一脸疑惑地看着我。

"你一定是朱莉吧。"我说。

"有什么可以帮您？"

很好，是个讲求实效的人。"是的，把视频连接线递给我。请递给我。"

"哦，"她说，"您一定是蒂尔曼教授吧。您能过来我太高兴了。"

她向我伸出了手，我挥手谢绝了她握手的要求。"请给我视频线，已经6点58分了。"

"放松，"她说，"我们从来都是在7点15分以后才开始。您要喝点咖啡吗？"

人们为什么总是对别人的时间如此漫不经心？现在我们不可避免地要陷入一番寒暄了。我本可以花上15分钟在家练习合气道的。

我的关注点一直集中在朱莉和教室前方的屏幕上。现在我环顾四周，发现还有19个人有待观察。这些人都是孩子，绝大部分是男孩，正坐在桌子旁边。他们应该都是阿斯伯格综合征患者。几乎所有的文献研究对象都是儿童。

尽管饱受病症的折磨，他们还是能比自己的父母更好地利用时间。家长们都在漫无目的地闲聊，而大部分孩子都在使用便携式的电脑设备。我猜他们大都在8~13岁之间。我希望他们认真上过科学课，因为我今天讲座的内容需要有一定的有机化学和DNA结构的基础知识。

我突然意识到还没有对有关咖啡的问题做出回应。

"不。"

遗憾的是，由于我的延迟回应，朱莉已经忘记了这个问题。"不要咖啡，"我解释道，"我从不在下午3点48分以后喝咖啡。这会影响睡眠。咖啡因的半衰期有3~4个小时，在晚上7点钟供应咖啡是极为不负责任的做法，除非谁要一直保持清醒，午夜之后才能入睡。这对任何从事常规工作的人来说，都会造成睡眠不足的。"我一直试图利用这段等待的时间提出一些实用的建议，但朱莉似乎对琐事更感兴趣。

"吉恩还好吧？"她问道。这显然是最常见的客套话"你好吗？"的一种变体。

"他很好，谢谢。"我答道。这是把最常规的答语转化为第三人称的答法。

"噢，我以为他病了呢。"

"除了体重超标六公斤，吉恩的身体十分健康。我们今早还一起跑步。他今晚还有个约会，要是生病了，就不可能去赴约了。"

　　朱莉反应淡漠，可回顾了我们之间的互动之后，我猛然意识到吉恩一定在为什么不能来做讲座一事上对她说了谎。这种谎言是为了照顾朱莉的感受，不让她觉得自己的讲座对吉恩来说无关紧要，也解释了为什么吉恩要委派一个不那么出名的演讲者来代替他。想要在别人等待你给出问题答案的短短时间内，既要厘清一个包含了欺诈与他人情感回应假定的复杂情形，又要给出一个看似合理可信的解释，基本是一个不可能完成的任务。但这恰恰就是人们希望你能做到的事情。

　　我终于设置好了我的电脑，讲座正式开始，晚了整整18分钟。若想在晚上8点钟准时结束，我需要把语速提升43%——这是一个完全无法达成的绩效目标。我们要延迟结束了，我整个晚上的计划都要泡汤了。

第二章　寻妻计划

我将讲座的题目定为"孤独症谱系障碍的遗传前兆"，还引用了一些很棒的DNA结构图。为了赶在计划时间内结束讲座，我的语速比平时稍快，但我只讲了九分钟就被朱莉打断了。

"蒂尔曼教授，在座的大部分人都不是科学家，所以您可能要少用一些术语。"这种事情简直让人恼火。人们可以肆意阐释双子座或金牛座的假定特征或是花上五天时间收看一场板球比赛，却没有兴趣，甚至不愿挤出一点时间去研究研究构成人类自身的基础性物质。

我按原计划讲了下去。临时调整已经来不及了，而且我相信一些听众已经获得了足够的信息来理解我的讲话内容了。

我说得没错。一只手举了起来，是一个大概12岁的男孩。

"你的意思是说应该并不存在单一的遗传标记，而是众多基因相互联系，并基于特殊组合形成聚集表达。对吧？"

完全正确！"还要加上环境因素。这与躁郁症的情况十分相似，就是说——"

朱莉再次打断了我："那么，非天才的听众们，我想蒂尔曼博士是在告诉我们阿斯伯格综合征是与生俱来的。这不是任何人的错误。"

"错误"这种用词令人震惊，作为权威人士，怎么能使用含义如此消极的词汇。我不能只专注于遗传问题了。这可怕的用词在我的潜意识中不断发酵，我的声音也不由得提高了许多。

"错误！阿斯伯格综合征根本不是一个错误。它是一种变异，甚至可能是巨大的潜在优势。阿斯伯格综合征让人更有计划性，精力更集中，拥有创造性思维和超然的理性。"

教室后方的一位女士举起了手。我一心扑在论证上，难免犯了个小小的社交错误，但我随即改了过来。

"后面那个女胖子——不，那位丰满的女士？"

她顿了一下，环顾四周，说道："超然的理性是否就是没有感情的委婉说法？"

"是同义词，"我答道，"感情会造成严重的问题。"

我决定举个例子来证明受感情支配的行为可能带来灾难性的后果。

"设想一下，"我说，"你和朋友们正躲在一间地下室里，敌人正在四处搜捕你们。每个人都要保持绝对的安静，但你的孩子正在大哭。""哇哇哇"，我模仿孩子的哭声，这能让我的故事更加生动可信，吉恩也会这么做的。我突然停了下来："你有一把枪。"

很多人举起了手。

朱莉猛地站了起来。我继续讲道："你的枪有消声器。敌人越来越近了，他们要把你们全杀了。你要怎么做？孩子开始尖叫……"

台下的孩子们迫不及待地说出答案。有人喊了出来："杀了那孩子。"很快，全场都咆哮了起来："杀了那孩子！杀了那孩子！"

那个提出基因问题的男孩叫道："杀敌人！"另一个人补充："伏击他们。"

更多的点子很快涌了出来。

"把那孩子当诱饵。"

"我们有多少枪？"

"捂住他的嘴。"

"不呼吸他能活多久？"

这和我预想的一样，所有的点子都来自阿斯伯格综合征"患者"。他们的父母没有给出任何建设性的意见，有些甚至想打压孩子们的创造力。

我举起手："时间到了。非常好。所有理性的解决方案都来自阿斯皮族①。其他的人都被感情捆住了手脚，完全无所作为。"

一个男孩突然大声喊道："阿斯皮族最牛！"虽然我已经在文献中列出了"阿斯皮族"这一缩写，但它对这些孩子来说似乎还是一个新词。这词好像很受欢迎，不一会儿这些孩子便跳上椅子，跳上桌子，对着空气挥舞拳头，齐声高喊："阿斯皮族最牛！阿斯皮族最牛！"就我掌握的资料来看，患有阿斯伯格综合征的儿童在社交场合通常都缺乏自信。成功地解决问题可能会暂时性地治愈这一病症，但他们的父母再一次拒绝给出积极的回应，向他们大吼，甚至想把他们拽下桌子。很显然，这些人更看重是否合乎社会传统，而非孩子们的进步。

---

① 原文为aspies，是Asperger's patients的缩写。

　　我想我已经明确表达了我的观点，朱莉也认为我们没有必要继续遗传的话题了。家长们似乎都在思考孩子们究竟学到了什么，没有与我进行任何深入讨论，便离开了。现在刚刚晚上7点43分。非常好的局面。

　　我开始收拾笔记本电脑，朱莉突然爆出一阵笑声。

　　"天哪，"她说，"我得去喝一杯。"

　　我不太理解为何她要与一个刚刚认识了46分钟的人分享这一信息。我也想回家小酌几杯，但这完全不需要知会朱莉。

　　她继续说道："你知道吗，我们从来没用过那个词。阿斯皮族。我们可不想让他们把这儿当成什么俱乐部。"一个本应该提供帮助与鼓励的人竟然说出了这样贬损的话。

　　"像同性恋一样？"我说。

　　"说得好，"她说，"但也有不同。如果他们不改变的话，是不可能建立起真正的关系的——他们永远也找不到另一半。"这倒是个合理的结论，我完全感同身受，因为在这一领域，我一直困难重重。朱莉换了另一个话题："你是说在某些方面——某些有益的方面——他们比非病患做得更好？除了杀死小孩。"

　　"当然了。"我很疑惑为何从事特殊人群教育的人无法从这些人身上的特质中看到价值和市场，"在丹麦，有一家公司专门招募阿斯皮族做计算机应用测试。"

　　"这我倒是头一次听说，"朱莉说，"你真是给我带来了一个全新的视角。"她盯着我看了一会儿。"有时间去喝一杯吗？"她把手搭到了我的肩上。

　　我本能地缩了一下。这绝对是不妥当的接触。如果我对一个女人做出同样的动作，是一定会惹上麻烦的，她没准儿直接向院长状告我性骚扰，我的事业可就完了。当然，没有人会因此而非难她的。

　　"不好意思，我已经有别的安排了。"

　　"不能不去？"

　　"真的不能。"在成功弥补了浪费掉的时间之后，我绝对不会再次让我的生活坠入混乱。

　　在遇到吉恩和克劳迪娅之前，我还有另外两个朋友。首先是我的姐姐。她是个数学教师，但对在该领域更进一步钻研并没有什么兴趣。她就住在附近，每周来看我两次，有时也不定时过来看看。我们一起吃饭，讨论一些琐事，比如发生在我们亲戚身上的一些事情，还有与同事的社交往来。每个月的某个周日，我们都会开车到谢珀顿一次，和父母、弟弟一起共进晚餐。她一直单身，可能是太过害羞，也没什么通常意义上的吸引力所致。由于一次恶劣的、不可原谅的医疗事故，她如今撒手人寰。

　　我的第二个朋友叫达夫妮，在结识吉恩和克劳迪娅之后，我们的友谊也同步并行了一段时间。达夫妮的丈夫罹患痴呆症，被送到了疗养院，她随后搬进了我家楼上的公寓。她的膝盖不好，肥胖症让情况更加恶化。她至多只能挪上几步路，但头脑很好，智商极高。我开始定期去看望她。她从未获得任何正式的资格认证，一直都在扮演着传统的主妇角色。我认为这完全是在浪费她的才华——特别是当她付出关爱却得不到后代回报的时候。她对我的工作十分好奇，我们开始了一个名为"教授达夫妮遗传学"

的计划。我俩都对这个计划十分着迷。

达夫妮开始定期到我家吃晚饭，因为给两个人煮一顿饭产生的规模经济要远远超过单独做两顿饭。每周日下午3点，我们都会去7.3公里外的疗养院看望她的丈夫。在往返14.6公里的旅途中，我会边推轮椅，边与她进行一些有关遗传学的有趣对话。在疗养院，我到一旁读书，她会与丈夫说说话。她的丈夫能理解多少真的很难判断，但很少是肯定的。

达夫妮的生日是8月28日，那正是瑞香花盛放的时节，她也因此得名[1]。每年生日，她的丈夫都会送上瑞香花。在她看来，这是件无比浪漫的事。她向我抱怨说，即将到来的生日将是她56年来第一个不能收到瑞香花的生日。解决方案再明显不过。她78岁生日当天，我用轮椅把她接到我的公寓共进晚餐，并买了一些瑞香花送给她。

她很快就识别出了这种味道，一下子哭了出来。我以为自己犯了大错，但她告诉我这是幸福的泪水。她也很喜欢我为她做的巧克力蛋糕，但感动程度完全不在同一个级别上。

晚饭期间，她发表了一个不可思议的声明："唐，你一定会成为一个好丈夫的。"

这和我的经历大相径庭，那些曾被我短暂吸引的女人最终都会拒绝我。我给她列举了一些事实——从我童年设想未来长大成家开始，到我放弃这个念头为止，越来越多的事实表明我可能根本不适合结婚。

她的论据倒是十分简单：每个人都有属于自己的另一半。从数据上来

---

[1] 瑞香花的英文为Daphne。

看，她基本上说得不错。但遗憾的是，我找到这个人的可能性微乎其微。但这还是对我的头脑造成了一定的干扰，就好像一道数学题总要找到答案一样。

她接下来的两个生日，我们都复制了献花仪式。达夫妮的反应不如第一次般强烈，但我也会给她买些其他的礼物——有关遗传学的书籍——她看起来十分高兴。她告诉我，生日一直是她一年中最喜欢的日子。这种观点在儿童中十分普遍，因为可以收到礼物，成人也会有如此想法倒是我没有想到的。

在为达夫妮第三次庆祝生日后的第93天，我们一起去疗养院看望她的丈夫。在路上，我们谈起她几天前读过的一篇遗传学论文，我发现她忘记了文中的好几个要点。这不是近几周来她第一次出现记忆问题，我很快意识到应该对她的认知功能进行一次测评。测评结果是她患了阿尔茨海默症。

达夫妮的智力水平下降得很快，没多久我们就无法再继续讨论遗传问题了，但我们还是在一起吃饭，去疗养院。达夫妮现在主要会谈及她的过去、她的丈夫和家庭，我大体可以总结出她婚姻生活的模样了。她仍然坚持我一定会找到合适的伴侣，和她一样过上极为幸福的生活。有一些补充性研究用事实支持了达夫妮的观点：已婚男人的确幸福感更高，寿命也更长。

有一天，达夫妮问我："我的下一个生日是什么时候？"我意识到她已经丧失了记录时间的能力。我想若是能让她的幸福感最大化，撒个谎也无妨。问题就在于如何能反季买到瑞香花，但情况顺利得超乎想象。我发现有一位遗传学家出于商业因素的考虑，正努力改变并延长花期。他可以为我常去的花店供货，我也可以为达夫妮举办虚拟生日晚宴了。从此，每当达夫妮问起我生日的问题，我就会重复这一流程。

最终，她也不得不住进了她丈夫所在的疗养院。随着她记忆能力的不断衰退，我们庆祝生日的频率越来越高，直到我需要每天都去看她。花店甚至给了我一张特别优惠卡。我计算了一下，按照举办生日晚宴的次数来看，她207岁时开始认不出我是谁，319岁时不再对瑞香花有任何反应，我也不再去看望她了。

我没有想到朱莉会再次联系我。和往常一样，我对人类行为的预测再一次出现了错误。讲座结束两天后的下午3点37分，我的手机显示了一个陌生的号码。朱莉留言要我回电，我想一定是那天我有什么东西落下了。

我又错了。她想要与我继续有关阿斯伯格综合征的讨论。我很高兴我的讲座可以产生如此巨大的影响。她建议我们共进晚餐，但这可不是个开展高效讨论的好方式。不过，考虑到我通常一个人吃饭，所以重新安排时间还是很容易的。背景资料研究是另外一个问题。

"你对什么话题比较感兴趣？"

"噢，"她说，"我想我们可以随便聊聊……相互了解一下。"

这听起来毫无重点可言。"我至少需要知道一个话题的大概范围。我讲的哪部分内容特别吸引你？"

"嗯……我猜是丹麦电脑测试员吧。"

"是计算机应用测试员。"这我可真要提前准备准备了，"你想了解些什么？"

"我在想要怎么找到他们。大部分患有阿斯伯格综合征的成年人并不知道自己有这样的毛病。"

这是个好问题。随机面试的做法对检测一个患病率不足0.3%的病症来说绝非高效。

我做了一个猜想。"我想他们会用问卷作为初步筛查的工具。"我还没有说完,就感觉头上灵光一闪——当然这只是一个比喻。

问卷!多么明显的解决方案啊。一份目的明确、科学有效的问卷配合当前的最佳实践,就可以筛掉那些浪费时间的女人、没有条理的女人、对雪糕有偏见的女人、抱怨视觉骚扰的女人、水晶球占卜师、占星师、贪恋时尚的女人、宗教狂热分子、严格素食者、看体育比赛的女人、鼓吹创世论的女人、抽烟的女人、对科学一无所知的女人、相信顺势疗法的女人。最终,在最理想的状态下,剩下那个最完美的伴侣。或者,现实一点,得出一份可控的决选名单。

"唐?"是朱莉,她还没有挂断,"你想什么时候见面?"

情况不同以往。优先顺序已经改变。

"不可能了,"我说,"我的日程表已经排满了。"

我要把我所有的可用时间都放到这个全新的计划上。

寻妻计划。

第三章　作弊事件

结束了和朱莉的通话之后，我立刻赶到了吉恩位于心理学系大楼的办公室，但他不在办公室里。幸好他的私人助理美艳海伦娜（其实应该叫碍事海伦娜才对）也不在，我顺利拿到了吉恩的日程表。依照日程表，吉恩目前正在上一堂公开课，下午5点结束，在5点30分的会议前还有一点空余时间。非常好。差一点就要缩短我早已计划好的健身时间了。我赶忙预约了这段空当。

在健身房，我比平时练得更快了些，砍掉了洗澡和更衣的时间，按时慢跑到阶梯教室，在员工入口外等候。炎热的天气加上运动让我流汗不止，但我觉得全身充满了力量，精神大好。手表的指针刚转向5点，我便大步走了进去。教室里很暗，吉恩正站在讲台上，滔滔不绝地回应着一个有关经费的问题，他显然已经忘记了时间。我推门的瞬间，屋子里漏进去一道光束。此刻，所有观众的目光都投向了我，好像在等我说点什么似的。

"时间到了，"我说，"我和吉恩还有会要开。"

人们即刻开始起身。我看到院长坐在第一排，旁边坐着三个商务打扮的人。我猜他们是潜在的项目资助人，而且绝非因为学术兴趣才选择资助灵长类动物性吸引力这样的课题。吉恩一直在四处寻找研究经费，院长也曾多次因为经费不足而威胁要缩编遗传学系和心理学系。我还没有进化到能够处理这类问题。

吉恩还在喋喋不休地讲着："我认为我的同事蒂尔曼教授已经提示了我们，应该另外找个时间好好讨论一下资金问题，这对我们正在进行的工作至关重要。"他看向院长和她旁边的几个人："再次感谢你们关注我的研究——当然还有我心理学系同事们的研究。"掌声响了起来，看来我打断得很及时。

院长和她的商界朋友们从我身边走过，她突然对我一个人说了句话："不好意思，耽误了你们的会议，蒂尔曼教授，但我肯定我们可以到其他地方筹钱了。"这是个好消息，但眼下吉恩身边围满了人，这可真是讨厌。一个缀满金属耳饰的红发女人正在跟吉恩说话，声音很大。

"我简直没法儿相信，你竟然利用公开课推销你自己的项目。"

"那你可真是来对了。多幸运啊，你终于改变了自己的信条。这是头一次吧。"

吉恩正在微笑，但那女人话中的敌意是清清楚楚。

"即便你是对的，何况根本不是，你难道不考虑一下社会影响吗？"

我为吉恩给出的答案所折服，并非因为他的意图，我知道他想干什么。让我折服的是他巧妙转换话题的能力，吉恩的社交技艺之高真是我永远无法企及的。

"这种话题更适合在咖啡馆讨论。我们不如找个时间喝杯咖啡，边喝边讨论。"

"不好意思，"她说，"我还有研究要做。你知道，要找证据。"

我挤进人群，一个高个儿的金发女人挡在了我前面，我可不想冒险做出任何身体接触。她操着一口挪威口音。

"巴罗教授？"她说道，巴罗教授也就是吉恩，"我无意冒犯，但您似乎过分简化了女权主义者的立场。"

"如果要讨论哲学，我们应该去咖啡馆谈，"吉恩答道，"五分钟后在巴里斯塔咖啡馆见。"

那女人点了点头，朝门口走去。

我终于能跟吉恩说上话了。

"你觉得她的口音是哪里的？"吉恩问道，"瑞典？"

"是挪威。"我说，"我觉得你已经收过一个挪威的姑娘了。"

我告诉他我们的讨论已经提前安排好了，但吉恩目前一心只想着和女人喝咖啡的事。大部分的雄性生物都被预先设定为性爱优先的模式，给一个不相干的人帮忙这种事一定会排在后面，更何况吉恩还有自己的"研究计划"提供额外动能。在此刻争论毫无意义。

"预约我下一个空闲时段。"他说。

美艳海伦娜大概整天都不在，我再次拿到了吉恩的日程表。我为了这次会面特意调整了自己的时间表。从现在起，寻妻计划将享受最高优先待遇。

第二天早上7点30分，我准时敲响了吉恩和克劳迪娅家的房门。此前，我调整了自己的日程，将"慢跑至市场选购晚餐食材"调整至早上5点45分。这就意味着我前一天晚上要早早睡下，也因此对其他许多预先安排好的事项产生了流动效应。

房子里传出了几声惊呼，他们的女儿尤金妮亚过来开了门。一如往常，尤金妮亚见到我很高兴，让我把她托到肩膀上，一路蹦到厨房。这很好玩儿。我不禁想到，或许我可以把尤金妮亚和她的哥哥卡尔也纳入我的朋友圈，这样我就有四个朋友了。

吉恩和克劳迪娅正在吃早餐，说他们不知道我要过来。我建议吉恩把日程表挂到网上，这样既可以及时更新日程，又可以让我避免与美艳海伦娜遭遇。他好像没什么兴趣。

我没有吃早饭，便从冰箱里拿了一罐酸奶。甜的！难怪吉恩会超重。克劳迪娅倒还没有体重超标，但我注意到她已经比以前胖了些。我指出了问题所在，并且认为酸奶可能就是罪魁祸首。

克劳迪娅问我是否喜欢那场关于阿斯伯格综合征的讲座。她还以为吉恩是主讲，而我只是个听众。我纠正了她的错误，并且告诉她我觉得这个课题十分吸引人。

"这些症状有没有让你想到谁？"她问道。

当然了。这些症状简直是物理学系拉斯洛·海韦希的完美写照。我刚要说起拉斯洛出名的睡衣事件，吉恩的儿子卡尔就走了过来。卡尔16岁，穿着一身中学制服。他朝冰箱走去，好像要打开它。突然，他猛地一转身，挥出一记重拳，朝着我的头部袭来。我抓住了他的拳头，轻轻一推，他结结实实地摔在了地上。如此，他便知道了要如何巧妙借力，而不是一味地使蛮劲。这是我们常玩的一种游戏。但他没有看到酸奶，现在它全都扣在了我们身上。

"待着别动，"克劳迪娅说，"我去拿块布。"

一块布可不足以擦干净我的衬衣。洗干净一件衬衣需要一台机器、去污剂、织物柔软剂，还有大量的时间。

"我去穿一件吉恩的吧。"我说着，朝他们的卧室走去。

我选了一件胸前带褶边的白衬衣，尺码大了许多。我回到厨房开始介绍我的寻妻计划，但克劳迪娅一直在忙孩子的事，无暇顾及。我感到很受挫，便预约了周六晚餐时段，并告诉他们这会是当天唯一的话题。

延迟讨论其实很及时，这给了我一些时间研究问卷设计，列出了一些我心仪的品质，并做了一份调查表草稿。当然，所有这一切都没有影响我完成教学与研究任务，也没有影响与院长的会谈。

周五上午，我们再次进行了一次不愉快的会面，原因是我上报了一位荣誉学生的学术欺诈行为。凯文·余已经被我抓到过一次了。在批改他最近一次的作业时，我发现有一句话和三年前的一位学生写得一模一样。

经过一番调查，那位学生如今是凯文的私人教师，那篇文章至少有一部分是出自他的手笔。这是几周前发生的事情。我上报了这一事件，正在等待按照正常程序进入处分流程。但显然，情况似乎要更复杂一些。

"凯文的情况有点微妙。"院长说。我们正坐在她商务风格的办公室里，她身穿一套商务套装，有配套的深蓝色衬衣和西装外套。吉恩说这样的服装能让她显得更强势。院长又瘦又矮，大约50岁，这衣服确实让她显得壮实些。但我实在不懂，在学术环境中，要一副大身板到底有何用。

"这是凯文的第三次违纪了，按照校规，他要被开除了。"她说。

事实清楚，处理明确。我试图找出院长所谓的微妙之处："是证据不够吗，还是他要提起法律诉讼？"

"都不是，这些都没有问题。但他的第一次违纪纯属无心之失。他从网上复制粘贴了一部分内容，被防抄袭软件检测了出来。那可是他的第一个学年，他英语又不太好，而且还有文化上的差异。"

我对他的第一次违纪情况并不了解。

"第二次是你举报他抄袭了某篇名不见经传的论文，偏巧你看过这篇论文。"

"没错。"

"唐，其他的老师都没有你这般……警醒。"

院长竟然赞美了我丰富的阅读量和奉献精神，这可真不常见。

"这些孩子可是花了大价钱来这里上学，我们也指望着他们的学费。我们当然不想让他们明目张胆地从网上抄袭，但是我们也得承认他们确实需要帮助，况且……凯文还有一个学期就毕业了。我们不能让他在这里学了三年半，连张文凭也拿不回家。这可不好看。"

"如果他是医学生呢？如果你去医院，主刀医生是个靠作弊混过考试的毕业生呢？"

"凯文不是医学生，考试也没有作弊，他不过是在一次作业中得到了一些帮助。"

看来院长恭维我完全是因为要促成一次不道德的行为。想要解决她的难题，做法很简单。如果她想要打破规则，把规则改掉就行了。我告诉了她我的想法。

我一向不擅长解读人类表情，院长脸上的表情我更是不熟悉。"我们不能树立起容许作弊的形象。"

"即便我们正在这么做？"

这次会谈让我既困惑又愤怒。一些重要的事情正处在紧要关头。如果学校以低下的学术标准出了名，我们的研究不被接受怎么办？人们会因为滞后的治疗手段而丧命。如果遗传学实验室雇用一个靠作弊拿到文凭的人，那人又犯了大错怎么办？院长似乎更看重别人的看法，而不是这些真正重要的事情。

我想象了一下与院长共度一生的场景，这可真是太可怕了。问题的症结就在于对形象工程的痴迷。我的问卷一定要无情地筛掉那些过度在意自己外表的女人。

第四章　八人约会

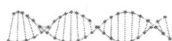

　　吉恩开了门，手里拿着一杯红酒。我在他家走廊停好自行车，取下背包，掏出寻妻计划文件夹，抽出给吉恩准备的草案。整个草案被我压缩进了双面打印的16页纸。

　　"放松，唐，我们有的是时间，"他说，"我们先吃上一顿文雅的晚餐，然后再看问卷。你如果想要约会，晚餐训练也是必不可少的。"

　　当然，他说得很对。克劳迪娅厨艺极佳，吉恩则有不少珍藏的红酒，按不同的产地、年份和制造商依次排好。吉恩邀我去他的"酒窖"——其实并不是在地下——展示他最新购入的佳酿，顺便又选了一瓶酒。餐桌上还有卡尔和尤金妮亚，借着和尤金妮亚玩记忆游戏，我躲过了寒暄的环节。她看到了我标着"寻妻计划"的文件夹，我一吃完甜点就把它放到了桌子上。

　　"你是要结婚了吗，唐？"她问道。

　　"是啊。"

　　"和谁结婚？"

　　我刚要解释，克劳迪娅就把尤金妮亚和卡尔赶回了自己的房间——做得好，反正他们也没有什么心得可以贡献。

我把问卷递给克劳迪娅和吉恩。吉恩给我们倒上波特酒。我介绍说这份问卷的设计遵循了最佳实践，涵盖了各类题设，比如多选题、利克特量表、交叉验证、情景模拟、代理问题等。克劳迪娅让我举个代理问题的例子。

"第35题：你吃动物肾脏吗？正确答案是'（c）有时吃'。这是用来测试饮食习惯的。如果直接问饮食偏好，她们就会说'我什么都吃'，之后你会发现她们其实只吃素。"

我意识到现在有很多论证都是支持素食主义的。但是，考虑到我本人吃肉，拥有一个非素食的伴侣，生活应该会更加便利。在目前这个初期阶段，先找到理想的解决方案，之后再视情况调整问卷似乎才是合乎逻辑的做法。

克劳迪娅和吉恩还在研读问卷。

克劳迪娅说道："约会这一条，我猜要选'（b）提早一点'。"

这显然是错的，同时也表明，即便是我的好朋友克劳迪娅，也并不适合做我的伴侣。

"正确答案是'（c）准时'。"我纠正道，"习惯性早到也会积聚成巨大的时间浪费。"

"我觉得提早一点可以接受，"克劳迪娅说道，"她可能是很想给你留下个好印象。这不是什么坏事。"

这观点挺有意思。我记了下来，准备回去考虑考虑，但"（d）晚一点"和"（e）非常晚"是绝对不能接受的选项。

“我想如果一个女人自认为‘厨艺十分精湛’，那她可能就有点自信过头了，”克劳迪娅说，“问她是否喜欢做饭就可以了。告诉她你也喜欢。”

这就是我想要得到的信息——那些未被我察觉的语言上的细微差别。如果填写问卷的人如我一般，那她就不会注意到这些差别，但要我所有的潜在伴侣都像我一般忽略这些细节，似乎不太合情理。

“不戴珠宝？不化妆？”克劳迪娅问道。她答得很对，最近一次与院长的会面直接促使我加上了这两道题目。

“戴珠宝并不等同于过度在意外貌，”她说，“如果你一定要问，删掉珠宝，留下化妆。但你可以问问她是否每天都佩戴珠宝。”

“身高、体重，还有身体质量指数，”吉恩看得更快些，“你不能自己算吗？”

“这就是我设计这道题的目的，”我说，“看看她们是否具备基本的算数能力。我可不想找上个数学文盲。”

“我以为你想要对她们的外貌有个大概了解呢。”吉恩说。

“有一道专门考察健康程度的题目。”我说。

“我是说性能力。”吉恩解释道。

“你不能再这样了。”克劳迪娅插进来说。吉恩一直在讨论性的问题，克劳迪娅的话好像是条奇怪的声明。但他有一点说得很对。

“我会加上有关艾滋病和疱疹的问题。”

“停，”克劳迪娅说道，“你真是太挑剔了。”

我刚开始解释患上不可治愈的性病会带来多么严重的负面影响，克劳迪娅就打断了我。

"什么事情你都太挑剔了。"

这种反应可以理解。但我的策略就是把造成第一类误差的可能性降到最低，即在不合适的候选人身上浪费时间。当然，这样做就难免会导致第二类误差的产生，即拒绝了合适的人。但是，这种风险是可以接受的，因为我的候选人数量十分庞大。

吉恩接着问道："不抽烟，可以。但喝酒这题的正确答案是什么？"

"滴酒不沾。"

"等一下，你可是喝酒的，"他指了指我刚刚满上的波特酒酒杯，"你喝得可不少。"

我解释说我也想通过这个题目提升自己。

我们一条一条继续看下去，我得到了一些相当不错的反馈。我的问卷里少了很多歧视性的内容，但我仍自信能够筛掉大部分过去给我带来过麻烦的女人。那个坚持要吃杏味雪糕的女人至少要答错五道题。

我的计划是在传统的约会网站上打广告，贴上问卷的链接，作为对身高、职业、是否喜欢沙滩漫步等常规歧视性信息的补充。

吉恩和克劳迪娅也建议我参加一些面对面的真人约会活动，以此提升我的社交技能。这种对于问卷的实地验证很有价值。因此，在收到线上回复之后，我就立即打印了几份，再次投身到我本想永久抛弃的约会进程中。

我最先注册了一个名为"八人约会"的网站，由一家商业相亲公司打理。在经历了一个明显数据不足且很不靠谱的初步配对流程之后，有包括我在内的四男四女收到了有关约会地点的信息，是一家城市餐厅，已经订了位。我带上四份问卷，于晚上8点准时到达了餐厅。只到了一位女士！由此可见，实地验证是多么重要。这些女人很可能会选择"（b）提早一点"或是"（c）准时"，但她们的实际行为根本南辕北辙。我决定暂时性地接受"（d）晚一点"，因为不能用单次事件以偏概全。我似乎听到克劳迪娅在我耳边说："唐，每个人偶尔都会迟到的。"

桌边还坐着两位男士，我们握了握手。我突然意识到这其实和武术比赛前相互鞠躬的礼仪异曲同工。

我开始评估我的对手。那个叫克雷格的男人和我年纪差不多，但超重，白色的商务衬衫紧巴巴地箍在身上。他留着小胡子，牙齿保养得很不好。另外一个叫丹尼，可能比我小几岁，看起来很健康，穿着一件白T恤。他的手臂上有文身，黑头发上留有某种美发产品的痕迹。

准时到达的女士名为奥利维娅，她起初（很合逻辑地）将注意力平均分配到三位男士身上。她自我介绍是一位人类学家。丹尼对人类学家的称谓感到迷惑，克雷格则开了一个有关俾格米人的种族主义玩笑。奥利维娅对他们的表现并不满意，即便对我来说都是再明显不过。能与比我社交能力还差的人同处一室十分难得，这让我很是享受。奥利维娅转向我，我刚刚回答了有关工作的问题，第四位男士——自称为格里的律师和两位女士——会计师莎伦和护士玛丽亚便出现了。当晚天气很热，玛丽亚穿了一条既清凉又明显展示性吸引力的裙子。莎伦则穿着常规的商务套装，西装西裤。我估计他们都和我年纪相仿。

奥利维娅继续和我聊天，而其他人则忙着寒暄——在要做出如此重大人生决定的紧要关头，这真是巨大的时间浪费。根据克劳迪娅的建议，我把问卷背了下来。她认为直接按照问卷提问会造成错误的"动态"，我应该把题目巧妙地融入对话中。我提醒过她，巧妙并非我的专长。她建议我不要询问有关性病的问题，并且自行估算对方的身高、体重和身体质量指数。我估计奥利维娅的身体质量指数为19：苗条，无厌食征兆。会计师莎伦的为23，护士玛丽亚的为28。推荐健康指数上限为25。

我没有直接问奥利维娅智商值，而是决定通过她如何回答南美洲原住民梅毒易感性变异的历史影响这个问题来判断。我们的谈话非常有趣，我甚至觉得可以把话题转移到性病上。她的智商值绝对已经超过我规定的最低值。律师格里做了一些在我看来应该是笑话的评论，最终只剩我们二人无人打扰，继续聊天了。

这时，最后一位女士姗姗来迟，迟到了整整28分钟。奥利维娅有些分神，我趁机在膝盖上把三份问卷填好。我没有浪费第四份问卷，因为最后到来的女人声称自己"总会迟到"。这似乎没有对律师格里造成任何困扰，这个每六分钟就要收一次费用的人理应十分看重时间的价值才对。但他显然更看重性，这让他听起来和吉恩越来越像。

迟到的女人出现之后，侍者送上了菜单。奥利维娅看了看，问道："南瓜汤里用的是蔬菜高汤吗？"

我没有听到侍者的回答。这个问题提供了重要的信息——素食者。

她可能注意到了我失落的表情："我是印度人。"

我之前就已经根据她的纱丽和体貌特征推断出她可能来自印度，但我无法判断"印度人"是指她的宗教信仰还是文化背景。我过去就曾因分不清这两者的区别而饱受诟病。

"你吃雪糕吗？"我问。这个问题应该非常适合在素食声明之后提出。接得漂亮。

"当然，我不是一个纯素食者。只要不加鸡蛋就可以。"

情况没有任何好转。

"你最喜欢什么口味？"

"开心果，绝对是开心果口味。"她微笑着回答我。

玛丽亚和丹尼到外面去吸烟。三个女人已经被排除了，那个迟到的女人也包括在内，我的任务基本已经完成了。

我点的羊脑送了上来，我一切两半，羊脑的内部结构便暴露在外。我拍了拍莎伦——她正在和种族主义者克雷格聊天——向她指了指羊脑："你喜欢吃脑子吗？"

全部出局，任务完成。我继续着与奥利维娅的谈话，她是个优秀的伙伴，甚至在其他几对都离开之后还另点了一杯喝的。我们又待了一会儿，聊天，直到餐厅的人都离开了。我把问卷放回背包，奥利维娅给了我联系方式，我记了下来，以免太过失礼。之后，我们便分道扬镳了。

骑车回家的路上，我一直在回想这次晚餐。这绝对是一种极度低效的筛选方法，但问卷的价值极大。若不是因为这问卷，我无疑会和奥利维娅约会第二次，她人好又有趣。也许我们还会约会第三次、第四次，甚至第五次，直到有一天餐厅的所有甜点都加了鸡蛋，我们到路对面去吃雪糕，发现没有不加鸡蛋的开心果味雪糕。在我们为情感关系投入之前看清这一切，总归是要好些。

第五章　闪电约会

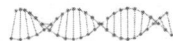

我正站在郊区一栋房子的门口，这房子总能让我想起父母在谢珀顿的贴砖木屋。我本已经下定决心再也不参加任何单身派对了，但我的问卷让我成功避免了与陌生人进行松散的社交互动带来的痛苦。

女性宾客纷纷到来，我给她们每个人发了问卷，要她们在派对上填好交还给我，或是随后寄还给我。女主人起初一再邀请我加入客厅的人群，但我向她介绍了我的策略，她便不再理会我了。两小时后，一位大约35岁、身体质量指数约为21的女士从客厅走了过来，单手握着两只装满酒的酒杯，另一只手里拿着问卷，那酒看着闪闪发亮。

她递给我一只酒杯："我想你一定是渴了。"她的法国口音很诱人。

我并不渴，但倒也愿意接受这酒精的馈赠。我已经决定，在找到不喝酒的伴侣之前，我坚决不会戒酒。而且，在进行了一番自我剖析之后，我认为喝酒一题选择"（c）适量"也是可以接受的。我赶忙记了下来，准备更新问卷。

"谢谢。"我以为她要给我问卷，而这很可能意味着我们交往的终结。她极具吸引力，手拿酒杯的姿势十分体贴，任何宾客，甚至是女主人都远不及她。

"你是个研究员吧，我说得对吗？"她轻敲问卷。

"没错。"

"我也是。"她说，"这里没有多少搞学术的。"尽管只靠举止和谈话内容就做出如此判断是很危险的行为，但我的结论也是如此。

"我叫法比耶娜。"她说着，伸出空着的手，我小心地握了握，施以适当的力度，"这酒真难喝，是吧？"

我同意。不过是些碳酸甜酒，只因含有些酒精成分才让人勉强下咽。

"我们去酒吧喝点好的吧？"她问道。

我摇了摇头。这劣质红酒虽然难喝，但尚且可以接受。

法比耶娜深吸了一口气："听着，我已经喝了两杯酒了，已经六周没上过床了。我宁可再等六周，也不愿意和这里的其他任何人发生关系。现在，你愿意让我请你喝一杯吗？"

这真是好意，但确实天色尚早。我答道："还有很多客人没有到。你再等一等，说不定能找到更合适的人。"

法比耶娜把问卷还给我，对我说："我猜时候到了，你会找到冠军的。"我告诉她我会的。她转身走了，我迅速扫了扫她的问卷。她果然答错了很多题目，真是令人失望。

我最后的非在线选项为闪电约会，我从未尝试过这一方法。

约会的地点设在一家酒店的宴会厅。在我的坚持下，主办方向我透露了真正的开始时间。我一直在酒吧等着时间到来，从而避免了无意义的交往。我来到会场，在长条桌最后一个空着的位子上坐下。对面坐着一位名叫弗朗西丝的女士，约莫50岁，身体质量指数约为28，不具备通常意义上的吸引力。

主办方摇铃，我与弗朗西丝的三分钟约会开始了。

我拿出问卷，草草写上她的名字——在这种情况下，实在没有时间注意细节。

"我已经将问题重新排序，把筛选速度最大化，"我解释道，"我相信在40秒以内就可以筛掉大部分不合格的女人。剩下的时间，可以由你来挑选话题讨论。"

"那说什么就不重要了，"弗朗西丝说，"我已经被筛掉了。"

"只是作为潜在的伴侣。我们仍然有可能开展有趣的讨论。"

"但我还是被筛掉了啊。"

我点点头："你抽烟吗？"

"有时抽。"她说。

我把问卷放到一边。

"很好。"我对重新排序的效果感到十分满意。否则，我可能会浪费时间讨论最喜欢的雪糕口味，还有化妆，到头来却发现她是个烟民。不消说，抽烟是坚决没有商量的余地的。"没有其他的问题了。你想讨论点什么？"

很遗憾，在我断定我们不合适之后，弗朗西丝也没有兴趣进行深入讨论了。剩下的约会全都沿着这个模式走了下去。

　　当然，这些人际交往都是次要的。我更仰仗互联网，我把信息挂到网上没多久，填好的问卷就不断涌了进来。我与吉恩在办公室开了一场审核会。

　　"有多少回复？"他问。

　　"279个。"

　　这数字让他印象深刻。我没有告诉他这些问卷的完成情况差异很大，有很多问卷并没有填完。

　　"没有照片？"

　　许多女人都附上了照片，但我把照片都在数据库显示中压缩了，腾出地方存储更重要的数据。

　　"让我看看那些照片。"吉恩说。

　　我更改了设置，允许显示照片。吉恩扫了几眼，在一张照片上双击。照片分辨率很高。他看起来很满意，但数据显示该候选人完全不适合我。我把鼠标移开，删掉了她。吉恩表示抗议。

　　"喂喂喂，你在干什么？"

　　"她相信占星术和顺势疗法。她的身体质量指数算得不对。"

　　"应该是多少？"

　　"23.5。"

　　"很好。你能恢复她的信息吗？"

　　"她完全不适合我。"

　　"有多少是适合的？"吉恩问道，终于问到了点子上。

　　"到目前为止，一个都没有。问卷真是一个好的筛选工具。"

"你不觉得标准定得有点太高了？"

我指出我是在为人生最重大的决定收集数据，妥协是完全不恰当的做法。

"你总是要妥协的。"吉恩说。这话从他的口中说出来真是不可思议，与他的实情也完全不符。

"你找到了一个完美的妻子。高智商，美艳无比，还能允许你去跟别的女人上床。"

吉恩建议我不要当面夸奖克劳迪娅的宽宏大量，还让我重复了一遍完成的问卷数。实际的数量更多，因为我没有算上纸质的问卷数。总数应为304。

"给我看看你的问卷，"吉恩说，"让我给你挑出几份来。"

"她们全都不合格。她们都有缺点。"

"就当作练习了。"

他说得很对。有好几次，我都想起了印度人类学家奥利维娅，想象与这个有着强烈雪糕口味偏好的素食印度人共同生活的场景。我一再告诫自己要耐心等待，直到最合适的伴侣出现，这才忍住没有联系她。我甚至重新审视了缺乏性爱的法比耶娜研究员的问卷。

我把电子表格用电邮发给了吉恩。

"抽烟的坚决不行。"

"好，"吉恩说，"但你要约她们出去，去吃晚餐，选一家像样的餐厅。"

吉恩大概看出我对此没什么兴趣，便聪明地给出了一个更不堪的选项来解决这一问题。

　　"教员舞会倒是常有。"

　　"餐厅。"

　　吉恩一脸微笑，仿佛是要弥补我缺失的热情："那很简单。跟我说：'今晚愿意跟我共进晚餐吗？'"

　　"今晚愿意跟我共进晚餐吗？"我重复道。

　　"你看，根本没有那么难嘛。赞美她们的外貌，付掉餐费，别提房事。"吉恩向门口走去，随即折了回来，"纸质问卷情况怎么样？"

　　我把八人约会和单身派对的调查表递给他，在他的坚持下，甚至把闪电约会上没填完的问卷也给了他。现在事态已经完全超出了我的控制。

第六章　外套事件

　　吉恩带着寻妻计划的全部问卷离开了我的办公室。约莫两个小时后，有人敲门，我正在批改学生的论文。改论文这种事没有引起什么非议，这大概是因为没人知道我是怎么做的。比起通篇阅读的无聊，我找了个取巧的法子，既省事又高效。评判一篇论文，我只看那些易于衡量的参数，比如有没有目录，封面页是手写还是打印等等。这些因素同样奏效，都能反映文章质量。

　　我赶忙把量表塞到桌子下面。门开了，一个不认识的女人站在那儿。她看起来大约30岁，身体质量指数为20。

　　"蒂尔曼教授？"

　　我的名牌就挂在门上，这实在算不得什么机敏的问题。

　　"正是。"

　　"巴罗教授让我来见您。"

　　吉恩的效率真是令人叹服。那女人向我的办公桌走过来，我细细地观察着她，似乎没有什么明显的不合适的征兆。我没有看到任何化妆品的痕迹。体态匀称，肤色看起来很健康。戴着粗框眼镜，不免让我回想起与杏味雪糕女士的不快经历。身着长款的黑色T恤衫，有好几处破洞，腰间的黑色皮带上缀着金属链子。幸好珠宝题已经被删掉了，因为她戴着硕大的金属耳环，脖子上挂着一颗有趣的坠子。

尽管我通常对着装毫不在意，但她似乎并不符合我对资深学者或教授夏日着装的期待。我只能猜她是自由职业者或是正在休假，不用遵守工作纪律，可以随意选择衣服。这一点让我很有共鸣。

很长一段时间，没有人打破沉默，我意识到这应该是我的分内之事。我把视线从吊坠上移开，想起了吉恩的指点。

"今晚愿意跟我共进晚餐吗？"

她一脸惊讶，答道："啊，对。共进晚餐？小顽童①怎么样？你请客。"

"非常好。我去订个晚上8点的位子。"

"你在逗我吧。"

这反应可真奇怪。我为什么要跟一个完全不认识的人开这样有迷惑性的玩笑？

"当然不是。今晚8点可以吗？"

"让我把这理清楚。你是要在今晚请我在小顽童吃饭对吧？"

继我的名字之后，她又提出了这样的问题。我不得不开始思考这女人或许就是吉恩所谓"不太聪明"的那一类吧。我突然想收回我的邀请，或者至少用点拖延战术，让我能看看她的问卷情况。但我实在找不出合乎社交规范的办法，只得确认她对我的邀请理解得完全正确。她转身离开了，

---

① 原文为Le Gavroche，餐厅名。

我猛然发现我连她叫什么都不知道。

我立刻给吉恩打了电话。他起初也有点发蒙，但很快就高兴起来。也许他并没有料到我能如此高效地约好候选对象。

"她叫罗茜，"吉恩说，"你只需要知道这个。好好玩儿。记住，莫谈房事。"

吉恩拒绝给我提供更多细节的做法很不明智，因为问题接踵而来。小顽童8点钟的位子已经没有了。我试图在电脑上找到罗茜的资料，也只有在这种时候，照片才起到作用。所有名字以"R"打头的候选人中，没有一个与造访我办公室的女人相似。她一定是填的纸质问卷。可吉恩已经走了，手机也关机了。

我不得不采取了一些非常手段，尽管算不上是严格的违法行为，但无疑是不道德的。但是，考虑到如果失约于罗茜会更不道德，便也释然了。小顽童的在线订位系统里有专门的贵宾专区，我用了一个不怎么复杂的黑客软件登录上去，以院长的名义订到了位子。

晚上7点59分，我到了餐厅。餐厅在一家大酒店里。外面大雨如注，我把自行车停在酒店门厅锁好。所幸天气不冷，我的戈尔特斯①外套也很好地保护了我，里面的T恤衫没染上半点潮气。

一位身着制服的男士走向我，指了指我的自行车。我赶在他开口抱怨之前抢先说道："我是劳伦斯教授，我于下午5点11分在你们的订位系统里预约了位子。"

---

① 原文为Gore-Tex，一种具有防水、透气功能的面料。

看来那工作人员并不认识院长，或者把我当成了另外一个劳伦斯教授，只是看了看写字板，点点头。我很欣赏他的高效率。尽管目前已经是晚上8点1分了，但罗茜还是没有出现。或许她选择"（b）提早一点"，已经进去坐下了。

但问题来了。

"对不起，先生，我们是有着装要求的。"那人说道。

这我知道。网站上挂着一行粗体字：男士须着外套入场。

"不穿外套就没饭吃，是吧？"

"差不多吧，先生。"

这种规定还能让我说什么？我已经做好准备，全程穿着我的外套了。餐厅因此应该装有空调，把室温保持在可以执行如此规定的温度。

我继续往餐厅里走，工作人员拦住了我的去路："对不起，我可能说得不够清楚。您必须穿外套入场。"

"我穿着外套呢。"

"先生，我们可能要求穿着更正式一点的外套。"

这位酒店的雇员暗示我他的外套才符合要求。为了捍卫我的观点，我找出了《牛津英语词典》（第二版缩印本）对"外套"的定义：1（a）适合上半身的外穿服饰。

同时，我还指出在我几乎全新、洁净无瑕的戈尔特斯"外套"的养护说明上也用了"外套"这个词。但在这位雇员的词典里，"外套"的意思似乎仅仅局限于"传统西装外套"。

"我们可以借给您一件，先生。符合要求的款式。"

"你们还提供外套？各种码数都有？"我没有点破他们之所以需要准备西装库存完全是咎由自取，没把规定讲清楚。真正有效的解决办法是提升文字水平或是干脆取消这劳什子的规定。当然，我也没有提起这些外套的购买和清洁费用都被均摊到了餐费中。他们的食客可否知道自己正在补贴一家西装仓库？

"这我倒也想知道，先生，"他说，"让我为您找一件吧。"

不消说，要我换上一件清洁度不明的公共衣物，让我十分不舒服。有那么一会儿，我快招架不住了，这情形真是毫无道理可言。第二次与一位可能成为终身伴侣的女士见面已经让我压力重重，眼下常规的习俗都发生了改变：我为晚餐付账——那个理应尽全力让我感到舒适的服务供应商却在肆意为难我。我的戈尔特斯外套，我那防护我于雨雪的高科技服装，正在承受荒谬的、不公正的阻拦，与酒店人员那件只能用来装点门面的羊毛同类比拼。我的外套价值1015美元，其中定制的黄色反光带就要120美元。我理了理思路。

"从任何合理的标准来看，我的外套都要优于你的：防水性、弱光环境下的可见性、存储能力。"我拉开拉链向他展示内侧的口袋，继续道，"速干性、防污性、兜帽……"

我不知不觉提高了音量，但那位工作人员的反应仍然难以解读。

"极强的延展力……"

在阐述最后一点时，我拉住了他的西装翻领。我本不想扯开它，但突然有人从后面抓住了我，想把我摔到地上。出于本能，我眼镜都没摘，直接使了一记相对安全的背摔制伏了他，并没怎么用力。当然，"没怎么用力"是对知道如何落地的习武者们来说的。这人显然不是，他重重地倒在了地上。

我转过身——那人块头很大，一脸怒容。为了避免暴力升级，我只得坐到了他的身上。

"快滚下去！我他妈要宰了你！"他叫嚣着。

在这种情形下，要满足他的要求简直就是不合逻辑。这时，另外一个男人凑了过来，想把我从他身上拉开。考虑到恶徒一号可能借此发动攻击，我别无选择，只能把恶徒二号也一并制伏了。没有人在打斗中受伤，但确实导致了异常尴尬的社交问题，我已经感受到自己的思考能力正在慢慢消失。

幸好罗茜赶到了。

西装男声音里满是惊喜："罗茜！"

显然，他认得罗茜。罗茜看了看他，又看了看我，说道："蒂尔曼教授——唐——这是怎么了？"

"你迟到了。"我说，"我们现在出了点社交问题。"

"你认识这个人？"西装男问罗茜道。

"你觉得呢，难道我还能猜出他的名字？"罗茜的话充满了挑衅的意味，这可不是最好的解决办法。我们应该做的明明是赶快道歉，尽早离开这个是非之地。我想我们肯定要换一家餐厅用餐了。

人群聚拢了过来，人数不多，但很有可能会再冲上来一个恶徒。我得想个法子在不放开之前两个恶徒的情况下，腾出一只手应战。在这个过程中，一个人戳到了另一个人的眼睛，他们的怒火一下子又蹿了起来。西装男说道："他打了詹森。"

罗茜怜惜道："是啊。可怜的詹森，总是受害的那一个。"现在，我可以好好打量她了。她穿着一条纯黑的素色长裙，黑色厚底靴，手臂上层层叠叠挂了许多银饰。她的红头发根根立起，好像某种新型仙人掌。我听过有人用"闪耀夺目"这个词来赞美女性，但这也是我头一遭真的被人闪花了眼。不单单是她的穿着打扮、她的首饰，或是她的个人气质，而且这些叠加起来的效果最终闪晕了我。我不能确定她的打扮能否被定义为美丽，甚至能否被这家餐厅接受，这可是一家连我的外套都会拒绝的餐厅。"闪耀夺目"绝对是最适合的词，她的所作所为更是如此。罗茜从包里掏出手机，转向我们。手机闪了两下，西装男过去把手机拿了过来。

"谁他妈能想到这样的场景啊，"罗茜说道，"这些照片实在太好笑了，你们这些家伙再也不敢站在门口了。教授收拾了保镖。"

罗茜说着，一个头戴厨师帽的人跑了过来，对西装男和罗茜说了几句话。罗茜便让我把那两个人放开。我想只要不再引起骚动，我们就应该可以离开了。我们三人全都站了起来，按照传统，我鞠了躬，向他们伸出手。我想他们一定是安保人员，只是在做分内的工作，还要承担受伤的风险。他们似乎并没有行礼的习惯，但其中一个人忽然笑了起来，抓住我的手握了握，另一个也照做了。这应该算是个好结果，但我一点也不想在这里吃饭了。

我取回自行车，和罗茜一起走到街上。我以为罗茜会很生气，但她一直在微笑。我问她是不是跟西装男认识。

"我以前在这里工作。"

"你挑了这家餐厅就是因为你比较熟悉？"

"可以这么说吧。我还想替他们说两句话呢，"她笑了起来，"可能也没那么想。"

我告诉她，她的解决办法很不错。

"我在酒吧工作，"她说，"不是什么普通的酒吧，是昆斯伯里侯爵酒吧。我天天和一群浑蛋打交道，赚钱糊口。"

我同时指出，如果她当时按时出现，就可以充分利用社交技能，避免暴力行为的发生。

"那我可真庆幸自己迟到了。你练的是柔道吧？"

"合气道。"我们穿过马路，我把自行车推到另一侧，夹在我和罗茜之间，"我空手道也练得不错，但合气道更好。"

"不可能吧！那岂不是要花上一辈子时间练习？"

"我七岁开始练习。"

"你多久练一次？"

"除了生病、公共假期或是出国参会以外，每周练习三次。"

"你是怎么开始的啊？"罗茜问道。

我指了指我的眼镜。

"书呆子的复仇。"她了然道。

"这是我毕业以来第一次用它防身，主要是当作锻炼。"我放松了一些，罗茜的话也让我有机会把对话引导到寻妻问卷的试题上，"你经常锻炼吗？"

"那要看你怎么定义经常了。"她笑道，"我可能是整个地球上最不健康的人了。”

“锻炼对保持健康来说至关重要。”

“我爸爸也是这么说的。他是个私人健身教练，总是让我去锻炼。他送了我一张健身卡当生日礼物，他自己健身房的会员卡。他总觉得我们应该一块儿练习铁人三项。”

“你还是应该听取他的建议。”我说。

“我都快30岁了，我不需要爸爸来告诉我要干什么。”她换了个话题，“听着，我饿了，咱们去吃比萨吧。”

在经历了上述的惨剧之后，我完全没有准备好到餐厅用餐。我告诉她我更想调整回最初的计划，即在家做饭。

“够两个人吃吗？”她问道，“你还欠我一顿晚餐。”

确实如此，但今天已经发生了太多计划外的事件了。

“来吧。我不会挑剔你的厨艺的。我宁可饿死，也不会做饭。”

我倒是不担心她挑剔我的厨艺，但不会做饭这一点已经是罗茜到目前为止在寻妻问卷中答错的第三道题目了。前两道是迟到和缺乏锻炼。第四道基本也是板上钉钉了：她侍者和吧女的职业表明她的智力水平应该很难达标。根本没有继续下去的必要了。

我还没有来得及提出抗议，罗茜就已经拦下了一辆出租车。一辆小型商务车，足够放下我的自行车。

“你家住哪儿？”她问道。

第七章　罗茜时间

"哇，整洁先生，你家墙上怎么连幅画都没有？"

自从达夫妮搬走后，就再也没有访客来过我家。我知道我只需要多拿出一套碗碟和餐具即可。整个晚上都充满压力，外套事件结束后，由于肾上腺素激发的兴奋感已经烟消云散，至少我是这样。罗茜却似乎一直保持着这种躁狂状态。

我们眼下正在客厅，客厅与厨房相连。

"因为我很快就会忽略它们。人脑的构成方式让人们只能注意到环境上的差异，这样才能很快发现掠食动物。如果把照片或是其他的装饰物挂到墙上，我可能只能注意上几天，然后大脑就会自觉忽略它们。如果我想欣赏艺术品，我会去画廊。那儿的画作质量更上乘，整体投入在时间上的花费要远低于一张劣质招贴画的价钱。"实际上，我上一次去画廊的时间是三年前的5月10日。这条信息会削弱我的论点，所以我认为没有必要告诉罗茜，让我的个人生活遭受审问。

罗茜继续她的巡视，现在正在检查我的唱片收藏。这种行为愈发恼人。晚饭已经迟了。

"你还真是喜欢巴赫呀。"她说。这是个合理的推论，因为我的唱片收藏里只有这位作曲家的作品，但它并不正确。

"我在读过道格拉斯·霍夫施塔特（Douglas Hofstadter）的《歌德尔·艾舍尔·巴赫》之后，便决定专注研究巴赫。但遗憾的是，尚未有什么进展。可能我的头脑还不够敏捷，不足以解码音乐形态。"

"你不是为了娱乐而听？"

这听起来有点像我和达夫妮刚开始共进晚餐时的对话了，我没有回答。

"你用iPhone①？"她问道。

"当然。不过我不是用它来听音乐，我用它下载播客。"

"让我猜猜——有关遗传学的播客？"

"科学类的都可以。"

我到厨房开始准备晚饭，罗茜尾随我过来，在日程白板前停住了脚步。

"哇！"她再一次惊叹。这种反应已经完全可以预见了。我倒是想看看她会对DNA或是进化论做出什么反应。

我从冰箱里取出蔬菜和香草。"我来帮忙吧，"她说，"我可以切切菜什么的。"她的话好像把切菜当成了一个对菜谱毫不了解的烹饪门外汉都能轻松做好的事情。当她表示即便饿到生命垂危也不会做饭之后，我似乎都可以预见大段大段的韭菜和细到无法过滤的香草碎屑了。

---

① 苹果公司研发的智能手机。

　　"我不需要帮忙，"我说，"建议你去找本书读读。"

　　我目送罗茜走到了书架前，她略略地翻了翻，便走开了。也许她用惯了IBM而非Mac软件，但两者的操作方法大体相同。

　　音响系统有iPod①接口，一般我都会在做饭时放播客来听。罗茜插上她的手机，音乐通过扬声器传了出来。声音并不大，但我敢肯定如果我在别人家做客时，未经允许就打开播客来放，一定会被指责犯了社交错误。这一点我非常确定，因为在四年零六十七天前的晚宴上，我正是犯了同样的错误。

　　罗茜继续着她的探索，好像小动物到了新环境中。没错，她就是那样的一头小兽。她打开百叶窗，拉上去，扬起了一些灰尘。我自觉对清洁工作要求严苛，但由于我平日不会打开百叶窗，自然在接触不到的边边角角会积上些灰尘。百叶窗后面是一扇门，罗茜拉开门闩，推了开来。

　　这种破坏个人环境的行为让我很不舒服。我强迫自己把注意力集中在准备食物上，罗茜则迈步阳台，消失在我的视线范围内。我能够听到她拖拽两大盆植物的声音，这些植物多年来疏于照料，应该已经枯死了。我把蔬菜和香草混合放到一个大炖锅里，加上水、盐、白米醋、甜米酒②、橘子皮和香菜籽儿。

　　"我不知道你在做什么，"罗茜叫道，"但我基本是吃素的。"

　　吃素的！我已经开始烹饪了啊！按照我自己吃饭的食谱买的材料。而

---

① 苹果公司研发的便携式多功能数字多媒体播放器。

② 原文为mirin，一种日式调味料。

且"基本"又是什么意思——代表了一定程度的灵活性吗？好像我的同事埃丝特一样，她只有在被严格盘问时才会承认，如果实在别无他法，她也会吃猪肉保命的。

素食者和严格素食者真是让人火大。吉恩说过一个笑话："如何判断一个人是否是素食者？只消等上个十分钟，他会自己告诉你的。"如果真是如此，可真能省了不少麻烦。不！素食者来吃晚饭，到了才会说："我不吃肉。"这可是第二次了。六年前发生过一场猪蹄之灾，那次也是吉恩建议我邀请一个女人回家吃饭。他说我的烹饪技术能为我加分不少，也免去了在餐厅就餐的压力。"而且你们还可以放开了喝酒，晕晕乎乎就晃到了卧室。"

那女人名叫贝萨妮，她的在线档案里丝毫没有提及吃素的事。我深知当晚饭菜的质量至关重要，便从图书馆借了一本新出版的菜谱《从头到尾》，打算多做几道菜，涵盖动物的各个部位：脑子、舌头、肠子、胰脏和肾脏，等等。

贝萨妮准时出现了，看起来心情不错。我们喝了杯酒，但接下来的情况急转直下。第一道菜是工序极为复杂的炸猪蹄，贝萨妮却没吃几口。

"我不太喜欢吃猪蹄。"她说。这倒不是完全不能理解：每个人都有饮食偏好，她可能只是怕胖或是胆固醇超标。但当我为她介绍菜单时，她却突然宣布自己是个素食者。简直难以置信！

她提出到外面去吃晚饭，但我准备了那么久，实在不想浪费这些食物。所以，我便独自吃了饭，也再没见过贝萨妮。

现在又轮到罗茜了。现在情况可能稍好些。如果罗茜离开，我的生活就能回归正常。她显然没有如实填写问卷，或是吉恩弄错了。要么他就是单纯因为罗茜极高的性吸引力而选中了她，把他自己的喜好强加于我。

罗茜回到室内，看着我，好像在等待什么回应。"海鲜没问题，"她说，"只要是环保的就行。"

我的心中五味杂陈。找到解决方案让我满意，但那就意味着罗茜要留下吃饭了。我走向浴室，罗茜跟了过来。我从浴缸里捞起正在里面爬来爬去的龙虾。

"哦，天哪！"罗茜惊道。

"你不喜欢龙虾？"我拎着虾返回厨房。

"我喜欢，但是……"

我知道问题何在了，我对此表示同情。

"你觉得杀掉它的过程让人很不舒服。我也同意。"

我把龙虾放进冰箱，告诉罗茜我已经做过了相关研究，冷冻法被认为是处死龙虾最为人道的办法。我还给她提供了一个网址做参考。

龙虾慢慢死去，罗茜继续四处乱转。她打开储藏室，里面规划齐整，让她印象深刻：一周七天，每天都有单独的一层，另有独立区域存放常用材料、酒、早餐等，库存数据挂在门后。

"你愿意来我这儿，帮我整理整理吗？"

"你想要施行标准用餐体系？大部分人觉得它挺怪的，但确实非常有好处。"

"清理清理冰箱就行了，"她说，"我猜你准备的是周二的食材吧？"

我告诉她因为今天就是周二，所以完全没有猜的必要。

她递给我海苔片和鲣鱼片，我还需要放在常用材料区的澳大利亚坚果油、海盐和胡椒研磨器。

"还有黄酒，"我补充道，"在酒那一层。"

"自然应该在那儿。"罗茜说。

她把黄酒递给我，接着开始研究别的酒瓶。我只买小瓶装的酒。

"所以你每周二都吃一样的东西，对吧？"

"没错。"我列举了标准用餐体系的八大好处。

1. 不需要频繁购买新菜谱。

2. 购物清单标准化——实现高效购物。

3. 基本零浪费——除非个别菜谱需要，冰箱里和储藏室里都不用存放任何多余食材。

4. 合理膳食，营养均衡。

5. 不用浪费时间考虑吃什么。

6. 不会失误或是引起令人不快的意外。

7. 高品质的食物，比在餐厅吃得好还花钱少（可参见第3点）。

8. 极低的认知负荷。

"认知负荷？"

"烹饪的流程已经在我的小脑里了，所以完全不需要任何刻意的努力。"

"就像骑自行车一样？"

"是的。"

"你不用想就可以做好龙虾？"

"龙虾，杧果鳄梨沙拉配芥末飞鱼子和香脆海苔，用炸韭菜装饰。没错。我正在给鹌鹑去骨，这还是要小心一些的。"

罗茜在一旁笑了起来，这不免让我想起了在学校的日子。那些好日子。

我到冰箱取调味料，罗茜挤了过来，把两瓶沙布利酒①放在了龙虾旁边。

"我们的晚饭看来不动了。"

"还得再冻一段时间才能确保它死透了。"我说，"遗憾的是，西装闹剧打乱了备餐时间表。所有的时间都得重新计算了。"那时我突然意识到，我应该一到家就把龙虾放到冰箱里，但当时我的脑子里全都是罗茜的到来可能引起的麻烦。我走到白板前开始重新修订时间，罗茜则在一旁研究配料。

"你要自己把这些都吃完？"

"自从达夫妮离开后，我还没有修订过我的标准用餐体系。现在每周二我都要独自吃完一整份龙虾沙拉，所以只能取消酒精摄入以抵消超标的卡路里。

"这个量足够两个人吃，"我说，"食材的量不能缩减，因为活龙虾可没法儿分成一块一块的卖。"我刻意说了个小笑话，罗茜果然笑了起来。我又一次感受到了这种突如其来的良好感觉。我继续算着时间。

罗茜再次打断了我："如果依照你正常的时间表，现在应该是什么时间？"

---

① 原文为chablis，一种法国产的白葡萄酒。

"晚上6点38分。"

炉子上的时钟显示的是晚上9点9分。罗茜拨动控件，开始调整时间。我知道她想做什么了，完美的解决方案。她调好时钟，显示晚上6点38分。这样就无须重新计算时间了。她的想法让我很欣喜。"你刚刚创造了一个全新的时区。晚餐将在晚上8点55分准备好——罗茜时间。"

"这可比算数好多了。"她说。

她的话给了我另一个提出寻妻问卷题目的机会："你觉得数学很难吗？"

她笑了："这是我做过的最难的事，快把我弄疯了。"

如果算账单这样简单的计算都能让她无所适从的话，那我简直无法想象如何与她展开任何有意义的讨论。

"你把开瓶器藏哪儿了？"

"周二不喝酒。"

"去他的吧！"罗茜骂道。

罗茜的回应确实有一些逻辑。我今晚只会摄入一人份的晚餐。这可是把今晚的计划全盘丢弃的最后一步。

我宣布改变开始了："时间已经被重新定义了，先前的规定不再有效了。因此，在罗茜时区，酒精被定义为强制摄入品。"

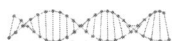

第八章　生父问题

　　晚餐已经准备妥当，罗茜摆好了餐桌，不是平日那张放在起居室的餐桌，而是阳台上一张临时搭起来的桌子——没有了枯萎植物的两个巨型花盆，架着从厨房墙面上取下来的白色木板，一块从毛巾柜里扯出来的白布单充当了桌布。银质餐具——我父母送的乔迁礼物，至今没有用过——还有带花纹的红酒杯，全都放在了桌上。她正在毁掉我的家！

　　我从未想过要在阳台上吃饭。雨从傍晚开始落下，现在已经停了。我端着晚餐走出来，室外温度大约为22摄氏度。

　　"我们现在就开饭吗？"罗茜问道。真是个古怪的问题，她可是几小时前就声称自己饿了。

　　"也不一定，菜也不会冷了，原本就是冷的。"我知道自己听起来有点怪，"有什么要推迟的原因吗？"

　　"城里的灯。这景色多美啊。"

　　"很遗憾，那都是静态的。看过一次，就不用再看第二次了。像画一样。"

　　"不，它时时刻刻都在变。清晨时什么样？下雨时什么样？你坐在这儿看时又是什么样？"

　　我想不出让她满意的答案。刚买下这房子的时候，我曾经注意过，在不同条件下，景色变化其实并不大。我仅有几次在阳台上落座的经历，要么是在等人，要么是在思考问题。在这种时候，趣味性过强的周遭环境会让人分神。

　　我挤到罗茜旁边，为她添满酒。她笑了笑。我差不多能肯定她抹了口红。

　　我试图创造出一种可复制的标准化餐食，但很显然，食材的质量周周不同。今天的食材质量分外好，龙虾沙拉从未那么好吃过。

　　我还记得社交的基本规则，让女性介绍自己。我记得罗茜曾经提起要在吧台搞定难缠的客人，便请她具体讲一讲。这一招儿效果极好。她讲了好几个搞笑的故事，我从中偷师了一些社交技巧，将来可能会派上用场。

　　我们吃完龙虾，罗茜打开包，拿出了一盒香烟！我该怎么表达我的恐惧？吸烟不仅会损害自身的健康，还会危及旁人。这绝对是不明智的生活方式。所以，我有充分的理由把吸烟与否列为寻妻问卷的第一道题目。

　　罗茜一定是注意到了我的紧张："放轻松，我们在室外。"

　　争论毫无意义，因为今晚之后我不会再与她见面。火苗荧荧，她把打火机凑近那人造红唇夹着的香烟。

　　"我有一个有关遗传的问题。"她说。

　　"继续。"我终于回到了熟悉的世界。

　　"有人说你可以依据一个人的睾丸大小判断他是否遵从一夫一妻制。"

　　生物学中有关性的内容总是会见诸报端，所以这问题也不如它听起来那般蠢，但是它确实反映了一种典型的误解。这个问题可能多少有些性暗示的意味，但我决定打安全牌，就事论事。

"太可笑了。"我说。

罗茜似乎对我的回答很是满意。

"你真是个幸运星，"她说，"我赌赢了。"

我继续讲下去，但罗茜脸上满意的神情渐渐消失了。我猜她把问题表述得过于简单，而我的细致解答与她对手的观点应该基本一致。

"从个体层面来看，也许确实存在一些相关性，但是否成规律，则要对照整个物种去看。现代智人大体上都遵从一夫一妻制，但在策略上是不忠的。男性要让尽可能多的女性受孕，因而获得好处，但只抚养一个支系的后代。而女性则要为她的孩子选择最优质的基因，还需要一个男性把他们抚养成人。"

我才刚刚进入习以为常的讲师角色，罗茜就打断了我。

"那睾丸呢？"

"睾丸尺寸越大，产生的精子就越多。实行一夫一妻制的物种只需要伴侣拥有足够的精子量即可。而人类的需求更多一些，好以此利用随机产生的交配机会，击败最近的其他入侵者的精子。"

"很好。"罗茜说。

"不尽然。这样的行为更适合祖先们生活的时代，现代社会还有更多的附加要求。"

"没错，"罗茜回应道，"像是要陪伴你的孩子。"

"是的，但本能的力量不可想象。"

"你倒是清楚。"罗茜说。

我开始解释："本能是一种表达方式——"

"我只是随口一说。"罗茜打断我，"这种事情我经历过，我妈妈在她的医学院毕业晚会上就去选购基因了。"

"这些行为通常都是无意识的，人们不会特意——"

"我知道。"

我怀疑。非专业人士通常会曲解进化心理学界的发现。但她的故事倒是挺有意思。

"你是说你的母亲曾与主要约会对象之外的人进行过没有安全措施的性行为？"

"和一些别的学生，"罗茜答道，"当时她正在约会我"——这时罗茜抬起了手，用双手的食指和中指做了两次向下的动作——"父亲。我真正的父亲是一个医生，但我不知道谁才是我真正的父亲。真的，这真的让我很生气。"

我被她手部的动作迷住了，两人一阵沉默，我试图解读这一动作。这是一种因为不知父亲是谁而压力重重的标志吗？如果是的话，我倒不大眼熟。但为何要在那个时候强调她的讲话内容？对了！标点符号！

"引号！"这个想法击中了我，我不免叫了出来。

"什么？"

"你在说到'父亲'的时候做了一个引号的手势来强调这里的'父亲'不是平常的意思。太聪明了。"

"好吧，你说得对。"她说，"我以为你刚刚是在思考我该死人生里头的这个小岔子，还以为你会有什么高见。"

我纠正了她："这根本不是小岔子！"我在空中戳了个点，代表感叹号。"你应该坚持问个明白。"我用同一根手指捅了一下空气，这是个句号。这真好玩儿。

"我妈妈死了。我10岁时，她出了车祸。她从来没有告诉过任何人我父亲是谁——连菲尔都不知道。"

"菲尔？"我没想出表示问号的手势，暂时放弃了这个游戏。现在没有时间做实验。

"我的"——抬手，摇指头——"父亲。要是告诉他我想知道答案，他准会气疯的。"

罗茜喝光了杯子里的酒，又满上。第二瓶酒已经见底了。她的故事纵然伤感，但绝非罕见。虽然我与父母仍保持着礼节性的常规联系，但我认为他们几年前就对我失去了兴趣。我能自食其力以来，他们的义务就结束了。罗茜的处境略有不同，因为她的继父。我从遗传学角度给出了意见。

"他的行为完全可以预见。你没有他的遗传因子。雄性狮子接管狮群之后，会把非亲生的幼崽都杀掉。"

"谢谢你提供的信息。"

"如果你有兴趣，我还可以给你推荐一些延伸阅读材料。作为一个吧女，你看起来倒是挺有智慧的。"

"溢美之词源源不断啊。"

看起来我表现得还不赖，我允许自己将这满意的时刻与罗茜一起分享。

　　"那太好了。我并不擅长约会，有太多条条框框要遵守。"

　　"你表现得还可以，"她说，"除了一直盯着我的胸部以外。"

　　这种回应让人沮丧。罗茜的服装暴露了大片肌肤，我一直在克制自己的视线。

　　"我刚才在看你的吊坠，"我说，"很有意思。"

　　罗茜立刻用手遮住了它："吊坠上有什么？"

　　"伊希斯神[①]，还有一行字：Sum omnia quae fuerunt suntque eruntque ego. '过去、现在和未来，皆集于我一身。'但愿我拉丁文念得没错，字刻得很小。"

　　罗茜似乎挺满意："我今天早上戴的吊坠什么样？"

　　"一柄小短剑，缀着小小的三块红石头和四块白石头。"

　　罗茜喝完手中的酒，陷入了沉思，但想的竟全是些肤浅的问题。

　　"再来一瓶吗？"

　　我有点被惊到了，我们的酒精摄入量已经达到了推荐量的最高值。另外，她还抽烟，明显对健康问题满不在乎。

　　"你还想再喝点？"

　　"没错。"她的声音怪怪的，好像在模仿我。

　　我又到厨房挑了一瓶酒，并且决定减少第二天的酒精摄入量以期弥补。我瞥了一眼时钟：晚上11点40分。我抓起电话，预约了一辆出租车。幸运的话，车子可以在午夜前赶到，也就无须缴纳夜间附加费了。我打开

──────────

① 伊希斯（Isis），古代埃及女神。

一瓶小瓶装的设拉子酒[①]，和罗茜一起边喝边等。

罗茜还想继续有关生父问题的讨论。

"你觉得我们体内是否可能存在某种所谓的遗传动因，让我们一直想要知道自己的父母是谁？"

"对父母来说，认清自己的孩子至关重要，这样才能保护他们的遗传基因携带者。幼儿也要具备定位父母的能力，以此来获得这种保护。"

"也许是这种技能的延续。"

"应该不是，但也并非没有这种可能。我们的行为受本能影响很大。"

"你看，不管你到底想说什么，你已经把我搞迷糊了。脑子里一团乱。"

"你为什么不直接去问问那些候选人？"

"'亲爱的医生，您是我的父亲吗？'我可不会这么干。"

我想到了一个点子，这点子对我们遗传学学者来说应该如条件反射一般。

"你的发色很不常见，可能——"

她笑了起来："这种红色可不是遗传。"

她一定是看出了我的困惑。

"这种颜色只能靠小瓶子。"

我明白她的意思了，她故意将头发染成了无法自然生成的亮红色。难以置信。我竟然从未想到过要将染发问题也加入我的问卷。我在脑子里记下了这一点。

---

① 原文为shiraz，一种产自法国、澳大利亚等地的葡萄酒。

门铃响了。我没跟她提起出租车的事，所以好像突然下了逐客令。她匆匆喝干了酒，直直伸出手，看来我不是唯一觉得尴尬的那个。

"那么，"她说，"今晚到此结束。好好生活。"

这是一个非常规的晚安问候。我想还是遵循传统更好。

"晚安。我很享受今晚的时光。"我补充道，"祝你早日找到你的父亲。"

"谢谢。"

她离开了。

我觉得有点焦虑，但并不坏，更像是有点感官过载。瓶子里还剩下一点酒，我很高兴，赶忙倒进杯子，拨通了吉恩的电话。克劳迪娅接了电话。我的声音有些兴奋："我得和吉恩说话。"

"他不在家，"克劳迪娅听起来迷迷糊糊的，或许她正在喝酒吧，"我以为他和你在一起吃龙虾。"

"吉恩介绍了这个世界上和我最不相配的女人过来。一个吧女。迟到、吃素、邋遢、没逻辑、不健康，还抽烟——抽烟！心理有问题，不会做饭，数学差，染头发。我觉得他是在拿我开玩笑。"

克劳迪娅一定是觉得我正在承受重压，因为她问道："唐，你还好吗？"

"当然。"我说，"她很有意思，但完全不符合寻妻计划的要求。"我向克劳迪娅陈述着这些无可争议的事实，同时竟感受到了一丝与理性评估相反的悔意。就在我试图缓和这种对立的大脑状态时，克劳迪娅打断了我。

"唐，你知道现在几点了吗？"

我没有戴表，但我立刻意识到了我的错误。我是根据厨房的时钟预约出租车的，那是经过罗茜调整的时钟，当时肯定应该有凌晨2点30分了。我怎么能把时间弄乱成这样？这就是打乱时间表的深刻教训。罗茜肯定得付夜间附加费了。

我赶忙与克劳迪娅道晚安。我拿着两个盘子和两只杯子进了屋，又看了一眼城市的夜景——那是我从未见过的景象，尽管它一直都在那儿。

我决定跳过我的睡前合气道练习，也把那张临时搭起的餐桌留在了原处。

第九章　寻父计划

"我把她当成万能牌放了进去。"吉恩说。他当时正躲在桌子下面睡觉，完全是计划外的睡眠，我把他叫了起来。

吉恩看起来糟透了，我建议他应该避免晚睡——尽管曾几何时，我也为了同样的问题悔恨过。最重要的是，他要按时吃午餐，把生理节律重新带回正轨。他从家带了午饭，我们一同出发去学校的草坪区。我在沿途的日式餐厅打包了海藻沙拉、味噌汤和一个苹果。

天气很好，但遗憾的是，这也意味着草坪区有许多穿着简约的女性或坐或走，让吉恩分心。虽说不应透露他人的年龄，但吉恩已经56岁了。在他这个年纪，体内的睾丸酮含量应该已经下降，他的性欲理应因此锐减。在我看来，他对性事仍然保持异乎寻常的高度关注完全是出于精神习惯。当然，人体的生理机能千差万别，他就是一个例外也说不定。

相反，我认为在吉恩眼中，我的性欲低得有点不正常。这不是真的——毋宁说我只是不像吉恩那般，能够以恰当的社交方式表达出来。我偶尔会努力模仿吉恩，但无一不是糟得离谱。

我们在一张长凳上坐下，吉恩开始解释。

"她是我认识的一个人。"他说。

"没填问卷？"

"没有。"

这也就解释了她为什么会抽烟。实际上，一切都说得通了。吉恩又回到了介绍熟人约会这条没效率的老路上。我的表情一定传达了我的不满。

"你的问卷就是在浪费时间。你最好再量量她们耳垂的长度。"

性吸引力是吉恩的专长。"这有什么相关性吗？"我问。

"长耳垂的人通常会更倾向于选择长耳垂的伴侣。这可比测智商靠谱多了。"

真是难以置信，那些先祖时代演化而来的行为放在现代社会，看起来真是难以置信。进化没有跟上。但耳垂！还能有比这更荒谬的恋爱基础吗？难怪人们会离婚。

"那么，你觉得开心吗？"吉恩问。

我告诉他，他的问题完全不相关：我的目标是找到一位伴侣，而罗茜显然是不合适的。吉恩让我浪费掉了整个晚上。

"但你觉得开心吗？"他又问了一遍。

面对同一个问题，难道他还想得到不同的答案？不过，平心而论，我并没有给他一个确切的答案，但我是有充分理由这样做的。我还没有时间回想那天晚上的经历，所以无法给出一个合理的答复。我想"开心"一词过于简化了当天的复杂性。

我给吉恩简要地讲了讲那晚的情形。说到阳台晚餐时，他打断了我："如果你要再见她一次——"

"完全没有任何理由要再见她。"

"如果你要再见她一次，"吉恩继续说，"最好还是不要提及寻妻计划，因为她没有达标。"

撇掉与罗茜再次见面的错误假设不说，这条建议看似挺有道理。

此时，话题走向忽然大变，我再也没有机会问清吉恩是怎么认识罗茜的。改变话题是因为吉恩的三明治。他咬了一口，突然痛苦地大叫，一把夺去了我的水瓶。

"妈的，妈的，克劳迪娅在三明治里放了辣酱！"

实在是不明白为何克劳迪娅会犯下这种错误，但当务之急是帮助吉恩减轻痛苦。辣椒不溶于水，所以喝水完全没有用。我建议他去找点油。我们回到日式餐厅，其间没能进行任何有关罗茜的对话。然而，我还是掌握了一些基本信息。吉恩完全没有参照问卷便选了一个女人，如果与她再次见面，就会完全背离寻妻计划的逻辑原理。

骑车回家的路上，我又想了想。我想到了三个可能必须与罗茜再次见面的理由。

1. 好的实验设计都必须用到参照组。如果把罗茜当作基准，与问卷筛选出的女人两相对比，可能会得出十分有意思的结论。

2. 问卷尚未筛选出任何合适的候选人。在此期间，我可以先与罗茜保持联系。

3. 作为遗传学家，我可以分析并解读DNA信息，可以帮助罗茜找到生身父亲。

前两个理由无效，因为罗茜明显不是一个合适的人生伴侣。与这样明显不合适的人保持联系，根本没有意义。第3点倒是值得考虑，利用我的技术帮助她找寻重要信息与我的人生目标相吻合。这可与寻妻计划同步进行，直到筛选出合适的候选人。

想要继续下一步，我首先要重新建立起与罗茜的联系。我可不想告诉吉恩，因为我刚刚斩钉截铁地告诉他与罗茜再次相见的概率为零，没多久却开始计划与她碰面。幸好我记得她工作的地方：昆斯伯里侯爵酒吧。

只有一家酒吧叫这个名字，在近郊的一条后巷里。我调整了日程，取消了市场采购以补足睡眠，当晚到外面吃。有时人们会认为我不懂变通，但这恰恰反映了我可以适应任何奇怪环境的能力。

我于晚上7点4分来到酒吧，却发现酒吧要9点才开门。难以置信。难怪人们会在工作中犯错误。要是酒吧里满是喝到半夜，第二天还要去上班的外科医生或是飞行管理员，可怎么办？

我在附近一家印度餐厅吃了饭。当我终于挤过晚宴人群，回到酒吧时，已经是晚上9点27分了。门口有个保安，我已经做好准备重蹈前一晚的覆辙了。他仔细地上下打量着我，问道："你知道这是什么地方吧？"

我对酒吧相当熟悉，可能比大部分人都要熟悉。外出开会时，我通常都会在酒店附近找一家舒适的小酒吧，每晚过去吃饭、喝酒。我表示肯定，走了进去。

我有点怀疑是否来对了地方。此时罗茜最显著的特征就是她的性别，因为昆斯伯里侯爵酒吧里的顾客是清一色的男人。许多人的穿着都很奇怪，我花了好一会儿才看清楚。两个男人注意到我在看他们，其中一个露出了大大的微笑，对我点点头。我回报以微笑。这看起来是个很友善的地方。

　　但我是去找罗茜的，便径直走向了吧台。那两个人尾随我过来，分别坐在了我的两侧。一个下巴光光的，穿着一件毛边T恤衫，一看就是健身房的常客，还可能用了类固醇。另外一个则留着小胡子，皮衣，黑帽。

　　"我之前没有见过你。"黑帽子说。

　　我略略解释："我第一次过来。"

　　"能请你喝一杯吗？"

　　"你要给我买酒？"一个陌生人提出这种建议可不太常见，我猜我可能也要从某种角度给予回报。

　　"我想我就是这个意思。"黑帽子说，"我们要拿什么来诱惑你？"

　　我告诉他口味不重要，只要有酒精就行。因为在大多数社交场合，我都会感到紧张。

　　罗茜出现在吧台的另一侧，穿着很符合身份的黑色带领衬衫。我大为放松。我来对了地方，也赶上了她上班的时间。黑帽子冲她招招手，点了三瓶百威啤酒。罗茜看见了我。

　　"唐。"

　　"向您致敬。"

　　罗茜看看我们，问道："你们是一起的？"

　　"给我们点时间。"类固醇先生说。

　　罗茜回道："我觉得唐是来找我的。"

　　"没错。"

　　"那么，请原谅我们的买酒提议打扰了你们的社交生活。"黑帽子对罗茜说。

"你可以用DNA。"我告诉她。

因为缺乏上下文，罗茜明显没有听明白。"什么？"

"找你的父亲，DNA绝对是最直接的办法。"

"当然了，"罗茜说，"肯定是这样。'请把你的DNA样本寄给我，这样我就可以确定你是不是我的父亲了。'算了吧，我就是随口说说。"

"你可以自己去收集，"我不知道罗茜将会如何应对我接下来的提议，"偷偷地收集。"

罗茜沉默了。她至少开始考虑我的提议了，或者是在权衡是否要举报我。她的回应支持了我的第一种推论："那谁来分析呢？"

"我是个遗传学家。"

"你是说如果我拿到了样本，你就可以帮我分析，是吗？"

"小事一桩。"我答道，"我们有多少样本要检测？"

"可能只有一份。我觉得就是他没错，他是我们全家的一个老朋友。"

类固醇先生大声咳嗽了起来，罗茜从冰箱里拿出了两瓶啤酒。黑帽子放了一张20美元的纸币在柜台上，罗茜推了回去，挥挥手，示意他们可以离开了。

我自己也试了试这个咳嗽的小把戏，但罗茜这次花了点时间才解读出我的信息，递给我一瓶啤酒。

"你需要什么，"她问，"如果要检测DNA的话？"

我解释说，一般我们都会使用口腔内壁的刮取物，但基本上无法在当事人不知情的情况下拿到。"血液样本也很好，或者是皮肤碎屑、分泌液、尿液——"

"过！"罗茜插进来说。

"排泄物、精液——"

"真是越来越精彩了。"罗茜评论道，"我要跟一个60岁的世交朋友搞上床，希望以此确定他是我父亲。"

我震惊了："你要跟他上床——"

罗茜解释说她只是开个玩笑。在这样重大的事件上！酒吧里的客人逐渐多了起来，咳嗽信号此起彼伏。真是个传播疾病的好办法。罗茜扯过一张纸，写下一个电话号码。

"给我打电话。"

第十章　收集样本

第二天早上，我略感轻松，已被完全打乱两天的日程终于回归正轨。每周二、周四和周六，我都会跑步去市场采购。这已经成为我日程中的亮点活动，因为我既锻炼了身体，又买了东西，还能有思考的时间，而思考正是我当下最需要做的事情。

一个女人给了我电话号码，还让我打给她。比起外套事件、阳台晚餐，甚至是潜在的寻父计划，这件事对我生活扰乱的程度更甚。我知道这种事情屡见不鲜：在书里、电视剧里、电影里，人们总是会重复着罗茜的行为。但这从未发生在我身上过。从未有过一个女人像罗茜这般轻松地、不假思索地、主动地写下她的电话号码，递给我，还说"给我打电话"。暂时性地，我被纳入那个曾以为早已对我大门紧闭的文化圈中了。尽管罗茜为我提供联系方式的做法完全合乎逻辑，但理智告诉我，我一旦拨了电话，罗茜就会意识到自己犯下了某种错误。

我来到市场，开始采买。每天的食谱都是固定的，所以我知道要去哪个摊位，而摊主们通常也会事先将我要买的食材打包装好，我只需要付钱就可以了。摊主们早都认得我了，对我也一直很友善。

　　然而，在进行重要的脑力活动时，同步完成采买流程是不现实的，因为会遇到很多来自人或物的阻碍：堆在地上的蔬菜、老太太的购物车、正在支摊子的店主、不停比价的亚洲女人、正在运输的货品，还有在农产品前面合影留念的游客们。不过幸运的是，通常在市场里跑步的只有我一个人。

　　回家路上，我继续想着罗茜的事情。我意识到自己的行为更多的是在受本能的支配，而非逻辑。要知道，还有许许多多的人需要帮助，比罗茜处境艰难的大有人在。更何况还有那么多的科研项目值得我花时间去研究，这可比替人找爸爸重要得多。当然，最重要的事情还是我自己的寻妻计划。得让吉恩帮我从列表中多选出一些更合适的女性才行，或者在某些不太重要的项目上降低些标准，毕竟对于喝酒一项，我已经这么做了。

　　其实，更合逻辑的做法应该是联系罗茜，告诉她寻父计划不是个好主意。早上6点43分，跑步回到家，我拨通了她的电话，留言让她回电给我。一早天气还冷，但我还是出了一身的汗，可千万不要发烧才好。

　　罗茜给我回电的时候，我正在上课。通常我在上课时都会关机，但我想及早把这件事了结。明明是自己主动提出帮忙，却又要收回提议，个中往来，让我感觉压力很大。但在坐满学生的阶梯教室里接电话更尴尬，特别是胸口挂着便携式麦克风的时候。

　　他们可以听到我说的话。

　　"你好，罗茜。"

　　"唐，我只是想谢谢你为我做的一切。我从未意识到这件事情对我来说有多重要。你知道巴里斯塔咖啡馆吗？就在商务大楼的对面，明天2点在那儿见怎么样？"

现在罗茜已经决定接受我的帮助了。此刻撤销提议绝对是不道德的行为，而且严格来讲，也算是违约行为。

"巴里斯塔咖啡馆，明天下午2点。"我确认了时间地点，但我目前实在没有精力想清楚明天的日程，脑子里的信息已经过载。

"你简直就是我的明星。"她说。

她的语调表明，她已经没有什么要对我说的了。该轮到我找些标准的陈词滥调以示回应了，最简单的就是重复她的话，"你也是我的明星"。但即便是我，也能感受到这话多没诚意，她才是因为我灿若星光的遗传学专长而受益的人。若是有考虑的时间，我可能会说声"再见"或"明天见"，但我没有这样的时间。给出及时的回复让我压力倍增。

"我也喜欢你。"

阶梯教室里突然爆发出了一阵掌声。

一位前排的女生赞叹道："说得真好。"她微笑着。

幸好我早已习惯在不经意间制造出一些笑点。

没能终结寻父计划倒没给我带来许多不快，做一次DNA检测的工作量其实微乎其微。

第二天的下午2点7分，我们在巴里斯塔咖啡馆碰了面。不消说，又是罗茜迟到了。我的学生们正在教室里等着我2点15分去给他们上课。本来我只想给她一些收集DNA样本的建议，但她似乎不太能理解我的意思。回想起来，我可能是说得太多太快，给出了太多的选择，讲了太多技术细节。在这短短的7分钟讨论时间里（还要预留1分钟跑回教室），我们一致同意最简单的方法是两人一块儿去收集样本。

周六下午，我们来到了罗茜的疑似父亲埃蒙·休斯博士家。罗茜已经提前打过电话。

埃蒙看起来比我想象的老了点，约莫60岁，身体质量指数23。如罗茜预言的一般，埃蒙的妻子贝琳达（约55岁，身体质量指数28）给我们送上了咖啡。这一点十分重要，因为咖啡杯的边缘将是唾液的最佳收集处。我坐在罗茜旁边，装作她的朋友。埃蒙和贝琳达面对面坐着，我的目光无法从埃蒙的杯子上移开。

所幸，我不用费心思寒暄。埃蒙是一位心血管病专家，我们就心脏疾病的遗传标记问题展开了有趣的讨论。埃蒙终于喝完了咖啡，罗茜站起来，要把他的杯子拿到厨房。在厨房里，她可以用棉签擦拭杯边嘴唇碰过的区域，获得完美的样本。在讨论计划的时候，我就告诉过罗茜这样做可能会有违社会习俗，但罗茜向我保证，埃蒙、贝琳达夫妇和她家是世交，她很了解他们。何况，作为小辈，干干收拾杯子这样的杂事也是很正常的。但就只有这么一次，我对社会习俗的理解程度占了上风。真倒霉。

罗茜刚要拿起贝琳达的杯子，贝琳达便制止了她："放在那儿吧，一会儿我来收拾。"

罗茜拒绝道："别，让我来。"顺手拿起了埃蒙的杯子。

贝琳达拿起我和罗茜的杯子，说道："好吧，你来帮忙吧。"她们一起走向了厨房。很显然，有贝琳达在场，罗茜将很难擦拭埃蒙的杯子，但我又实在想不出把贝琳达支开的办法。

"罗茜跟你说起过我和她妈妈是医学院的同学吗？"埃蒙问道。

我点点头。我要是个心理学家就好了，搞不好已经能从埃蒙的言谈举止中分析出他是否隐藏了自己就是罗茜父亲的事实，甚至可能已经把他带入提前设置好的谈话陷阱中了。幸好，在这个项目中，并不需要依赖这方面的技能。如果罗茜能够成功收集到样本，我就能够提供远比观察行为更加可靠的结论。

"希望我的话能给你鼓鼓劲，"埃蒙说，"罗茜的妈妈年轻时可不怎么安分。她特别聪明，长得又漂亮，想找个什么样的男朋友都没问题。所有医学院的女学生将来都是要嫁给医生的。"他笑了笑，"可她做了个出格的决定，选了个圈外人，那人可是在她身边锲而不舍地转了好长日子。"

幸好我没有在找线索，我的表情一定出卖了我对她完全不了解的事实。

"我怀疑罗茜也走上了她妈妈的老路。"他说。

"在哪一方面？"我最好把话问明白了，难道他是说罗茜也不知怀了哪个家伙的孩子，或者她也行将就木？这是我对罗茜母亲唯一的一点了解。

"我是说你可能会给她带来好的影响。她的确经历过一些艰难的日子。当然，要是不愿意让我过问你们的事情，请直接告诉我。但她是个好孩子。"

现在谈话的意图已经清晰明了了，尽管以罗茜的年龄来说，她早已不该被称为孩子。埃蒙以为我是罗茜的男朋友。这种错误倒是可以理解。如果要纠正他，就势必得撒谎，所以我决定保持沉默。接着，我们就听到了陶器碎裂的声音。

埃蒙高声问道："你们还好吗？"

"只是碎了个杯子。"贝琳达答道。

打破杯子不在计划之内。也许是罗茜太过紧张，或是想背着贝琳达把杯子藏起来时失手打碎的。我对自己没有备用计划感到恼火。我并未将此次行动看作正式的田野工作，但如此不专业的行为也是让人汗颜的。现在，我得负责找个解决办法了。欺骗看来不可避免，但我并不擅长。

我能想到的最好的办法就是强调DNA收集的合法性。

"您听说过基因地理工程吗？"

"没有。"埃蒙答道。

我解释说，只需一份DNA样本，就可以帮他追溯遥远的祖先。他很感兴趣。我提出如果他愿意提供一份口腔内壁刮取物样本，我便可以帮他进行DNA处理分析。

"那咱们现在就开始吧，趁我还没忘。"他说，"血液样本可以吗？"

"血液是DNA检测的理想样本，但——"

"我是个医生，"他说，"给我一分钟。"

埃蒙走出屋子，我能听到贝琳达和罗茜在厨房的谈话。

贝琳达说："就再没去看过你父亲？"

"下个问题。"罗茜说。

贝琳达没有发问，却给出了一个结论："唐看起来挺不错的。"

太棒了。我表现得很好。

"他只是个朋友。"罗茜说。

要是她知道我一共才有几个朋友，可能就会明白这对我来说是多大的恭维。

"噢，好吧。"贝琳达回应道。

罗茜和贝琳达回到客厅，刚好埃蒙也拿着诊疗包过来了。贝琳达以为出了什么问题，但埃蒙跟她解释了基因地理工程。贝琳达是名护士，是个采血专家。

我把满满一管鲜血交给罗茜，让她装在手包里，我发现她的手在抖。我知道她有些紧张，很可能是因为很快就能确定她的父亲是谁。所以，当她提出想立刻检验DNA样本时，我丝毫不觉得惊异。尽管为此我需要在周六晚上打开实验室，但能为这个项目画上句号也是好的。

实验室里空空荡荡：纵观整个校园，因为陈腐的每周五天工作制，多少昂贵的设备未能得到充分利用，造成了巨大的浪费。学校正在试用一种新型分析仪器，能够快速给出亲子鉴定结果。而我们又手握一份完美的DNA样本。DNA的提取源很广，每次分析其实只需用到少量的细胞，但准备工作极其漫长而烦琐。从血液中提取DNA则简单得多。

新仪器放在一个小房间里，这房间曾被用作茶室，配有水槽和冰箱。有那么一瞬间，我希望看到更让人兴奋的场景——一种罕见的自我意识入侵了我的思想。我打开冰箱，开了瓶啤酒。罗茜大声地咳了起来。我识别出了这种信号，给她也开了一瓶。

我在设置仪器的时候，曾试图向罗茜解释一下分析过程，但她似乎无法停止讲话，即便是用棉签刮取自己的口腔内壁细胞收集DNA样本时，也是说个不停。

"竟然这么简单，真是难以置信。还能这么快。我觉得我一直都知道一些。我小时候，他总是送我礼物。"

"完成这点小任务要用上这么精密的仪器，真是有点大材小用。"

"有一次，他送了我一副国际象棋。菲尔总是给我买些小女孩的玩意儿，像是首饰盒什么的。想想看还真是奇怪，一个健身教练净送些这样的东西。"

"你会下国际象棋？"我问道。

"不会，但那不是重点。他尊重我，尊重我的智慧。他和贝琳达一直没有孩子，但我能感到他一直在我身边。他甚至可能是妈妈最好的朋友，但我从未有意把他看作我父亲。"

"他不是。"我说。

结果出来了，都在电脑显示屏上。任务完成了。我开始收拾东西。

"哇！"罗茜惊呼，"不考虑当个心理治疗师？"

"不。我考虑过很多种职业，但都是跟科学相关的。人际关系并非我的强项。"

罗茜突然大笑起来："你真应该去上个高级心理治疗师的速成班。"

原来罗茜是在说笑，她说起心理治疗师完全是酒精使然。我们去了莱贡街上的吉米·沃森餐厅，只需短短几步路。和往常一样，即便是周末，餐厅里也聚满了学者。我们坐在吧台区，我震惊于罗茜贫乏的酒类知识，尽管她是个职业的饮品供应员。几年前，吉恩曾经告诉我酒是个保险的话题，我便做了些研究。我对这家酒吧供应的常规酒品信息都了如指掌。我们喝了不少。

罗茜由于尼古丁成瘾，出去了几分钟。就在这时，我看到了一对男女从院子里走进来，路过吧台。那男人是吉恩！而那女人却不是克劳迪娅，但我认得她。是奥利维娅，那个八人约会上的印度素食者。两人都没看到我，急匆匆走过，我也没来得及搭上话。

看到他们两人在一起的困惑促使我做出了接下来的决定。一位侍者走上来，问道："院子里有一个两人位刚刚空出来，您愿意在那里用餐吗？"

我点点头。我得把今天采买的食材冻到冰箱里，直到下周六，营养的损失是不可避免了。本能再一次取代了逻辑。

罗茜一回来，发现我已经找到了桌子，反应十分积极。无疑，她是饿了。我也感到很满意，因为我知道自己没有失礼，而以往在有异性出现的场合，这种情况发生的概率很高。

食物很不错。我们吃了新鲜去壳的牡蛎（环保的）、金枪鱼刺身（罗茜点的，很可能并非环保原料）、茄子奶酪塔（罗茜点的）、小牛杂（我点的）、奶酪（共同点的）和单人份的百香果慕斯（分成两份共享）。我还点了一瓶玛萨妮①酒，真是绝配。

晚餐的大部分时间，罗茜都用来解释她为何要找到生父。我不明白她为什么要这么做。在从前，这或许可以用来判断患上某种遗传性疾病的风险，但现在，罗茜仅凭自己的DNA就可以确定了。而实际上，她的继父菲

---

① 原文为marsanne，一种白葡萄品种。

尔似乎已经履行了父亲的责任，尽管罗茜对他的表现抱怨重重。他是个自大狂，他对她的态度阴晴不定，他的情绪波动太极端。他还强烈反对饮酒。我想，尽管这完全是出于保护的目的，但还是引起了他们之间的矛盾。

　　罗茜的动机似乎完全是情绪使然，纵然我不懂心理学，也清楚地知道这对于她的幸福感意义重大。

　　罗茜吃完了慕斯，离开桌子"去洗手间"。这给了我时间思考，也让我认识到自己正在与一位异性共进一顿平静的实际上也很享受的晚餐。这对我来说是一个巨大的成就，我一直希望能与吉恩和克劳迪娅一起分享这样的成就。

　　我认为今晚没有出岔子主要基于以下三个因素。

　　1. 我身处一家熟悉的餐厅。我从未带任何一个女人——确切地说，是任何人——来过吉米·沃森餐厅，过去我只来这儿喝酒。

　　2. 罗茜不是我的约会对象。我拒绝了她，完完全全地拒绝了她，她不会成为我的潜在伴侣，而我们聚在一起仅仅是因为一个共同的项目。这有点像一场会议。

　　3. 我有点喝多了，因此也放松了下来。当然，我可能已经无法注意到任何社交错误了。

　　晚餐接近尾声，我点了两杯珊布卡①，问道："下一个给谁检测？"

---

① 原文为Sambuca，一种茴香酒。

第十一章　比目鱼事件

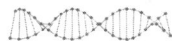

　　除了埃蒙·休斯，罗茜只认得另外两个她妈妈的医学院同学兼"家庭朋友"。竟然还有人在和她妈妈进行了非法性爱之后，还能和她们保持联系，真是不可思议，菲尔可还在呢。但进化论中确实有这样的说法，即男性要确保自己的基因携带者受到了万全的保护。基本上罗茜也持同样的看法。

　　一位候选人是彼得·恩蒂科特博士，就住在本地。另外一位艾伦·麦克菲，则已因罹患前列腺癌去世。这对罗茜来说是个好消息，因为她没有前列腺，也就不会遗传这一恶疾了。艾伦生前是一名肿瘤学家，但到底也没能检测出自己身上的癌症，这倒是挺常见的。人们就是这样，离自己越近的越看不清，看别人反倒看得真切。

　　幸好他还有个女儿，叫纳塔利娅，早几年还跟罗茜有联系。罗茜约了纳塔利娅三天后见面，借口来看她刚出生的小宝宝。

　　我调整回正常的日程，但寻父计划总会跳出来扰乱我的思绪。这次将由我来收集DNA样本——我可不想重演打破杯子的惨剧。同时，由于比目鱼事件，我再次与院长起了争执。

　　我的一项工作内容是为医学院的学生教授遗传学。上个学期的第一堂课上，有一个学生，他没有告诉我名字，在我放映了第一张幻灯片后就举起了手。在这张幻灯片上，我用了一张精彩绝伦、设计美观的图表总结了我们是如何从单细胞有机体进化到今天这个充满生物多样性的世界的。可能只有物理学系的同事才能真正理解这个故事的精彩之处。我不明白为什么人们愿意花更多精力去关注足球比赛的结果或是某位女明星的体重。

而这位学生的情况则完全不同。

"蒂尔曼教授，您刚才用到了'进化'这个词。"

"没错。"

"我认为您应该说明进化只是一种理论。"

我不是第一次遇到这种问题，或是说这种宣言。经验告诉我，我无须去动摇学生的看法，因为这种看法无疑是根植于宗教信条。我只需要确保在座的其他实习医生不会对这种学生过分认真即可。

"是的，"我回应道，"但你用的'只是'这个词是含有误导意味的。进化是一种有大量证据支持的理论，就好像细菌致病理论一样。作为医生，人们还是希望你们能够仰仗科学。除非你想成为信仰疗法治疗师，那样的话，你就选错课了。"

我听见了一些笑声。信仰疗法治疗师否认了我的说法。

"我并不是在说信仰，我说的是创世科学。"

教室里只剩下一些抱怨声了。无疑，许多学生的文化背景让他们对宗教批评抱持较低的容忍度。我们的文化就是如此。我曾因为某次事件而被禁止对宗教做出评论。但我们正在讨论科学。我完全可以将这一争论继续下去，但我知道最好不要纠缠于此，因为我的课程都是精心设计过的，刚好能填满50分钟。

　　"进化是一种理论，"我说，"有关生命起源的问题，没有其他任何一种理论可以如进化理论一般为科学家们所广泛接受，对于医药研究也没什么意义。所以，在我的课堂上，就采用这一理论。"我认为我很好地控制了局面，但我还是希望能有更多的时间跟所谓创世伪科学的信徒就这个命题好好辩上一辩。

　　几周后，我在学生俱乐部吃饭的时候，突然想到了一个简洁明了的办法。我走向酒吧的时候，看到有人在吃比目鱼，鱼头还留在盘子里。经过一番略显尴尬的交流之后，我取走了鱼头和鱼骨，包好，装进背包里。

　　四天后，我来上课。我锁定信仰疗法治疗师，问了他一个初级问题："你认为鱼是被某种智能设计师直接打造成现在这副样子的吗？"

　　听到这个问题，他显得有点惊讶，或许是因为我们之间的讨论已经暂停了七周。但他还是点点头，表示同意。

　　我打开鱼骨包裹，一股恶臭袭来，但作为医学生，他们应该做好准备，忍受学习过程中任何有机体可能散发出的不良气味。我指指鱼头："看那眼睛，是不对称的。"实际上，鱼眼已经腐烂了，但眼眶的位置仍然清晰可见。"这是因为比目鱼是从普通的鱼进化而来，眼睛也曾长在头部两侧。一只眼睛逐渐位移，直至不影响使用功能的位置为止。进化可顾不上美观，但我敢肯定，任何智能设计师都不会打造出有着如此缺陷的鱼种。"我把鱼骨递给信仰疗法治疗师，让他好好观察，我则继续上课。

　　他直到新学年伊始才提出投诉。

　　在我与院长面谈的过程中，她暗指我试图羞辱信仰疗法治疗师，而我的真正意图不过是要继续我们的论证。因为他使用了"创世科学"一词，并没有提及任何宗教，所以我完全没有贬低宗教之嫌。我仅仅是在对比两种理论，我也欢迎他在课堂上举出反例。

"唐，"她说，"一如往常，严格来说你的确没有违反任何条款。但是——我该怎么说呢——如果有人告诉我有一位讲师把一条死鱼带到课堂上，丢给坚持某种宗教信仰论调的学生，我猜那人一定会是你。你知道为什么吗？"

"你是说我是教员里最可能剑走偏锋的人，而你想让我老实一点。这对一个科学家来说应该是个不合理的要求。"

"我只是希望你不要惹别人心烦。"

"他心烦和抱怨，完全是因为他的理论被证明是有违科学的。"

争论结束了，再一次，院长对我很不满，尽管我并没有破坏任何规矩。我再一次被提醒要多做点努力，"融入进来"。我刚要离开院长办公室，她的私人助理雷吉娜拦住了我。

"我应该还没有收到您参加教员舞会的信息，蒂尔曼教授。您应该是唯一没有买票的教授了。"

骑车回家的路上，我感到胸口一阵发紧，这一定是我的身体对院长的建议做出的自然反应。我知道，如果我不能"融入"一所大学的理学院，那么无论走到哪里，我都不可能融进去。

纳塔利娅·麦克菲，已故的艾伦·麦克菲博士的女儿，或者说罗茜潜在生父的女儿，住在距城区18公里的地方，属于可骑行范围，但罗茜还是决定开车过去。我有点惊异于她的车——一辆红色的保时捷敞篷车。

"这是菲尔的车。"

"你'父亲'的？"我在半空中画了个引号。

"没错，他现在人在泰国。"

"我以为他不喜欢你。但他肯把车借给你？"

"这就是他的典型做派。不是因为爱，纯粹的物质交换。"

保时捷可真是借给你讨厌的人的最佳品牌。这车有17年了（所以它的排气系统十分落后），耗油量大得惊人，空间狭小，风噪声极大，空调系统也失灵了。罗茜同意我的推论，这车靠不住，保养起来又很贵。

直到我们到了纳塔利娅家，我才意识到自己一路上都在总结这辆车的毛病。我成功避免了寒暄，但也没有告诉罗茜收集DNA样本的方法。

"你的任务就是在我去收集DNA样本的时候拖住她，跟她说话。"这样可以充分发挥我们各自的才能。

可不一会儿我就发现，做好后备计划绝对是有必要的。纳塔利娅不想喝东西：她正在戒酒，因为她要给孩子喂奶，而且天色已晚，喝咖啡也不太合适。这都是负责任的做法，但我们也因此失去了擦拭杯子的机会。

我开始部署B计划。

"我能看看小宝宝吗？"

"他睡着了，"纳塔利娅说，"所以你动作要轻点。"

我站了起来，她也站了起来。

"告诉我怎么过去就行了。"我说。

"我跟你一块儿去。"

我越坚持要单独去看孩子，她越是反对。我们来到婴儿的房间，如她所言，小家伙正在睡觉。这可难办了，因为我已反复计划了如何完全无创地从婴儿身上提取DNA样本，他也跟艾伦·麦克菲有着血缘上的联系。但遗憾的是，我忽略了母亲的保护本能。每一次我找借口离开屋子，纳塔利娅都会跟过来。这可真是尴尬。

最终，罗茜借口要用洗手间，得以脱身。但即便她知道要做什么，她也接触不到婴儿，因为纳塔利娅坐的位置刚好可以看到卧室门，而且她常常会看上几眼。

"你听说过基因地理工程吗？"我问道。

她没听说过，也完全不感兴趣。她换了个话题。

"你看起来对婴儿很感兴趣。"

我绝对有机会就这个话题深挖下去："我对他们的行为感兴趣，没有受到家长腐蚀的行为。"

她神情奇怪地看着我："你参加过任何与孩子有关的活动吗？像是童子军、教会团体……"

"没有，"我说，"我觉得我不适合。"

罗茜回来了，孩子开始大哭。

"该喂奶了。"纳塔利娅说。

"那我们就先走了。"罗茜和她道别。

大失败！社交技巧出现了问题。如果有好的社交技巧，我一定已经接触到孩子了。

"对不起。"我向她道歉，和她一起走向菲尔那辆可笑的敞篷车。

"别。"罗茜从手包里掏出了一大团头发，"我帮她清理了一下发梳。"

"我们得用发根。"我说。从那么大一团头发中，很可能会找出一两根连着发根的。

她又在包里掏了掏，抽出了一把牙刷。我花了好一会儿才明白这意味着什么。

"你偷了她的牙刷！"

"橱子里还有备用的，而且她也该换把新的了。"

我震惊于这种偷窃行为，但我们也几乎肯定拿到可用的DNA样本了。罗茜的足智多谋的确让人印象深刻。如果纳塔利娅没有定期更换牙刷的习惯，罗茜也算是给她帮了忙。

罗茜并不急于立刻分析这些头发或这把牙刷，她想在收集到最后一位候选人的DNA样本之后一起检测。这太不合逻辑了。如果纳塔利娅的样本配型成功，那我们根本不需要再去收集DNA样本了。罗茜看来并不理解如何正确排列任务顺序，把花销和风险降到最低。

经历过无法接近孩子的困境后，我们决定用最恰当的方法接近彼得·恩蒂科特博士。

"我会告诉他我正在考虑学医。"她说。恩蒂科特博士目前就职于迪肯大学医学院。

她把见面地点约在了咖啡馆，这样就有机会使用咖啡杯擦拭法收集样本了，尽管这一方法目前的失败率为100%。我想，无论如何一个吧女都无法说服一个教授，让他相信自己要学医的鬼话。罗茜似乎受到了侮辱，辩解说这不重要，只要让他跟我们喝上一杯就行了。

　　一个更大的问题摆在了我眼前，罗茜认为她无法独自完成这个任务。"你是我的男朋友，"她说，"你会资助我完成学业，所以你也是个利益攸关方。"她死死地盯着我："你可别演过了头。"

　　在某个周三的下午，我让吉恩替我上了堂课，当是阿斯伯格综合征之夜的补偿。我们开着菲尔的玩具车去了迪肯大学。我曾经去过那儿很多次，举办讲座或是参与合作研究。我甚至还认得几个医学院的研究员，当然彼得·恩蒂科特并不在内。

　　我们在一家室外咖啡馆见了面，里面挤满了提前结束暑假的医学生。罗茜真是太棒了！她谈论着医学，妙语连珠，甚至还谈到了精神病学，想要以此为专业。她声称拥有行为学的荣誉学士学位，也有研究生院学习的经历。

　　彼得似乎被罗茜迷住了，她和她的母亲多么相像啊，但这跟我们的目的毫无关系。有三次他打断了罗茜，告诉她她和她母亲长得很像。我怀疑这是否可能意味着他与罗茜的母亲之间存在着某种联系，也因此可以看作他与罗茜有血缘关系的征兆。就像在埃蒙·休斯家的客厅一样，我仔细观察着罗茜与她潜在的生父之间是否存在着某种外貌上的相像，但我没看到任何明显的相似之处。

　　"你的情况听起来很不错，罗茜，"彼得说，"但我并不会参与学生遴选的任何流程——至少官方上是这样。"他的话似乎在暗示着可能存在某种非官方的提供帮助的途径，这可不太道德。这是否是亲缘关系使然？

所以，这是否能证明他就是罗茜的父亲？

"你的学术背景很不错，但你也得参加医学院的入学考试。"彼得转向我，"所有申请医学博士的人都必须参加这个统一测试。"

"我去年考过了，"罗茜说，"我得了74分。"

这分数看来给彼得留下了分外深刻的印象。"有这么好的分数，你都可以去哈佛了。但我们也得考虑其他因素。如果你决定申请的话，一定要告诉我。"

我希望他一辈子都不会到昆斯伯里侯爵酒吧喝一杯。

一位侍者拿来了账单，走上前去收走彼得的杯子，我下意识地伸手挡住了他。侍者一脸不快地看着我，把杯子抢走了。我眼看着他把杯子放进了推车，混到了其他餐具里。

彼得看了看手机。"我得走了。"他说，"你现在已经有了我的电话号码，以后保持联系。"

彼得离开后，我看到那侍者一直盯着推车看。

"你得去引开他。"我说。

"拿到杯子就行。"罗茜告诉我。

我走向推车。那侍者紧盯着我，就在我伸手去拿杯子时，他转头看向了罗茜，开始快步向她走去。我一把抓住了那杯子。

我们在停车的地方见面，离咖啡馆有一段距离。这段路上，我开始回想我的所作所为，达成目标的压力让我犯下了盗窃的罪行。我是否应该给咖啡馆寄张支票？一个杯子大概值多少钱？杯子总会有破损，但那都是随机事件。若是每个人都去偷拿杯子，咖啡馆大概会撑不下去吧。

"拿到杯子了吗?"

我把它举了起来。

"是这个没错吧?"她问道。

虽然我不擅长非语言类的沟通,但我相信我已经正确传达了一个事实:即便我可能只是个蠢贼,但观察力肯定是没问题的。

"你付过账了?"我问。

"我就是这么引开他的。"

"用付账的办法?"

"不,是你去收银台付账,我只是佯装要走。"

"咱们得回去。"

"去他的吧!"罗茜骂道。我们钻进保时捷,一路狂奔而去。

我到底是怎么了?

第十二章 旧日毁灭

我们驱车前往大学实验室。寻父计划很快就能告一段落。天气和暖，天际线上挂着几片黑云。罗茜把敞篷放下来，我则一直在琢磨着盗窃的事。

"你还是忘不了账单对吧，唐？"罗茜高声叫着，想要盖过风噪声，"你真有意思。咱们偷的可是DNA样本，你却在担心一杯咖啡。"

"获取DNA样本并不违法。"我大叫着回应她。确实如此，尽管在英国，我们的行为可能已经违反了2004年通过的《人体组织法》。"我们得回去。"

"这简直是对时间极度低效的利用。"罗茜听起来怪怪的。趁着等红灯的当口儿，我们停下车子，可以短暂地进行正常交流了。她笑了起来，我发现她刚刚是在模仿我。她的结论是对的，但这里面涉及道德问题，而严守道德绝对应该是第一要务。

"放轻松。"她说，"天气这么好，我们又很快就能知道我父亲是谁，我一定会寄张支票过去，付掉咖啡钱的。我保证。"她望向我："你知道怎么放轻松吗？怎么找乐子？"

绿灯亮了，我们再次发动车子。伴着风噪声讲清这样复杂的问题，可不那么容易。追寻快乐并不能带来全部的满足，这已经是科学证实了的。

"你开过了出口。"我大声叫道。

"你真聪明，"她戏谑着回答，"我们要去海边。"她的声音早已盖过了我最大声的抗议："你说什么？我听不见，听不见。"

接着，她开始放音乐——震耳欲聋的摇滚乐。现在她倒是当真听不到我在说什么了。我被绑架了！我们又开了94分钟。我看不到速度表，也不大适应搭乘没有顶篷的交通工具，但我还是能感觉出我们一直在超速。

刺耳的响动、大风、死亡威胁——我努力控制着自己的精神状态，假装是在牙科诊所。

终于，我们驶进了一座海滨停车场。在工作日的下午，这里的车位基本上是空的。

罗茜看着我："笑一笑。我们去散散步，然后到实验室去，之后把你送回家。你就再也不用见到我了。"

"我们不能现在就回家吗？"我问道，但突然觉得自己听起来好像一个孩子在央求。我提醒自己我已经是个成年男人了，比同行女伴大10岁，经验也更丰富，她这么做一定有自己的目的。我要问清楚才行。

"我很快就能知道父亲是谁了，我得冷静冷静。我们能不能走上半小时，你就装作一个普通人，听我说说话？"

我不确定我是否能够很好地模仿一个普通人，但我同意跟她一起散散步。很显然，罗茜的头脑已经被这么多种复杂的情绪弄乱了，我也很钦佩她决定厘清思路的选择。但结果是，她几乎没怎么说话。这让散步变得十分宜人——基本上和单独散步没什么两样。

我们往回走，快走到车子那儿时，罗茜问我："你喜欢什么音乐？"

"怎么了？"

"你不喜欢我刚刚放的歌，对吧？"

"没错。"

"那么回程就听你喜欢的吧，但我可没有任何巴赫的作品。"

"我其实不怎么听音乐，"我说，"巴赫不过是一个失败的实验。"

"你活到现在，不可能不听音乐。"

"我只是不大注意罢了。我更喜欢听信息。"

"你父母听音乐吗？兄弟姐妹们呢？"

"我父母喜欢摇滚乐。主要是我父亲，他常听他年轻时候的歌。"

我们钻进车子，罗茜又把敞篷降了下来。她拿出iPhone——她的音乐之源。

"旧日毁灭。"她说着，放起了音乐。

我不得不再次调整回牙科诊所模式，这才知道罗茜的用词有多么准确。我听过这歌，它一直是我成长过程中的背景音乐。我仿佛一下子被拉回到曾经的房间：房门关着，我正在初代电脑上用BASIC语言写代码，这首歌就一直放着当作背景音乐。

"我听过这歌！"

罗茜笑了："你要是没听过，我就能确定你是火星人了。"

我们一路横冲直撞回了城。搭着一辆红色的保时捷，一个漂亮的女司机，还有这歌，我好像站在另外一个世界的边缘。我有过这种感觉，非要指出有什么区别的话，就是这感觉愈发强烈了。雨开始落下来，敞篷车顶篷却出了问题，怎么也合不上。这感觉就好像我在阳台晚餐之后俯瞰城市的一瞬，又好像罗茜给我写下电话号码的一瞬。另外一个世界，另外一种生活，近在咫尺，却又难以达到。

一种难以捉摸的满——足——感。

到达学校的时候，天已经黑了。我们都淋湿了。在说明书的指导下，我成功手动将顶篷合上了。

在实验室，我开了两瓶啤酒（完全没有用到咳嗽信号），罗茜用她的瓶子轻轻碰了碰我的。

"干杯，"她说，"干得漂亮。"

"你保证会寄支票到咖啡馆？"

"随便吧。我保证。"很好。

"你太棒了。"我说。我想说这话已经有些时候了，罗茜佯装有志从医的学生真是演得棒极了。"但你为什么要说在医学院入学考试上拿了那么高的分数？"

"你为什么这么问？"

我向她解释，如果我能推理出答案，也就无须提问了。

"因为我不想看起来像个傻瓜。"

"在你的潜在父亲面前？"

"没错，在他面前，在任何人面前。总有一群人觉得我是个呆瓜，真让人讨厌。"

"我觉得你已经非常聪慧了——"

"别说出来。"

"说什么？"

"对一个吧女来说。你想说这个，对吧？"

罗茜的预言完全正确。

"我的母亲是一位医生，我的父亲也是，所以我的基因没问题。不是只有教授才是聪明人。当你听到我说考了74分的时候，我看到你的表情了。你肯定在想：'他一定不会相信这女人有这么聪明的。'但他信了。所以，让你的偏见都见鬼去吧。"

如此评论倒是合情合理。我甚少与学界之外的人接触，主要是基于童年时期看过的电影和电视剧设想学界以外的世界。我知道《迷失太空》和《星际迷航》里的角色可能不能代表人类的全部。当然，罗茜也并不符合我对吧女的固有印象。看来，我关于人类的许多假设可能都是错的。这并不意外。

DNA分析仪已经准备好了。

"你在他俩之间有偏好吗？"

"哪个都行。我不想做任何决定。"

我意识到她说的是检测顺序，而非生父选择。我把问题讲清楚。

"我不知道，"她说，"我一下午都在想这件事。艾伦已经死了，这一点很糟糕。纳塔利娅就会成为我的姐姐，说实话，这感觉真是挺奇怪的。但无论如何，这也算把事情了结了。我喜欢彼得，但我也不太了解他。搞不好他已经有孩子了。"

　　根本没有彻底想清楚，寻父计划便草草上马，这让我备受打击。罗茜花了整整一个下午抑制不良的情绪，而整个计划的动机则分明完全建立在情绪化的基础上。

　　我先检测了彼得·恩蒂科特的样本，因为取自纳塔利娅发梳上的头发还需要更长的预处理时间。结果不匹配。

　　我在那一团头发中找到了几根带发根的，所以根本没有必要偷那把牙刷。处理头发的时候，我回想起罗茜的头两位候选人，包括那位她认为可能性极高的埃蒙·休斯，都没有配型成功。我估计艾伦的女儿也不会匹配。

　　我说得没错。我特意留心了罗茜的反应，她看起来十分伤感。看来我们又要喝大一次了。

　　"记着，"她说，"那样本不是他的，是他女儿的。"

　　"我已经考虑到这一点了。"

　　"当然。那就这样吧。"

　　"但我们还是没有解决问题啊。"作为一位科学家，我并不习惯面对难题就轻言放弃。

　　"我们永远也解决不了了，"罗茜说，"我们已经给每一个我听说过的人做了检测。"

　　"困难不可避免，"我鼓励道，"所有重大的项目都需要坚持。"

　　"省省吧，还是把这份坚持留给对你来说真正重要的事情吧。"

　　为何我们在聚焦某件事时，总要以他人为代价？我们愿意牺牲自己的性命去拯救溺水之人，却不愿捐些钱，帮助几十名儿童摆脱饥饿。我们花大价钱去安装太阳能电池板，尽管它对二氧化碳排放的影响微乎其微——如果算上生产和安装环节，这种设备反倒会造成纯粹的负面影响——却不愿对节能建筑增加投入。

我自认为在这些领域会比大多数人做出更为理智的决策，但我也会造成某种误差。我们的基因促使我们对紧邻的刺激物做出反应。若要对我们不能直接感知到的复杂问题做出回应，则需要调动理性，而理性的力量并不足以与本能相抗衡。

这可能是对我继续执着于寻父计划的最合理的解释。从理性上看，的确有许多重要的课题需要用到我杰出的研究能力，但从本心上说，我迫切地想帮助罗茜解决更为紧迫的问题。罗茜上班前，我们在吉米·沃森餐厅喝了杯浑水黑皮诺①。我一直试图劝她继续这个项目，但她坚称现在完全没办法从她母亲的同学中找出可能性更高的怀疑对象了。她说得挺有道理。她觉得当时应该总共至少有100个学生，考虑到30年前根深蒂固的性别歧视，男生绝对占了大多数。想要找到并检测这50位可能身居异地甚至身居异国的医生，确实不太现实。罗茜还说她对这件事并没有那么在意。

罗茜提出要送我回家，但我还是决定留下来，再喝一杯。

---

① 原文为Muddy Water pinot noir，一种葡萄酒。

第十三章　调酒练习

在放弃寻父计划之前，我决定去核实一下罗茜预估的候选人数量。我发现，其中的一些人可以轻易地被排除掉。我教的医学生班上有不少外国学生。考虑到罗茜雪白的肤色，我认为她的父亲不可能是中国人、越南人、黑人或是印度人。

我开始做些基础性的研究——通过互联网，以我知道的三个人名为关键字，搜索医学院毕业班的相关信息。

结果超出了我的想象。想要解决问题，运气总是必不可少的。罗茜的母亲毕业于我执教的大学，这一点毫不意外，因为当时墨尔本只有两所大学开设医学专业。

我找到了两张相互关联的照片。一张是全体146名毕业生的正式集体照，名字都标了上面。另外一张是毕业晚会的照片，也标有名字。照片上只有124张脸，可以假定有学生没有参加晚会。考虑到基因选购发生在晚会上或是晚会后，我们就无须考虑那些没有出席的学生了。我一一核对，这124人确实是属于146人的子集。

我最初的研究目的是想列出一份毕业生名单，最好是配有照片的名单。现在，我还收获了一个意外之喜：一个名为"现在他们在哪儿？"的讨论区。其中最关键的信息是，他们安排了一场毕业30周年的纪念同学会。时间只剩三周了，我们得快点行动起来。

我在家吃过晚饭，便骑车前往昆斯伯里侯爵酒吧。大灾难！罗茜没来上班。招待员告诉我罗茜每周只来三个晚上，我有点震惊，因为这样一来，她的收入一定是不够用的。也许她白天也会打一份工。我对她所知甚少，不了解她的工作，不知道她到底有多想找到自己的父亲，也不知道她到底多大年纪。但是，考虑到她母亲的毕业晚会是在30年前，我想她一定是29岁。我也没有问清吉恩到底是怎么遇见她的。我甚至都不知道她母亲的名字，无法从照片里找到她母亲。

招待员对我很友善，我点了一瓶啤酒和一些坚果，翻看着我带过来的笔记。

毕业晚会照片里有63名男性，只比女性多2人，完全无法证明罗茜有关性别歧视的结论。其中一些明显不是白人，尽管不如我想象那般多。那可是30年前，中国的留学潮尚未开始。候选人数仍然不少，但可以借由同学会进行批量处理。

我现在可以推断出昆斯伯里侯爵酒吧是一家同性恋酒吧。我第一次过来的时候，并未留意这里的社交往来，因为当时我一心扑在寻找罗茜、启动寻父计划上。但这一次，我可以从细处出发，分析我周遭的环境。这里让我想起求学期间参加的国际象棋俱乐部，人们出于某种共同的兴趣聚到一起。这是我唯一参加过的俱乐部，当然学生俱乐部除外，那儿更像是我的食堂。

　　我并没有任何同性恋朋友，但这是由于我交友数量有限，而非歧视。也许罗茜是同性恋？她在同性恋酒吧工作，尽管客人都是男的。我向招待员询问，他笑了起来。

　　"那祝你好运吧。"他笑道。这根本算不得什么答案，但他又忙着招呼其他的客人去了。

　　第二天，我在学生俱乐部用过午饭，看到吉恩走了进来，同行的还有一个女人。那女人我认得，是单身派对上的那个缺乏性爱的研究员法比耶娜。看来她已经找到了解决问题的办法。我们在餐厅入口擦身而过。

　　吉恩冲我挤挤眼，说道："唐，这位是法比耶娜，比利时来的访问学者。我们正要去讨论一些合作问题。"他又挤了挤眼，飞快地闪开了。

　　比利时。我以为法比耶娜是法国人。比利时就对了，吉恩已经收过法国姑娘了。

　　我在昆斯伯里侯爵酒吧门口等着，晚上9点，罗茜过来开了门。

　　"唐，"她看起来有点惊异，"你没事吧？"

　　"我找到些消息。"

　　"你最好快点。"

　　"不能快，有好多细节要说。"

　　"对不起，唐，我老板也在这里，会惹上麻烦的。我不能丢了这份工作。"

　　"你几点钟下班？"

　　"凌晨3点。"

难以置信！罗茜的客人到底都是干什么的？没准儿他们都在酒吧干活儿，晚上9点开始上班，一周有四个晚上休息。完全隐形的夜间亚文化，这些人力资源不用在此处就只能闲置。我深吸了一口气，做出了一个重大的决定。

"我到时过来找你。"

我骑车回家，爬上床，上好凌晨2点30分的闹钟。我取消了第二天一早与吉恩跑步的安排，好夺回一小时的睡眠时间。空手道训练也得取消掉。

凌晨2点50分，我骑车穿过近郊。这种骑行让人感觉非常不错。实际上，我还可以预见到夜间工作的若干好处：空荡荡的实验室，没有学生，网速更快，无须跟院长打交道。如果我能够谋得一份单纯的研究工作，不用教学，这种安排完全可行。或许我可以考虑为处在其他时区的大学提供视频教学。

凌晨3点钟，我准时到达了罗茜的工作地点。前门锁着，挂着一块"暂停营业"的牌子。我使劲敲门，罗茜过来开了门。

"我太忙了，"她说，这不稀奇，"进来吧——我快弄好了。"

显然，酒吧凌晨2点30分关门，但罗茜得留下打扫。

"喝啤酒吗？"她问。啤酒！凌晨3点。开玩笑吗？

"请来一瓶，谢谢。"

我坐在吧台区看着她打扫。昨天在同一个位置问过的问题突然蹦了出来。

"你是同性恋吗？"我问道。

"你跑过来就是为了问我这个？"

"不是，这个问题和我此行到访的主要目的完全没有联系。"

"那太好了。凌晨3点，单独在酒吧约见一个陌生男子。"

"我不是怪人。"

"没那么怪。"她笑着说，好像是根据strange这个词的双重含义开了个玩笑①。我仍然没有得到有关同性恋问题的正面回应。她给自己开了瓶啤酒。我取出文件夹，抽出毕业晚会的照片。

"这就是你妈妈怀上你的晚会？"

"该死的，你从哪儿找来的？"

我向她介绍了我的研究，展示了我的名录。"所有的名字都列在这里了。63名男性里有19个明显不是白种人，他们的外形和名字都可以证明。另外还有3人已经被排除了。"

"你一定是在逗我吧。我们不可能检测……31个人。"

"41个。"

"随便吧。我可找不出跟他们任何一个人见面的理由。"

我向她提起了同学会。

"一个小问题，"罗茜说，"我们没在邀请名单上。"

"没错，"我说，"确实是小问题，而且已经解决了。那里会有酒。"

"所以呢？"

我指了指吧台，还有一架子的酒瓶："这就需要你的技术了。"

"你一定是在逗我。"

---

① strange这个词兼有"陌生的"和"奇怪的"之意。

"你能不能成为那场活动的雇员？"

"等一下，等一下。这真是越来越离谱了。你是说我们要混进同学会，然后擦拭每个人的杯子。天哪！"

"不是我们，是你自己。我没有调酒的本事。但其他的部分都没错。"

"算了吧。"

"我以为你想找到你的生父。"

"我跟你说过了，"她说，"没那么想。"

两天后，罗茜出现在我家门口。那是晚上8点47分，我正在清洁浴室，那个叫伊娃的短裙清洁女工请了病假。我按了开门键，让她上来。我正穿着我的浴室清洁套装：短裤、医用胶靴，戴着手套，赤裸上身。

"哇！"她盯着我看了一会儿，"这是练武术练的吧？"她是指我的胸肌。不一会儿，她就开始像个孩子一样上蹦下跳起来。

"咱们有活儿了！我找到了那家代理公司，给了他们屎一样的低价，然后他们就说：'没问题，没问题，就你了，别告诉别人。'同学会结束以后，我一定去举报他们。"

"我以为你不会去呢。"

"我改主意了。"她扔给我一本染得五颜六色的平装书，"把这个背下来。我得上班去了。"说完，转身就走了。

我看了看这书——《酒保好帮手：调酒和上酒完全指南》。看来这就是我要扮演的角色。在我清理完浴室之前，我记下了开篇的几个配方。睡前，我取消了合气道练习，好多花些时间研究那本书。对我来说，事情的确是越来越离谱了。这不是我的人生首次陷入混乱，我已经签好了议定书，找专人协助我解决问题，帮我应对对理性思考的干扰。我给克劳迪娅打了电话。

第二天，她与我见了面。我算不上是她的正式客户，所以我们选在了咖啡厅见面，而不是办公室。我竟然成了僵化保守的那个！

我说了说大概的情况，省去了寻父计划的部分，因为我不想提及偷偷收集DNA样本的事情，克劳迪娅可能会觉得这么做不道德。但我说起了罗茜和我都喜欢看电影。

"你跟吉恩说起过她吗？"克劳迪娅问道。

我告诉她，吉恩把罗茜当作寻妻计划的候选人介绍给我，但他只想让我跟她发展肉体关系。我解释说罗茜作为伴侣是完全不合适的人选，但她可能误认为我对她有兴趣。或许她认为我们共同的兴趣只是追求她的借口。我也犯了一个严重的社交错误，询问了她的性取向——这可能只会加深她的误解。

但是，罗茜从未提起过寻妻计划。我们总是被外套事件和其他完全超出计划的意外事件打断。在某些时候，我可能会伤害到她的感情，即在初次约会后，通知她已从寻妻计划候选人名单中被除名的时候。我能够预见到这种风险。

"那么，这才是你担心的事情，"克劳迪娅问道，"担心伤害她的感情？"

"没错。"

"那太好了，唐。"

"你错了，这是个大问题。"

"我是说你开始考虑她的感情了。你们在一起时，你觉得是一种享受吗？"

"非常享受。"我说。这是我第一次意识到这一点。

"她呢？"

"应该是的，但她申请了寻妻计划。"

"别担忧那个。"克劳迪娅说，"她听起来适应性很强。好好玩儿就是了。"

第二天，奇怪的事情发生了。吉恩头一遭主动约我在办公室见面。一般都是我约他谈谈，但因为寻父计划，我们也是挺长时间没见了。

吉恩的办公室比我的大，因为他职称更高，而不是真的需要那么大面积。美艳海伦娜放我进去，吉恩因为开会要晚到一会儿。我趁机看了看他的世界地图，印度和比利时上是否扎了图钉。我敢肯定印度那里之前就有，但很可能奥利维娅并非印度人。她说她是印度教徒，所以她也可能是巴厘人或斐济人，或者来自任何一个拥有信奉印度教人口的国家。吉恩是按国别标记，而非民族，就好像游客标记去过的国家一样。

吉恩回来了，吩咐美艳海伦娜去拿些咖啡。我们在他的桌前坐好，好像开会一样。

"那么，"吉恩说，"你已经跟克劳迪娅聊过了。"这就是未能成为克劳迪娅正式客户的一大坏处：我无法享受客户信息保护。"我猜你一直在跟罗茜见面吧，跟专家说的一样。"

"是的，"我说，"但不是因为寻妻计划。"吉恩是我最好的朋友，但我还是不愿意和他分享有关寻父计划的信息。所幸，他也没有深究下去，可能是因为他以为我不过是对罗茜的肉体感兴趣。实际上，他没有一开始就提起这事已经让我挺吃惊了。

"你对罗茜了解多少？"他问。

"不太了解，"我诚实作答，"我们没怎么谈过她的情况。我们的讨论大多集中在外部问题上。"

"饶了我吧。"他说，"你知道她是做什么的，每天在哪儿消磨时间。"

"她是个吧女。"

"好吧。"吉恩说，"你就知道这些？"

"还有她讨厌她父亲。"

吉恩笑了起来，有点莫名其妙。"他可不是鲁滨孙·克鲁索。"这话可真是荒唐，这跟罗茜的父亲有什么关联？但随后，我想起了有关这位失事船只幸存者的典故，确实可以用来形容"并不孤单"的场景。用在这里，则暗指"为罗茜所讨厌的人绝非他一个"。吉恩一定是注意到了我解谜时困惑的表情，便解释道："能让罗茜喜欢的男人可没几个。"

"她是同性恋？"

"可能吧，"吉恩答道，"看她穿的那些衣服。"

吉恩的评价似乎是指她第一次出现在我办公室时的那种着装风格。但她在酒吧工作时的服装很合身份，去收集DNA样本时也穿着普通的上衣和牛仔裤。在发生外套事件的那天晚上，她的穿着倒是有点异乎寻常——异乎寻常地迷人。

　　或许她在遇到吉恩的场合——应该是在酒吧或是餐厅——并不想释放出求偶信号。大部分的女性服装都在试图提升女人的性吸引力，以此拴牢她们的配偶。如果罗茜无意求偶，那么她完全有充分的理由拒绝这种服装款式。关于罗茜，我还有很多想问吉恩的，但我怀疑继续问下去可能会让他误解我对罗茜的兴趣值。还有一个关键问题。

　　"她为什么会参加寻妻计划？"

　　吉恩迟疑了一下。"谁知道啊？"他说，"我不觉得她一定会失败，但也别抱有过高的期待。她的问题可不少。别忘了你还有其他的事情要做。"

　　出乎意料，吉恩的建议相当有洞见。难道他已经知道我每天要花多少时间在那本鸡尾酒书上了？

第十四章　同学会

我叫唐·蒂尔曼，是个酒鬼。这几个词一直在我的头脑里盘旋，却没有说出口。不是因为我醉了（我确实醉了），而是担忧会一语成谶，让我别无他法，不得不逼着自己走上终身戒酒的所谓正路。

我受到酒精的毒害，完全是因为寻父计划——特别是刻苦训练，努力成为合格的酒水服务生的时候。我依照《酒保好帮手》的指示，购入了鸡尾酒调酒器、玻璃杯、橄榄、柠檬、剥皮器和大量的酒，以期完全掌握调酒器具的用法。这一过程复杂得超乎想象，我本身也不是特别灵巧的人。实际上，除了自上学以来便疏于练习的攀岩和武术，大部分的体育项目我都不太擅长，常常笨手笨脚。我在空手道与合气道方面的特长完得益于长时间的反复练习。

第一步，我力求准确，接着才是速度。晚上11点7分，我已经精疲力竭了，决定停下来尝尝我调的酒，这应该是件有意思的事。我调了一杯经典马提尼、一杯伏特加马提尼、一杯玛格丽塔①，还有一杯牛仔男孩——这都是书里列出来的最受欢迎的鸡尾酒。味道都很不错。比起冰激凌，不同鸡

①　原文为margarita，一种由墨西哥龙舌兰酒、酸橙汁等调成的鸡尾酒。

尾酒之间的口味差别要大得多。玛格丽塔酒里的酸橙汁加得太多了，我赶快又做了一杯，以免浪费。

科学研究反复证明，饮酒对健康造成的风险要远远超出其可能带来的益处。而我的结论是，酒精对我精神健康的益处可以抵消这种风险。酒精让我平静，却又能激起我的兴致，这种组合真是矛盾，可又那么叫人舒服。何况，它还能减轻我在社交场合的不适感。

我仔细控制着我的酒精摄入量，决定每周戒酒两天，尽管因为寻父计划，我已破戒数次。光看我的酒精摄入量，还不足以把我自己定义为一个酒鬼。但是，我怀疑对戒酒的强烈厌恶情绪可能最终会把我变成一个酒鬼。

大规模DNA收集子项目正在有序推进，我对鸡尾酒教材的研究也颇有心得。与普遍观点正相反，酒精并不会损害脑细胞。

睡前，我突然生起了一股强烈的冲动，想给罗茜打电话，汇报我的进展。从理论上看，如果一个项目正按照计划逐步推进，则完全没有汇报的必要，因为这本就应该属于默认假设。理智最终还是胜出了，将将险胜。

同学会开始前28分钟，我和罗茜见了面，一块儿喝了杯咖啡。除了我的一级荣誉学位和博士学位之外，我又可以加上一项：拥有"酒类服务责任证书"。考试并不难。

罗茜已经换好了工作服，也给我带了一套男士的。

"我提前选好的，也洗过了。"她说，"我可不想再看一次空手道表演了。"

很显然，她在影射外套事件，尽管我当时使的是合气道。

我已经为DNA收集做好了万全的准备——自封袋、纸巾、比对毕业照提前印好名字的胶粘标签。罗茜坚持认为我们不需要收集没有参加毕业晚会的人的样本，所以我把他们的名字都划掉了。她有点惊异于我可以记住这些人的名字，但于我，这是避免我因信息缺乏而犯错的前提。

同学会选在一家高尔夫球俱乐部举办，选这种地方可有点奇怪，但随后我便发现这里的设备其实更适合吃喝，而非打球。而且我还发现我们在这里完全是大材小用，这里配有专业的酒保负责调配饮品，而我们的工作仅仅是点单、送酒，还有最重要的，收拾空杯子。看来我花在调酒练习上的时间完全打了水漂。

客人们陆续到了，我端着托盘开始供应酒水。很快我就发现了一个问题：没有姓名牌！那我们要怎么确定DNA来源？我找到罗茜，她也发现了这个问题，不过她已经想好对策了，这就要基于她对社交行为的了解了。

"跟他们说：'您好，我是唐，今晚我将为您服务，您是……'"她向我展示了如何让自己的话听起来没有说完，好鼓励他们说出自己的名字。这方法的效果意外地好，在72.5%的时间里都起了作用。我认为应该对女士也用这一招儿，否则颇有性别歧视之嫌。

已经被我们排除了的候选人埃蒙·休斯和彼得·恩蒂科特出现了。作为世交，埃蒙肯定知道罗茜的职业，她对埃蒙说我在晚上做些兼职，补贴家用。罗茜则告诉彼得·恩蒂科特她在酒吧兼职，赚博士学费。他们一定认为我们是在工作时认识的。

实际上，擦拭杯子被证明是最困难的环节。在拿回吧台的每一个托盘里，我至多只能收集到一个样本。罗茜的问题更多。

"我根本记不住那么多名字。"她火急火燎地说，饮品托盘在我们手上传递着。工作越来越忙，她的脾气也有点上来了。我有时会忘记一点，即许多人其实并不熟悉数据记忆的基本技巧。这个子项目成功与否，全靠我了。

"等他们都落座了，我们就有机会了。"我安慰她，"根本不用担心。"

我看了看晚餐的排位，每桌10人，还有两桌是11人，加在一起总共有92位来宾。当然，这其中也包括了女医生。各位的伴侣都没有获邀出席。罗茜的生父是一个变性人的可能性微乎其微，因为我已经留心观察了女性来宾是否具有某些男性特征，对那些外表略显可疑的来宾还进行了测试。总的来说，情况非常乐观。

宾客们落座之后，我们的服务也从限定供应模式转为点单模式。很显然，这样的安排并不常见。通常我们只需要在桌子上摆好红酒、啤酒和水就可以了，但考虑到来宾皆属于高端市场人群，俱乐部也开始提供点单服务了，我们被要求"推荐上等精品"，提升利润。我暗自思量，如果能把这个环节处理好，即便在其他地方犯点小错，应该也没什么。

我来到一张11人桌前。我已经向其中7个人做了自我介绍，知道了6个人的名字。

我从一位已经知道名字的女士开始。

"向您致敬，科利医生。您要喝点什么？"

她的神情有点奇怪。有那么一瞬间，我以为我的联想记词法失灵了，她的名字可能是多伯曼或普多①，但她并没有指出我的错误。

"一杯白葡萄酒，谢谢。"

---

① Collie（科利）、Doberman（多伯曼）、Poodle（普多）皆为犬种名。

"我向您推荐玛格丽塔,全球最受欢迎的鸡尾酒。"

"你们也有鸡尾酒?"

"是的。"

"这样的话,"她说,"给我一杯马提尼吧。"

"经典马提尼?"

"是的,谢谢。"很简单。

接着,我转向坐在她旁边的一位男士。我不知道他是谁,遂使出了罗茜的"套名术"。"向您致敬,我叫唐,今晚将竭诚为您服务,尊敬的……"

"你是说你们有鸡尾酒?"

"是的。"

"听说过罗布·罗伊吗?"

"当然。"

"那就点一杯罗布·罗伊。"

"您想要加甜味美思①的,还是不甜的,或者两者混合?"

对面的一位男士忽然笑了起来:"选那个,布赖恩。"

"混合的。"布赖恩·乔伊斯医生回道。现在我知道他的名字了。目前场内只有两位布赖恩,其中一位我早先已经知道全名了。

沃尔什医生(女性,无变性特征)点了玛格丽塔。

"经典、优质,加草莓、杞果、西瓜,还是鼠尾草加菠萝?"我问。

"鼠尾草加菠萝?为什么不呢?"

---

① 味美思(vermouth),即苦艾酒。

　　下一位客人是唯一尚不知姓名的男士，他刚刚嘲笑了布赖恩点的酒。之前他没有对我的"套名术"做出回应，所以我决定不再重复了。

　　"您想喝点什么？"我问道。

　　"双份库尔德制帆工，反向摇。"他说，"只摇，别搅。"

　　这款酒我不大熟悉，但专业的酒保应该会知道吧。

　　"请问您叫？"

　　"什么？"

　　"我在询问您的姓名，以免上错酒。"

　　餐桌上一阵沉默。坐在他旁边的珍妮·布罗德赫斯特医生答道："他叫罗德。"

　　"罗德里克·布罗德赫斯特医生，对吧？"我确认了一遍。禁止邀请配偶出席的条款在此刻并不适用，二人正是来自同一班级。这样的夫妻组合共有七对，珍妮肯定会坐在她丈夫的旁边。

　　"什么啊——"罗德刚一开口，就被珍妮打断了。

　　"十分正确。我叫珍妮，请也给我一杯鼠尾草加菠萝的玛格丽塔。"她转向罗德，"你是在成心惹人讨厌吗？制帆工？你是在用你多余的突触给人家找麻烦吗？"

　　罗德看看她，又看看我："对不起，小伙子，刚才在跟你开玩笑。我要一杯马提尼，经典。"

　　我轻松地知道了所有人的名字，还有他们点的酒。我知道珍妮是在谨慎地提醒罗德我并不是什么聪明人，可能是因为我的侍者身份。她使用的社交技巧不着痕迹，我留意记了下来以备后用，但这也给罗德带来了未能更正的事实上的错误。也许有一天，他或她可能会因为这样的误解而犯临床或研究上的错误。

返回吧台之前，我又一次和他们搭上话。

"并没有实验证据表明灵长类动物的突触数量和智力水平有必然的联系。我向您推荐威廉斯与赫拉普编著的《神经科学年鉴》。"希望这番话会有所帮助。

回到吧台，这些鸡尾酒订单惹出了不少麻烦。三位酒保中只有一位知道如何调制罗布·罗伊，而且只会常规调法。我只好指导她如何调制混合款。鼠尾草加菠萝玛格丽塔酒的原料又出了问题。酒吧有菠萝（罐头菠萝——书上说"尽可能使用新鲜菠萝"，所以罐头菠萝应该也能接受），却没有鼠尾草。我赶到厨房，却发现他们连干鼠尾草都没有。很显然，这里绝非《酒保好帮手》里提到的"库存充沛，可以应对任何场合的酒吧"。厨房的员工也很忙碌，我们找到了一点芫荽叶。我迅速在脑子里过了一遍酒吧库存，以免再次发生类似的问题。

罗茜也在帮忙点单。我们还没有进入收集杯子的环节，有些人喝得很慢。我意识到，如果能够提升续杯速度，我们的机会就会大大增加。但遗憾的是，作为酒类服务责任证书的持有者，我不能违规鼓励客人喝得再快点。我决定走一条中间路线，即提醒他们还有很多好喝的鸡尾酒可以尝试。

点单的时候，我注意到周围的生态系统似乎发生了一些变化，因为罗茜从我身边走过时看起来气呼呼的。

"第五桌的人不让我帮他们点单，他们想让你过去。"看来差不多每个人都想点鸡尾酒，而不是红酒。酒吧的老板一定会非常满意的。但可惜的是，侍者们把重点都放在了红酒或啤酒上，吧台的人手严重不足，订单已经要赶制不过来了。他们对鸡尾酒的知识储备也严重不足，点单的同时，我还得把配方一并附上才行。

　　解决方案很简单。罗茜站到吧台后做我的助手，我自己则把所有订单一并揽下。好记性真是一笔巨大的财富，我不用写半个字，也不用一桌一桌地接单。我满场为客人点单，按照一定的间歇顺序把订单回传给吧台。如果人们需要点"思考的时间"，我会去做些别的，而不是在一旁等着。与其说是在走，莫不如说是一路小跑，而且我已经把语速提升到了合理范围内的最大值。这样的流程十分高效，食客们也很满意。当我提出符合特殊要求的饮品，或是当他们以为我听错了，而我却准确地复述出订单的时候，他们甚至会给我鼓掌。

　　人们陆陆续续地把酒喝完了。我往返于餐厅和酒吧之间时，成功擦拭了三个杯子。剩下的杯子我放到一起，用托盘送回吧台，指给罗茜看，快速告诉她所有者的姓名。

　　她似乎感到压力有些大，我则很享受这个过程。在上甜点之前，我还去查看了冰激凌储备的情况。不出所料，冰激凌的储备量完全不足以匹配我想配合杞果慕斯和枣蓉布丁一起卖出去的鸡尾酒。罗茜去厨房碰运气，看看是否能找到更多的冰激凌。我回到吧台的时候，一个酒保冲我大喊："老板打电话来了，他会送冰激凌过来。你还要点别的吗？"我看了看架子，基于"十大最受欢迎甜点鸡尾酒"做了些预测。

　　"白兰地、加利安奴①、薄荷甜酒、君度甜酒②、荷兰蛋酒、黑朗姆和淡朗姆。"

　　"慢点，慢点。"他说。

　　我现在完全慢不下来。我，就像他们说的一样，干得太顺手了。

---

① 原文为Galliano，一种产于意大利的香草甜酒。
② 原文为Cointreau，一种产于法国的水果类利口酒。

第十五章 动 机

酒吧老板是个中年男子（身体质量指数约为27），拎着采购的食材在甜点时段前赶到了，还重新规划了吧台的工作流程。甜点时段一切顺利，尽管因为谈话声音过大，很难听清订单内容。我卖出去的大多是奶油基底的鸡尾酒，大部分食客对这类酒并不了解，但尝过后反响相当热烈。

服务生收走甜点小盘，我粗略估计了一下我们的成果。我们应该已经得到了85%的男性宾客的样本，绝大多数要归功于罗茜。成绩不错，但绝对不是对机会的最有效利用。在逐一核对了来宾姓名后，我认为除了12个人以外，毕业晚会上的白种男士已悉数到齐。这12人中包括艾伦·麦克菲，他已经故去，无法参加。当然，凭借他女儿发梳上的头发样本，他也已经被排除了。

我向吧台走去，拉尔夫·布朗宁医生跟了上来："能请你再给我一杯凯迪拉克吗？那可能是我喝过的最好喝的鸡尾酒了。"

吧台的员工已经开始收拾东西了，但老板对罗茜说："再给这位客人调一杯凯迪拉克。"

珍妮和罗德·布罗德赫斯特从餐厅走了过来。"调三杯。"罗德说。

吧台另外的工作人员围着老板，在讨论着什么。

"这些人得走了。"老板耸耸肩，对我说。接着，他转向罗茜："双倍工资？"

与此同时，食客们都拥到了吧台，此起彼伏地招手示意。

罗茜把一杯凯迪拉克递给布朗宁医生，接着对老板说："不好意思，我至少还需要两个人。酒吧里有一百多个客人，我一个人可忙不过来。"

"我和他也留下。"老板指了指我。

最终，我的知识终于能派上用场了。罗茜推开吧台的合页门，让我进去。

米兰达·鲍尔医生举起手："请再来一杯，一样的。"

我大声冲罗茜喊着，吧台区现在一片嘈杂。

"米兰达·鲍尔，阿拉巴马监狱。黑刺李金酒、威士忌、加利安奴、橙皮甜酒、橙汁各一份，再加柳橙片和一颗樱桃。"

"我们没有橙皮甜酒了。"罗茜叫道。

"那就换成君度甜酒，减量20%。"

卢卡斯医生把空酒杯放到吧台上，抬起手指。再来一杯。

"格里·卢卡斯，空杯了。"我高声叫道。

罗茜拿走杯子：我希望她还记得我们尚未拿到他的样本。

"再给卢卡斯医生一杯。"

"知道了。"她的声音从厨房传出来。太好了，她还记得要收集样本。

马丁·范克里格医生大声叫着："有没有加加利安奴和龙舌兰的酒？"

人群静了下来。整个晚上，类似的问题司空见惯，宾客们似乎很期待我的回答。我想了想。

马丁又叫道："没事，没有就算了。"

"我正在重新检索我的内部数据库。"我解释道。检索花了几分钟时间。"墨西哥黄金或是弗雷迪·法德普克。"人群中爆发出一阵掌声。

"一样一杯。"他说道。

罗茜知道怎么调弗雷迪·法德普克，我把墨西哥黄金的配方告诉酒吧老板。

我们继续着这种工作模式，结果大获成功。我决定趁机收集在场所有男性医生的样本，包括之前由于外貌不符而被排除的医生。深夜1点22分，我胸有成竹，只差一个人的样本了。主动出击的时候到了。

"安瓦尔·罕医生，请到吧台来。"这是我从电视里听来的说法。我希望能听起来有些官方的意味。

罕医生只用自己的杯子喝水，还把它带到了酒吧。"您整晚都没有点饮品。"我说。

"有什么问题吗？我不喝酒。"

"您的做法非常明智。"我说，尽管我现在完全是个反面教材，身边放着一瓶打开的啤酒，"我向您推荐温情椰女、纯真玛丽，还有无酒精的——"

此时，伊娃·戈尔德医生的手臂环上了罕医生，她显然是受到了酒精的影响。"放松点，安瓦尔。"

罕医生回头看了看她，又看了看人群。在我看来，这些人正在充分展示着酒精的蛊惑作用。

"去他的吧，"他说，"把无酒精的都拿出来。"

他把空杯子放到了吧台上。

我很晚才离开高尔夫球俱乐部。最后一名客人凌晨2点32分离开，比预计的结束时间整整晚了2小时2分钟。罗茜、老板和我一共做了143杯鸡尾酒。罗茜和老板还卖了些啤酒，具体卖了多少我不清楚。

"你们可以走了，"老板说，"我们早上再打扫。"他向我伸出手，我按照习俗握了握，尽管现在才互相介绍似乎为时已晚。"阿穆哈德。"他说，"干得好，伙计们。"

他没有与罗茜握手，但是看了看她，微微一笑。我注意到她看起来有些疲倦，而我却仍然精力充沛。

"有时间去喝一杯吗？"阿穆哈德问道。

"好主意。"

"你疯了吧，"罗茜说，"我要回家了。所有东西都在你包里。不用我送你吗，唐？"

我有自行车，而且在这个漫长的晚上，我只喝了三瓶啤酒。我估计，即便和阿穆哈德再喝一轮，我血液中的酒精含量也仍然在法定标准以下。

"你的毒药是什么？"阿穆哈德问我。

"毒药？"

"你喝什么？"

当然。但是为什么，为什么，为什么人们就不能直抒胸臆，想什么就问什么?

"啤酒,谢谢。"

阿穆哈德开了两瓶淡啤酒,我们碰了碰杯。

"你做这行多久了?"

为了寻父计划,撒点谎是绝对有必要的,但我还是不太能适应。

"这是我第一次实战。"我说,"我做的有什么不对吗?"

阿穆哈德笑了。"你这人真有意思。听着,"他说,"在这儿没问题,我们供应的大多是牛排和啤酒,还有中档的红酒。今晚绝对是昙花一现,基本是因为有了你。"他喝了口啤酒,盯着我看了一会儿,一句话也没说。"我一直考虑在内西区开家小酒吧——卖些鸡尾酒,品味高雅的那种。纽约风情,不光是卖酒,你明白我的意思吧。如果你有兴趣——"

他在给我提供一份工作!考虑到我有限的经验,这真是无上荣幸。我突然冒出了一个荒谬的念头,真希望罗茜也能在场,见证这一切。

"我已经有工作了。谢谢。"

"我不是说工作,我是说合伙做生意。"

"不用了,谢谢。"我说,"对不起,我想你早晚会发现我没有那么好的。"

"也许吧,但我看人很准的。如果你改变主意了,给我打电话。我不着急。"

第二天是周日。

罗茜和我约定下午3点在实验室见面。她照旧迟到了,我已经开始工作了。我确定已经拿到了同学会上所有人的样本，这样，除了11个人，我们目前可以对所有白种男士进行检测了。

罗茜姗姗来迟，身着蓝色紧身牛仔裤和白色T恤衫，径直走向了冰箱。"没有检测完所有样本，就不许喝酒。"我说。

检测工作颇要花些时间，我还需要到主实验室取一些其他的化学试剂。

晚上7点6分，罗茜出去买比萨，真是不健康的选择。但我前一天晚上错过了晚饭，经过计算，我的身体应该可以消化掉一些超标的热量。她回来的时候，我正在检测倒数第四个样本。我们打开比萨的时候，我的手机响了。我立刻就知道来电者是何人了。

"你没在家，"我妈妈说道，"我很担心。"这算是她的合理反应，因为她的周日电话已经成了我每周日程中的固定环节了。"你在哪儿？"

"我在工作。"

"你还好吧？"

"我很好。"

让罗茜在一旁听着我们的私人谈话真是有些尴尬，我千方百计想快点挂掉电话，回答也尽可能地简短。罗茜开始大笑——幸好我妈妈没有听到——还做鬼脸。

"你妈妈？"罗茜问道，我终于挂断了电话。

"没错。你怎么知道？"

"你听起来就像是一个正在跟妈妈对话的16岁男孩，当着——"她停了一下，我的厌烦之情一定是太过明显，"就像我跟菲尔说话时一样。"

这很有意思，罗茜也觉得和父母对话是个难题。我的母亲是个好人，但太过关注分享个人信息。罗茜抓起一块比萨，盯着电脑屏幕。

"我猜没有进展。"

"有不少进展。又有5个人被排除了，只剩4个了。包括这个，"在我打电话的过程中，检测结果出来了，"安瓦尔·罕被排除了。"

罗茜更新了电子表格："真主保佑。"

"世界上最复杂的酒单。"我提醒她。罕医生点了五种不同的酒，以此弥补当晚早些时候戒掉的酒。聚会结束的时候，他环抱着戈尔德医生，和她一起离开了。

"没错，我也搞砸了。在温情椰女里加了朗姆酒。"

"你给他喝酒了？"这可能会违背他的个人或宗教信条。

罗茜听了大笑，开了两瓶啤酒。接着，她就盯着我，一直盯着我，我是肯定不会这么盯着别人看的。"太棒了。你。你是我见过的最棒的人。我不知道你为什么要这么做，但谢谢你。"她递过啤酒瓶，轻轻碰了碰我的，喝了起来。

被人赏识的感觉非常不错，但这就是我曾经对克劳迪娅提到过的隐忧。现在，罗茜开始问起我的动机了。她已经申请了寻妻计划，很可能还对此抱有期待。最好还是诚实一点。

"也许你会觉得我是因为想要展开一段浪漫关系才这么做的。"

"我确实这么想过。"罗茜答道。

假设证实了。

"如果给你造成了任何错误的印象，我十分抱歉。"

"你什么意思？"罗茜问道。

"如果是作为伴侣，我对你没有半点兴趣。我应该提早告诉你的，你实在不适合成为我的伴侣。"我试图评估罗茜的反应，但破译表情实在不是我的长项。

"那么你应该高兴才对，我知道怎么处理这种事情。你对我来说也实在不合适。"她说。

我心中的石头落了地。我没有伤害到她的感情，但确实还有一个问题有待回答。

"那你为什么要申请寻妻计划？"用"申请"这个词可能不大严谨，毕竟吉恩并没有让她填完问卷。她的回答也把沟通不畅的问题提升到了一个更为严峻的等级。

"寻妻计划？"她似乎从未听说过这个项目。

"吉恩把你当作寻妻计划的候选人介绍给我，算是万能牌。"

"他干吗了？"

"你没听说过寻妻计划？"我试图把谈话拉回到正确的起点上。

"没有，"她的语气好像是在给小孩子发号施令，"我从来没有听说过寻妻计划，但我很快就要知道了，详详细细地知道了。"

"当然。"我说，"我们可以边吃比萨，边喝啤酒，边说。"

"没问题。"罗茜说。

我介绍了有关寻妻计划的一些细节，包括与吉恩的讨论和到约会现场的实地考察。我们干掉了最后一块比萨，项目也介绍完了。罗茜倒是没提出多少问题，但颇为感叹，感叹词也不外乎"上帝啊""他妈的"。

"那么，"罗茜问道，"你还在继续吗？这个寻妻计划？"

我解释道，从技术层面来讲，项目仍在进行，但由于缺乏符合标准的候选人，目前并无实质进展。

"太遗憾了，"罗茜安慰道，"那个最完美的女人尚未出现。"

"我本以为至少会有一人以上达标，"我说，"但这有点像在找骨髓捐献者，报名人数太少。"

"我只能寄希望于有足够数量的女人意识到自己的公民责任，参加测试。"

这种评论挺有意思。我并不觉得这是某种责任。过去的几周，每每想起尚未成功的寻妻计划，我都会有点伤感。那么多的女人都在寻找伴侣，她们是如此绝望，甚至来参加了测试，就算达标的可能性微乎其微。

"这完全是自愿的。"我说。

"你对她们可真好。我有一个想法。所有这些参加了测试的女人都是心甘情愿被当作物件，你可以说这是她们自己的选择。但只要你肯花上两分钟，看看有多少社会压力迫使女人们把自己看作物品，你可能就不会这么想了。我想知道的是，你真的想要一个这样的女人吗？你真的想要这样的妻子？"罗茜似乎有些生气，"你知道我为什么要穿成这样吗？为什么要戴眼镜？因为我不想被看作一个物件。你把我当作一个申请人，对我来说简直是奇耻大辱，一个候选人——"

"那你为什么要来见我？"我问，"就是外套事件那天？"

她摇了摇头："还记得那天在你家阳台上，我问过你有关睾丸大小的问题吗？”

我点了点头。

“当时是不是惊到你了？第一次约会，就问起睾丸？”

“也没有，我当时只顾着提醒自己不要说出什么奇怪的话。”

“好吧，忘了它吧。”她似乎平静了一些，“我问那个问题是因为和吉恩打了个赌。吉恩简直就是头男性至上的蠢猪，他打赌说人类天生就不是一夫一妻制，证据就是睾丸的大小。他打发我去问遗传学专家，看谁能赢。”

我花了好一会儿才完全弄明白罗茜在说什么。吉恩完全没有告诉她晚餐的邀请。一个女人——罗茜——在完全没有预警的情形下同意了与我约会，完全被设计了。而我却充斥着与之完全不相称的满足感。吉恩误导了我，而且他可能还在金钱上占了罗茜的便宜。

“你钱财上的损失严重吗？”我问，“一个心理学教授和一个吧女打赌，简直就是剥削。”

“我他妈的不是一个吧女。”

罗茜开始骂脏话，我知道她又生气了。但她没有证据反驳。我也意识到了自己的错误——在某些阶层面前犯下这种错误是会惹上麻烦的。

“酒吧——工作人员。”

“酒保是现有的没有性别歧视意味的用语，”她说，“但这不是重点。那是我的兼职工作。我是心理学系的博士生，懂了吗？我就在吉恩的学院。现在你明白了吗？”

当然！我一下子记起来曾经在哪里见过她——在吉恩的公开课结束

后，和他辩论的那个。我记得吉恩当时邀请她一起去喝咖啡——这是吉恩
吸引女人的惯常招数——但她拒绝了。不知为何，我觉得很是欣慰。但我
如果能从一开始就认出她，所有这些误会就都可以避免了。当然，一切也
都说得通了，包括她在咨询医学院申请时的表现。但，还有两件事。

"你怎么不告诉我？"

"因为我就是一个吧女，但我不会以此为耻。无论如何，我是吧女，
你喜欢不喜欢都无所谓。"我认为她是在使用某种修辞手法。

"非常好，"我说，"这样基本就都能解释通了。"

"噢，那很好。但什么叫'基本'？你是不是总要留下点尾巴？"

"那吉恩怎么不告诉我？"

"因为他是个浑蛋。"

"吉恩是我最好的朋友。"

"上帝保佑你吧。"她说。

事情都讲清楚了，现在结束这个寻父项目，时机再好不过，尽管我们
不太可能在今晚就找出她的父亲是谁。还有14名候选人，而样本只有3个
了。我站起来，朝仪器走过去。

"听着，"罗茜说，"我再问你一遍。你为什么要这么做？"

我曾经思考过这个问题，我当时得出结论，因为这既是一项科学挑
战，又可以对近旁之人发扬利他主义精神。但当我开口解释的时候，我才
意识到这不是真的。今晚，我们已经纠正了无数沟通过程中的无效假设和
错误，我不应该再增加一条新的。

"我不知道。"我说。

　　我回到仪器旁边，开始装样本。突然，一阵玻璃碎裂的声音打断了我的工作。是罗茜，她抓起一只烧杯——一只装着未经检测的样本的烧杯——重重砸到了墙上。

　　"我真是受够了！"她跑了出去。

　　第二天一早，有人敲响了我办公室的门。罗茜。

　　"进来。"我应门，"你一定是来了解最后三个样本的结果的吧。"

　　罗茜慢慢走到我的桌前，步态不大自然，我正在查看一些可能改变人生的数据。"不是，"她说，"他们的结果一定都对不上。如果能对上，你一定已经打电话给我了。"

　　"没错。"

　　她站在那儿，看着我，什么都没有说。我知道，如此的沉默可以让我更详细地解释一下情况，但我实在不知该说些什么。最终，还是她打破了沉默。

　　"嘿——对不起，我昨晚脾气太坏了。"

　　"完全可以理解。付出了那么多努力，却没有回报，任谁都会沮丧的。但这在科学界其实是十分常见的，"我突然记起她也是学界一员，同时兼任吧女，"这你是知道的。"

　　"我是说你的寻妻计划。我觉得这完全是错的，你和其他男人没什么区别，都会物化女人——你不过是更诚实些罢了。无论如何，你已经帮了我很多……"

　　"这是一种沟通上的错误，幸好已经及时纠正了。我们现在可以抛弃个人嫌隙，继续合作寻父计划了。"

"你得先告诉我你为什么要这么做。"

又是那道难题。如果她认为我的动机是和她展开浪漫关系，那么即便她无法对此给出回应，她也还是乐于继续这个项目的。

"我的动机丝毫没有改变，"我说，这是真的，"你的动机才是个问题。我曾经以为你想成为我的伴侣，所幸，那是基于错误信息得出的错误结论。"

"你不是应该在你的物化项目上多花点时间吗？"

这个问题恰到好处。电脑屏幕上的数据刚刚显示了某种重大突破。

"好消息。我已经找到一个满足所有条件的申请人了。"

"很好，"罗茜说，"那你就不需要我了。"

这种回应可真是奇怪。除了罗茜自己的项目，我没有任何需要她的地方啊。

第十六章　舞蹈练习

这位候选人名叫比安卡·里韦拉，她符合我所有的要求。但还有一个障碍，要我花上点时间。她提到曾两次在全国交际舞大赛上夺冠，并且要求她的伴侣也是一位娴熟的舞者。她为自己的伴侣设定一些标准非常合情合理，这一条也很容易达成。要把她拿下，我的优势还是很明显的。

我给院长助理雷吉娜打了电话，确认教员舞会的门票是否仍在出售。接着，我给比安卡写了邮件，邀请她做我的舞伴。她同意了！我要去约会了——完美的约会。现在，我还有10天时间学会怎么跳舞。

我正在办公室练习跳舞的时候，吉恩进来了。

"我认为想要长寿，得靠和活着的女人结婚，唐。"

他是指我练习跳舞时用的人体骨架。这骨架是我从解剖学实验室借来的，也没有人问过我为什么要借。从骨盆的尺寸判断，这应该是一副男性的骨架，但用来练习跳舞没什么问题。我向吉恩解释了我的目的，并且指出电影《油脂》中跳舞的场景目前正贴在我办公室的墙上。

"所以说，"吉恩说道，"这位真命天女（Ms Right）——不对，是真命天女博士，博士，就这么出现在你的收件箱里？"

"她的名字不是赖特（Wright），"我说，"是里韦拉。"

"照片？"

"不需要。会面的安排十分妥帖，她会来参加教员舞会。"

"完了。"吉恩沉默了一会儿，我继续着舞蹈练习，"唐，教员舞会就在下周五。"

"没错。"

"你不可能只用9天就学会跳舞。"

"10天，我昨天就开始了。步法很好记，我只需要练熟技巧就可以了。这比武术要简单多了。"

我展示了一段舞步。

"非常不错。"吉恩说，"坐下，唐。"

我坐了下来。

"我希望你不要因为罗茜的事情生我的气。"他说。

我都快把这事忘了。"你怎么没告诉我她是心理学系的学生？还有你们打的赌？"

"听克劳迪娅说，你们两人相处得很好。我以为她是故意没有告诉你的。她的性格可能是有点扭曲，但人绝对不傻。"

"完全合情合理。"我说。在有关人类互动的问题上，何苦要跟一个心理学教授争个高下？

"你们两个人里有一个能够释然，我就很高兴了。"吉恩接着说，"但我得说，罗茜有点生我的气，人也不大开心。听着，唐，我已经劝动她去参加舞会了，自己去。如果你知道罗茜一共听过几次我的话，就会知道这有多难得了。我建议你也这么做。"

"听从你的建议？"

"不是，是去舞会——自己去。或者邀请罗茜做你的舞伴。"

现在我明白吉恩的意思了。吉恩满脑子都是性吸引力，性事在他眼中似乎无处不在。这一次，他完完全全地错了。

"罗茜和我已经明确讨论过建立关系的问题了，我们两个人都没有兴趣。"

"从什么时候起，女人们也学会明确讨论了？"吉恩反问道。

为了我与比安卡的重要约会，我特意去问了克劳迪娅的意见。我以为她会以吉恩妻子的身份和他一起出席舞会，我届时可能会需要她的帮助。但实际情况是，她根本就不知道有这么个舞会。

"做你自己，唐。如果她不能接受真实的你，那她就不是那个对的人。"

"我想不会有任何女人愿意接受真实的我吧。"

"那达夫妮怎么说？"克劳迪娅反问我。

确实如此——达夫妮与任何和我约会过的女人都不同。这种疗法非常不错，用反例驳倒。或许比安卡就是那个更年轻的、会跳舞的达夫妮。

"那罗茜呢？"克劳迪娅继续追问。

"罗茜完全不合适。"

"我问的不是这个。"克劳迪娅解释说，"她是否能够接受真实的你？"

　　我想了一会儿，这问题可不容易回答。

　　"我觉得她可以，但这是因为她没有把我看成一个潜在的交往对象。"

　　"你能这么想可能对你也有好处。"克劳迪娅说。

　　感觉！感觉，感觉，感觉！感觉在影响我的幸福感。除了挥之不去的想继续寻父计划而不是寻妻计划的强烈欲望，我对和比安卡的约会也感到焦虑重重。

　　从小到大，我一直被诟病感情淡漠，好像这是什么绝对错误一样。每每与精神科医生和心理专家交流——甚至包括克劳迪娅——结论的前提都是我要更多地"接触"我的感情。当然，他们真正的意思是我应该向他们妥协。我十分乐于探测、认知和分析人类感情，因为对我来说，这是一项亟待提升的实用技能。有时，一些感情让我们快乐——比如我对姐姐的感激之情，即便在我很糟糕的时候，她也愿意来探望我；又比如一杯红酒下肚后油然而生的愉悦感——但我们也要保持警惕，不要让感情削弱我们。

　　我判定自己的头脑有些信息过载，便新建了一个电子表格帮助我分析现状。

　　我开始列出近期日程中的干扰项。有两项无疑是作用积极的。伊娃，那个穿短裙的清洁工，工作十分出色，给我省下了不少时间。若是没有她，最近新增的大部分活动都不可能进行。还有，焦虑感，即便我已经找到首位完全符合寻妻计划要求的人选。我虽早已决定要找到伴侣，但这是我第一次筛选出可能的候选人。寻妻计划本应占据我大多数的空闲时间，现在，理智要求我必须把所有精力都投入其中。好了，我已经找到了头号问题，即情感与逻辑不一致。面对机会，我不愿去追。

我不知道寻父计划对我来说是好是坏，我们已经为此投入了大量时间，却仍然一无所获。我继续这个项目的理由一直根基不牢，我为此付出的精力远远超过了合理范围。如果罗茜想继续定位并获取剩余候选人的DNA样本，那她应该自己去弄。她现在已经有了不少实战经验，完全了解采集样本的流程了。我可以帮忙检测。可是，一次又一次地，理智与情感完全脱节。我想要继续寻父计划。为什么？

其实，对愉悦程度的比较完全没有必要，特别是在时间跨度很长的情况下。但是，如果硬要我选出人生中最快乐的一天，我会毫不犹豫地选择我在美国自然历史博物馆度过的第一天，那时我还在读博士，到纽约去参加会议。第二快乐的日子是我在那儿度过的第二天，第三快乐的日子是在那儿的第三天。但经过了最近的几次活动之后，我的选择不再那么坚定了。要在自然历史博物馆和高尔夫球俱乐部的鸡尾酒之夜之间做选择，确实有些难度。我是不是真的应该考虑辞掉工作，接受阿穆哈德的邀请，成为鸡尾酒酒吧的合伙人？那我的愉悦感能不能因此永续延长，甚至活得更开心？这想法真是荒唐。

我的困惑主要来源于我面前的这个等式：既包含了极大的负值——极其严重地扰乱我的日程，又包含了极大的正值——随之而来的愉快体验。我之所以无法将这些元素准确量化，是因为我无法确定最终的结果——是正是负。结果的误差幅度是很大的。我认为寻父计划的最终结果仍有待确定，因此将其列为最严重的干扰项。

　　电子表格里的最后一项内容也是现下最紧迫的风险，即我对寻妻计划的紧张情绪和矛盾心理可能会阻碍我和比安卡的社交往来。我并不担心跳舞的部分——准备武术比赛的经历让我信心十足，再加上适量饮酒也会带来额外优势，比武的时候可不能喝酒。我更担心会在交往中失礼。如果因为未能察觉到她的嘲讽，或是盯着她的眼睛看的时间过长或过短而失去我最完美的潜在伴侣，那就太可怕了。我一再告诫自己，克劳迪娅是对的：如果比安卡过分关注这种事情，那她就不是我的最佳伴侣，我也就有机会再次优化我的问卷，以备后用。

　　我去了吉恩推荐的礼服租借公司，借了一套最为正式的礼服。我可不想让外套事件重演。

第十七章　舞　会

　　舞会于周五晚上在河边的接待中心召开。为了保证效率，我带着礼服去了办公室，趁着等待下班的当口儿，拖着骨架又练了一遍恰恰和伦巴。我去实验室取啤酒，突然感到了一阵情感上的强烈刺痛。我一定是在怀念寻父计划了。

　　早上要带着燕尾服和高顶礼帽去上班，骑车是完全不可能了，所以我只能打车过去，并如期于晚上7点55分抵达会场。在我身后，另有一辆出租车靠边停下，一位高挑的黑发女郎走了下来。她穿着世界上最漂亮的裙子：色彩繁复明亮——红色、蓝色、黄色、绿色——结构精巧，侧边开衩。我从未见过如此美丽之人。她大约35岁，身体质量指数22，和问卷上的答案一致。时间掌控得刚刚好，不太早也不太晚。这就是我未来的妻子吗？简直让人难以置信。

　　我走下出租车，她看了我一眼，便转身径直向门口走去。我深吸一口气，跟了上去。她进门，环视会场。她又看到我了，这次似乎看得仔细些。我走近她，直到我们能够交谈，但保持着适当的距离，以免侵犯她的个人空间。我望着她的眼睛，默数着一、二，然后视线向下滑，一点点，只有一点点。

"嘿，"我打了个招呼，"我是唐。"

她端详了我一会儿才缓缓伸出手，轻轻地和我握了握。

"我是比安卡。你穿得……可真隆重啊。"

"当然了，邀请函上特别指明了要穿正装。"

大约两秒钟后，她突然大笑起来："你刚刚可是唬到我了。你这冷面笑匠。你知道的，虽然都会把'幽默感强'列为择偶要求，但这绝对不是说要找一个喜剧演员约会。我觉得咱们会度过一个愉快的夜晚。"

简直是太顺利了。

宴会厅很大——装下了几十张桌子，还有一屋子盛装出席的学者。每个人都向我们投来注目礼，看来我们确实有些惹眼。起初我以为是比安卡的裙子太过夺目，但舞会上还有若干穿着有趣的女士。我很快就发现在场的其他男士几乎都毫无例外地穿着黑色西装、白色衬衣，打领结。根本没有人穿燕尾服或是戴礼帽。这也能解释比安卡先前看到我时的反应了。这种情形确实挺讨厌，但好在我也不是没有经历过。我对着人群脱帽致敬，人们也回应我以尖叫。比安卡似乎很是享受。

我们在12桌，根据座位表，刚好就在舞池边上。乐队在调音，看他们的乐器，似乎我在恰恰、桑巴、伦巴、狐步舞、华尔兹、探戈和兰巴达方面的技艺是派不上用场了。我得重点运用舞蹈练习第二天的成果——摇滚舞。

吉恩建议我在官方开始时间之后30分钟再到场，其结果就是整张桌子只剩下三个位子了。其中一个是吉恩的位子，他正在一旁溜达，倒香槟喝。克劳迪娅并不在场。

我认出了物理学系的拉斯洛·海韦希，他穿着冲锋裤和速干衣，完全不合规矩。他旁边坐着一位女士，竟然是闪电约会上见过的弗朗西丝。他的另一侧坐着美艳海伦娜。桌旁还有一个黑发男人，大约30岁（身体质量指数约为20），胡子好像几天没刮过了。接着，在他旁边，坐着我见过的最美丽的女人。与比安卡繁复的裙子正相反，她穿着一条没有任何装饰的绿色连衣裙，甚至连条腰带都没有，彻底的极简风格。我注意看了她好久，才发现那人竟是罗茜。

我和比安卡在胡子男和弗朗西丝之间的两个空位子上坐下，刚好符合一男一女的交叉排位。罗茜开始介绍我们认识，我注意到她使用的礼仪正是我为了能够得体地参会而学过的，但未曾真正使用过。

"唐，这位是斯特凡。"她是说胡子男。我伸出手，握住他的手，评估他的力道，应该是有点过头了。一见到他，我就即刻生出了一种负面的反应。大体上看，我并不善于评估其他同类，除非是通过对话或是文字交流。但我一眼就能分辨出那些调皮捣蛋的学生。

"久仰大名啊。"斯特凡说。

也许我的结论太过草率。

"你了解我的工作？"

"可以这么说。"他笑着回道。

我发现如果不介绍比安卡，我们的对话可能会无法继续。

"罗茜，斯特凡，请允许我向你们介绍比安卡·里韦拉。"

罗茜伸出手，说道："很高兴见到你。"

她们相互使劲微笑着，斯特凡也跟比安卡握了手。

任务完成了，我便去找拉斯洛，有一阵子没跟他聊过天了。拉斯洛是我认识的人中唯一比我社交能力还要差的人，有他在一边做参照，真是让人安心。

"向您致敬，拉斯洛。"我说道，现在使用正式的用语应该比较恰当，"向您致敬，弗朗西丝。您找到伴侣了。您约会过几次了？"

"吉恩介绍我们认识的。"拉斯洛说道。他正很不合时宜地盯着罗茜看个不停。吉恩给了拉斯洛一个"竖大拇哥"的手势，拎了瓶香槟挤到我和比安卡之间。比安卡立刻把杯子倒了过来。"我和唐不喝酒。"她说着，把我的杯子也倒了过来。吉恩给了我一个大大的微笑。真是奇怪的反应，我一定是在版本监督上出了问题——比安卡填的一定是最初版本的问卷。

罗茜问比安卡："你和唐是怎么认识的？"

"我们都喜欢跳舞。"比安卡答道。

这个回答很不错，完全没有涉及寻妻计划，但罗茜的表情怪怪的。

"真不错啊。"她说，"我的博士课程太紧张了，完全没有跳舞的时间。"

"你得做好规划，"比安卡说，"我完全信任完美的规划。"

"是的，"罗茜被打断了，"我——"

"第一次闯进全国大赛决赛的时候，我还在念博士。我当时确实想过放弃铁人三项或是日本料理的课程，但是——"

罗茜微微笑着，但跟平时不一样："不，那样就太傻了。男人们喜欢会做饭的女人。"

"我想我们已经摆脱这种偏见了，"比安卡说，"唐就很会做饭。"

克劳迪娅建议我在问卷中体现我的厨艺水平，看来十分奏效。罗茜也给出了一些佐证。

"他做菜确实不错，我们在他家的阳台上吃的那顿龙虾真是太棒了。"

"哦，是吗？"

罗茜对我的夸奖是很有帮助的，但斯特凡又拿出了一副捣蛋鬼的嘴脸。我使用了演讲的技巧，先行向他提问。

"你是罗茜的男朋友吗？"

斯特凡没有给出清楚的回答。若是在平时，我正好可以借此继续盘问下去，学生们现在对我都很是警觉。但罗茜替他给出了答案。

"斯特凡和我一块儿念博士。"

"我觉得更确切地说，应该是伴侣。"斯特凡补充道。

"只是今晚。"罗茜回道。

斯特凡微微一笑："第一次约会。"

在如何定义彼此关系这一点上，他们尚未达成共识，这有点怪。罗茜继续转向比安卡。

"你们呢？你和唐也是第一次约会？"

"没错，罗茜。"

"你觉得那个问卷怎么样？"

比安卡立刻看向我，随即又转回去："非常好。大部分男人只顾着吹嘘自己。有人愿意关注我，这一点很好。"

"这我就明白了。"罗茜说。

"还有，作为舞者，"比安卡继续说，"我不能单靠运气。但也有这种说法：越努力的人，运气就越好。"

罗茜拿起香槟酒杯，斯特凡插进来说："你跳舞多久了，唐？拿过奖吗？"

就在这时，院长抵达会场，我可以不用回答这个尴尬的问题了。

院长穿着一条花样繁复的粉色裙子，下摆很大，旁边站着一个与她年纪相仿的女人，黑西装，打领结，一身标准的男士舞会礼服。看到她们，人们的反应和看到我时如出一辙，只是少了友善的问候。

"天哪！"比安卡惊叹道。虽然我对院长评价不高，但她的反应也让我很不舒服。

"你不能接受女同性恋？"罗茜问道，语气有点咄咄逼人。

"完全不是，"比安卡说，"我只是不能接受她的审美。"

"那你跟唐就有的聊了。"罗茜打趣道。

"我认为唐很棒。"比安卡说，"想要与众不同，也是需要天赋的。每个人都只会穿晚宴服或是普通的连衣裙。你不觉得吗，唐？"

我礼貌地点点头，以示赞同。比安卡正在展现的品质恰恰是我追求的。她极有可能就是那个完美的人，但不知道为什么，我的本能一直在反抗。或许是禁酒令在作祟。我对酒精的隐秘渴望让我的潜意识不断释放出信号，拒绝任何阻止我喝酒的人。我得克服这一点。

我们吃完主菜，乐队弹了一些杂乱的和弦。斯特凡走上去，从主唱手里拿过麦克风。

"各位晚上好。"他说，"我想你们已经听说了，有一位曾经闯进过全国舞蹈冠军大赛决赛的选手今晚正在现场。你们可能在电视里见过她——比安卡·里韦拉。现在就让比安卡和她的舞伴唐给我们跳上一曲助助兴吧。"

我不曾想过自己的第一次表演会有如此多的观众，但一览无余的舞池也自有它的好处。我曾经在一大群人面前做过很多次演讲，也曾经参加过公开的武术比赛，所以完全没有紧张的必要。比安卡和我走进舞池。

我带着她摆好标准的牛仔舞动作。虽然我和骨架老兄已经练习过很多次了，但还是即刻就感到有些尴尬，那种和另一个同类亲密接触的尴尬，近乎厌恶。我已经做好了精神准备，却忽略了一个更为重要的问题：我从未跟着音乐跳过。我能够保证步法精准，但实在没法儿跟上节奏，速度也不对。我们脚下拌蒜，跌跌撞撞，完全就是一场灾难。比安卡试着引导，但我完全没有和活物搭档合作的经验，更不用说一个试图掌控全局的活物。

人们开始爆笑。我是被人嘲笑的专业户，所以当比安卡推开我的时候，我迅速扫视了人群，看看谁没有笑我，这是辨认朋友的好法子。吉恩和罗茜，竟然还有院长和她的女伴，今晚他们都是我的朋友。但斯特凡肯定不是。

得做点什么来救场了。在我的舞蹈研究中，我注意到一些特别的动作，尽管我没想用到这些动作，但还是因为太过有趣而记下了。这些动作的优势就是可以不受节奏、时机的限制，也不需要身体接触。现在是时候拿出来用用了。

我模仿了奔跑男、挤牛奶，还有钓鱼，把比安卡钓上来，尽管她并没有按照要求做出任何动作。确切地说，她只是一动不动地站在那儿。最后，我决定试试身体接触，那种很拉风的结束动作，即男伴从一侧将女伴甩过去，再拉回来，停在两腿之间。但遗憾的是，这样的动作需要舞伴的配合，特别是当她重于一副骨架的时候。比安卡丝毫没有配合我，那场景看起来好像我在攻击她一样。跳舞跟合气道完全不同，训练中显然没有如何安全落地这一课。

我想扶她站起来，但她甩开了我的手，径直向洗手间走去，显然没有受伤。

我回到桌旁坐好，斯特凡还在笑个不停。

"你个浑蛋！"罗茜骂了他一句。

吉恩跟罗茜说了几句话，应该是劝她不要在大庭广众之下发脾气，她似乎有所收敛。

比安卡回到座位上，只是拿走她的包。

"主要的问题还是在同步性上，"我试着跟她解释，"我脑子里的节奏和乐队的不在一个频率上。"

比安卡别过脸不看我，但罗茜似乎准备好要听我的解释。"我练习的时候把音乐关掉了，这样就能专心练步法了。"

罗茜没有回应，我听到了比安卡和斯特凡的对话。"这种事情偶尔也会发生，不是第一次了，但这肯定是最惨的一次。男人们都说自己会跳舞……"她向出口走去，连句晚安都没和我说，但吉恩快步跟了上去，拦下了她。

这给了我一次机会。我赶快把酒杯放好，倒满。是麝香葡萄酒，品质很差，而且过甜。我把酒喝完，又倒了一杯。罗茜从位子上站起来，向乐队走去，跟主唱说了几句话，接着是鼓手。

她回来后，用手指指我，风度翩翩。我认出了这个动作——我看过12遍的动作。那是电影《油脂》里奥利维娅·牛顿-约翰给约翰·特拉沃尔塔的信号，他们要开始跳舞了。9天前吉恩打断我的时候，我正是在练习这段舞。罗茜把我推向舞池。

"跳舞吧，"她说，"他妈的跳就对了。"

没有音乐的伴奏，我开始跳了起来。这才是我练过的部分。罗茜合着我的节拍跟上来。接着，她伸直手臂，随着我们的动作摇摆起来。这时，我听到了鼓点，这鼓点恰好敲在了我们的节奏上，我的身体可以感知得到。我几乎都没有注意到整支乐队是什么时候加进来的。

罗茜是个好舞伴，甚至比骨架老兄还要容易掌控。在复杂的段落，我带着她跳，只需要注意步法不要出错。《油脂》里的那首歌结束了，全场掌声雷动。我们还没有回到座位上，乐队重新开始奏乐，观众们也适时鼓起了掌：满意。也许是麝香葡萄酒刺激了我的认知功能，我瞬间被某种特殊的感情击中——不是满足感，而是一种极度的欢愉。在自然历史博物馆就是这种感觉，做鸡尾酒时也是这种感觉。我们又跳了起来，这一次我专注于身体的感知。我踏着伴随我成长的那首歌的节拍，罗茜也随着相同的节奏摆动。

一曲终了，人们再次贡献出掌声。

我搜寻着比安卡，我的约会对象，她正在出口附近和吉恩在一起。我以为她会对我留下个不错的印象，因为跳舞的问题解决了，但即便我们相距遥远，即便我不大擅长解读表情，我还是可以看出她的愤怒。她转身走了。

　　之后的时光异常美妙，一段舞蹈改变了一切。每个人都走过来赞美我和罗茜。摄影师免费送给我们每人一张照片。斯特凡早早离开了。吉恩从吧台弄了点高级香槟，我们喝了好几杯，还有物理学系一位来自匈牙利的博士后克拉拉。罗茜和我又跳了一曲，接着我几乎和在场的所有女士都跳了舞。我问吉恩是否应该邀请院长或是她的女伴跳上一曲，但显然，这一社交问题已经超出了他能够解答的范围。最终，我没有行动，院长明显情绪不大好。因为人们宁愿跳舞，也不愿意听她准备好的讲话。

　　舞会临近结束的时候，乐队奏起了华尔兹。乐曲终了，我环顾四周，舞池里只有我和罗茜。人们再次鼓掌。事后我才意识到，我一直在与另一个同类进行着更为亲密的身体接触，竟丝毫没有任何不适的感觉。我认为这是因为我全情投入到踩对步点上。

　　"你要跟我拼车吗？"罗茜问。

　　这似乎是对化石燃料的合理利用。

　　在出租车上，罗茜对我说："你应该跟着不同的节奏练习。你可没有自己想的那么聪明。"

　　我直直地望向窗外。

　　她忽然惊叫起来："不可能，绝对不可能！你这么干了，对不对？这更要命。你宁可在众人面前当个傻子，也不愿意告诉她，你跟她不合适。"

　　"那样就太尴尬了，我没有理由拒绝她。"

　　"你只是不想娶一只长尾鹦鹉。"罗茜说。

　　她真是太有意思了，一定是因为我喝了酒，而且重压之后还有些代谢失调。我俩大笑了好几分钟，罗茜有几次触到了我的肩膀。我不在乎，但笑声停止之后，我又觉得有些尴尬，赶忙转开了视线。

　　"你真是太不可思议了。"罗茜说，"我说话的时候，请看着我。"

　　我仍然看着窗外，我已经受到了过度的刺激。"我知道你长什么样子。"

　　"我的眼睛是什么颜色的？"

　　"棕色。"

　　"我刚出生的时候，眼睛是蓝色的，"她说，"淡蓝色，像我妈妈一样。她是爱尔兰人，却有双蓝眼睛。之后，就变成棕色了。"

　　我望着罗茜。这太不同寻常了。

　　"你妈妈的眼睛变了颜色？"

　　"我的眼睛，在我小的时候。就在那个时候，我妈妈意识到菲尔不是我的父亲。她的眼睛是蓝的，菲尔的也是。所以，她决定告诉他真相。我可能得庆幸菲尔不是头狮子。"

　　我听不大懂罗茜想要说什么，一定是因为酒精，还有她身上的香水味。但她还是给了我机会把对话保持在安全范围内。虽然像眼睛颜色这样受基因影响的人体特征的遗传问题要比想象中复杂得多，但我有自信可以就此讲上很长时间，直至旅程结束。但我明白这么做可能会造成一种防御性的姿态，对罗茜也很不礼貌。她为了帮我，要承担很大的可能会出丑的风险，她和斯特凡的关系也可能会因此受到损害。

　　我拉回思路，重新思考她的话："我可能得庆幸菲尔不是头狮子。"

我想她应该是在引用我们在阳台晚餐那晚的谈话，当时我告诉她狮子会杀死非亲生的幼崽。也许她想说说菲尔，这话题我也感兴趣。整个寻父计划的动机就是菲尔父亲角色的失败。但除了他反对喝酒、选车失败和买了首饰盒当礼物以外，罗茜也拿不出其他什么实在的证据。

"他暴力吗？"我问。

"不，"她顿了一下，"他就是——让人捉摸不透。也许哪天我被当成了世界上最特别的小孩，但第二天，他就不想要我了。"

这种说法太过含糊，无法作为一个DNA鉴定项目的评估依据。"你能举个例子吗？"

"怎么说呢，好吧，第一次是我10岁的时候，他答应带我去迪士尼乐园。我告诉了学校里所有的人，然后我就等啊等啊等，最终他也没有带我去。"

出租车在一栋公寓楼外停下，罗茜还在不停地说着，她转头看向驾驶座。"所以，我的整个故事就是有关拒绝的。"她转向我，"你会怎么处理这种事？"

"这种问题从来没有出现过。"我告诉她。现在不适合展开一轮新的对话。

"废话。"罗茜悻悻。看来我得如实作答，我面对的可是心理学系的毕业生。

"在学校确实有过问题，"我说，"所以我开始练武术。但我还是希望掌握一些非暴力的技巧来处理复杂的社交问题。"

"就像今晚这样的问题。"

　　"我看重的事情，人们都当作笑话看。"

　　罗茜没有回应。我知道这是一种治疗术，但我实在不知道还能做些什么，只能继续讲下去。

　　"我没有什么朋友。除了我姐姐，基本上就没有朋友了。但她两年前因为医疗事故去世了。"

　　"什么事故？"罗茜悄悄地问。

　　"宫外孕没有诊断出来。"

　　"噢，唐。"罗茜的声音充满同情。我感觉自己找对了倾诉对象。

　　"她当时……有男朋友吗？"

　　"没有。"我顺势回答了她的下一个问题，"我们永远也不会知道孩子的父亲是谁了。"

　　"她叫什么？"

　　从表面上看，这是一个无伤大雅的问题，但我不明白她为什么想知道我姐姐的名字。难道她还想间接地指涉什么，我只有一个姐姐。我觉得很不舒服。过了好一会儿，我才明白为什么。尽管不是故意为之，但自她故去后，我再也没有叫过她的名字。

　　"米歇尔。"我告诉罗茜。之后，便是两厢无言。

　　出租车司机不自然地咳了起来，我想他应该不是想要点啤酒。

　　"你想上来坐坐吗？"罗茜问。

　　我有些不知所措。和比安卡见面、跳舞，被比安卡拒绝，社交过载，讨论隐私——现在，当我以为折磨终于要结束的时候，罗茜似乎还想接着聊聊。我不确定我是否还能应付得了。

"现在太晚了。"我说。我想这是可以接受的一种说法，表明我想回去了。

"早上出租车费更便宜。"

如果我理解得没错，现在的状况早已远远超出我能够应对的范围了。我得先确定是否误解了她的意思。

"你是说让我留下过夜？"

"也许吧，但你得先听完我的故事。"

警报！前方危险，威尔·鲁滨逊。未知异形正在靠近！[①]我能感到自己正一步步滑向情绪的深渊。我强撑着保持镇定，给出答复。

"不好意思，我早上安排了许多事情要做。"例行事务，保持常态。

罗茜打开车门，我希望她赶快离开，但她的话好像还没有说完。

"唐，我能问你点事吗？"

"一个问题。"

"你觉得我有吸引力吗？"

第二天，吉恩告诉我，我弄错了。但他当时人不在车上，没有和世界上最漂亮的女人在一起，也没有经历一整晚的感知过载。我自信做得很不错，因为我发现了这个问题的玄机。我希望罗茜能够喜欢我，我也忘不了她对男人物化女人的不齿。她正在测试我，看我把她当作一个物件还是一个人。显然后者才是正确的答案。

"我没有注意。"我告诉世界上最漂亮的女人。

---

① 《迷失太空》中的台词。

第十八章　上床练习

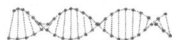

在出租车上，我给吉恩发了短信。那是深夜1点8分，我们同时离开舞会，但他的路程更远。特急：明早6点跑步。吉恩回复：周日8点，带着比安卡的联系资料。我本想坚持早一天见面，但我很快意识到，应该用这一天来好好整理我的思路。

很显然，罗茜是在邀请我和她共赴云雨。避开这种事情是对的。我们都喝了太多的香槟，有些醉了。酒精恶贯满盈，轻易就能把人引向乱性的深渊。罗茜就是个好例子。她的母亲无疑是受到了酒精的驱使，做出了草率的决定，如今让她压力重重。

我本人的性经验十分有限。吉恩告诉我，一般等到第三次约会之后再提出过夜的邀请比较符合传统，但我的约会从未延续到第二次。实际上，我和罗茜只约会过一次，就是发生外套事件和阳台晚餐的那次。

我从未招过妓，倒不是出于道德上的考虑，而是觉得恶心。这不是一个合理的理由，但我寻求的不过是肉体上的满足，所以肉体上的不适这个理由已经足够。

但如今，我有机会尝试吉恩所谓的"无条件性爱"。所需条件已经到位：罗茜和我明显都没有继续交往的兴趣，且罗茜已经发出了想和我上床的暗示。我想和罗茜发生关系吗？不想似乎不合逻辑，我完全应该遵从原始欲望的驱使。答案绝对是想。做好这一理智的决定以后，我再也无法思考别的了。

周日一早，我和吉恩在他家门外见面。我带上了比安卡的联系信息，看了一下她的国籍——巴拿马。吉恩对此很满意。

吉恩想知道我跟罗茜见面的详细情况，但我认为没必要说两遍——我会等克劳迪娅也在的时候一块儿告诉他俩。除此之外，我也没有什么要说的了。吉恩又没办法边跑边说，所以接下来的47分钟里，我俩都沉默无语。

我们回到吉恩家，克劳迪娅和尤金妮亚正在吃早餐。

我坐下说道："我想要你们给些建议。"

"能等一等吗？"克劳迪娅说，"我们得送尤金妮亚去上骑马课，之后约了人吃早午餐。"

"不行。我可能犯了些社交错误，我打破了一条吉恩定的规矩。"

吉恩说道："唐，我想那只巴拿马小鸟已经飞走了。就当交了学费吧。"

"是有关罗茜的规矩，不是比安卡。永远不要放弃任何与30岁以下女性上床的机会。"

"吉恩跟你说的？"克劳迪娅问道。

卡尔走了进来。我做好抵御他例行一击的准备，但他只是停下来，看着他的父亲。

"我想我应该问问你们的意见，因为你是一位心理学家，而吉恩则拥有丰富的实战经验。"我说。

吉恩看了看克劳迪娅，又看了看卡尔。

"那是我年轻的时候，"他说，"不是十几岁的时候。"他转向我："我们明天午饭的时候再说吧。"

"那克劳迪娅呢？"我问。

克劳迪娅站起身："我保证，没有吉恩不知道的事情。"

真是振奋人心的评价，特别是出自他妻子之口。

"你说什么？"吉恩问道。我们正按计划在学生俱乐部吃午餐。

"我说我没有注意过她的外貌，我不想让她觉得我把她当成了性欲对象。"

"天哪，"吉恩失望地说，"你第一次说话过脑子，还用错了地方。"

"我应该说她很漂亮？"我有点怀疑。

"完全正确。"吉恩说。他说得不对，因为我一开始就没有搞清楚状况。"这也就能解释蛋糕的问题了。"

我一定是一脸茫然。原因显而易见。

"她一直在吃巧克力蛋糕，在她的座位上，当早饭吃。"

于我而言，这是非常不健康的选择，和抽烟一样，但这并不能代表她有压力。可是吉恩向我保证，这样做能让她觉得好一些。

"你说她不是那个人，"吉恩说，"不是终身伴侣。"

"完全不合适。但她确实极具吸引力。如果我可以随意和谁上床，又不用负责任，她绝对是最理想的人选。她对我也没有什么情感上的依赖。"

"那压力是从哪儿来的呢？"吉恩反问道，"你跟人上过床？"

"当然，"我答道，"我的医生可以证明。"

"医药科学新领域啊。"吉恩说。

我想他应该是在调侃我，科学家们很早就发现了定期性爱的价值。

我进一步解释了一下："只是现在要多加上一个人有点难办。"

"自然是这样，"吉恩说，"我应该提前想到的。干吗不买本书？"

在互联网上找信息再容易不过，但仔细研究了"性交体位"关键词的搜索后，我很快就信服了书籍的重要性：它们能提供更为切题的指导，少有拉拉杂杂的无用信息。

找到一本合适的书也不是难事。回到办公室，我随便挑了个姿势——反向牛仔式（变体2）。我试了试，很简单。但是，考虑到我曾经向吉恩指出的问题，即需要第二个人的加入，我便把骨架老兄从柜子里请了出来，让它骑在我身上，照着书上的图解比画起来。

大学里有条规矩，任何人在推门前都要先敲门。吉恩来找我从不敲门，我们是好朋友，所以也无妨。可我从来没把院长当过朋友。场面尴尬至极，特别是院长还带了客人，但这完完全全都是她的错。幸亏我还穿着衣服。

"唐，"她说，"如果你现在能够停下来修修那骨架，我愿意介绍你认识医学研究委员会的彼得·恩蒂科特博士。我提到了你在肝硬化领域的研究，他很想见见你。想想赞助计划。"她把最后两个词说得很重。尽管我未曾卷入大学政治，但我可能忽略了一个事实，即拉赞助是她工作的全部。她这么做是对的。

我一下子就认出了彼得，他曾是寻父计划的候选人，在迪肯大学工作，那个逼着我们把杯子偷走的人。他也认出了我。

"唐和我之前见过，"他说，"他的搭档正在考虑申请医学博士。我们最近还在某个社交场合碰过面。"他冲我挤挤眼："恐怕你给研究员们付的薪水不太够啊。"

我们对我在醉酒小白鼠身上进行的实验做了详尽的讨论。彼得似乎很感兴趣，而我一再向他保证，我的研究计划周密，完全不需要任何外来的资助。院长一直在冲我打手势、做表情，我猜她是想让我说些假话，告诉他我的项目需要资金赞助，这样她就能把钱用在其他拉不到赞助的项目上了。我决定假装看不懂这些暗示，但院长比画得更起劲了。事后我才意识到，我不应该把印有性交体位的书堂而皇之地打开，扔在地板上。

我选出了10个体位，应该够用了。如果最初的几次交往顺利，还可以再多准备一些。学习的时间并不长——比学恰恰快多了。就回报率来说，这远比跳舞好得多，我十分期待实战的到来。

我到罗茜的工作室去找她。博士生的工作室都没有窗户，沿着墙摆了一排桌子。包括罗茜和斯特凡在内，一共有八名学生，斯特凡的桌子紧挨着罗茜的。

斯特凡挤出了一抹怪异的微笑，我仍然对他心存戒备。

"脸谱（Facebook）上全是你们的消息，唐。"他转向罗茜，"你应该去更新一下交友状态了。"

他的电脑屏幕上出现了我和罗茜在舞会上的照片。照片拍得很好，和摄影师给我的那张差不多，现在那张照片正立在我家电脑的旁边。我带着罗茜旋转，她的幸福神情溢于言表。从技术上来说，我并没有被"圈出来"，因为我没有注册脸谱账号（我对社交网络毫无兴趣）。但我们的名字都出现在照片上了：遗传学副教授唐·蒂尔曼与心理学系博士研究生罗茜·贾曼。

"别跟我说这个。"罗茜说。

"你不喜欢这张照片？"似乎不是个好兆头。

"是菲尔，我不想让他看到。"

斯特凡说："你觉得你父亲会把所有时间都泡在脸谱上？"

"等他打电话过来你就知道了。"罗茜愤愤然道，"'他赚多少钱？''你们俩上床了？''他能做卧推吗？'"

"对女儿的约会对象提出这样的问题，倒也真是少见。"斯特凡评论道。

"我和唐没在约会。我们只是拼了辆出租车，仅此而已。没错吧，唐？"

"没错。"

罗茜转过身，对斯特凡说："这样你就能把自己的小理论安插在合适的地方了，永远。"

"我想跟你单独谈谈。"我对罗茜说。

她直直地看着我："我们之间没有什么好单独谈的。"

这有点古怪。但我认为她和斯特凡应该会像我和吉恩一样分享信息，毕竟他们一起去了舞会。

"我在重新考量你的性爱邀约。"我说。

斯特凡捂住了嘴。接着是漫长的沉默——我估计足有六秒。

罗茜回应道："唐，那是个玩笑，玩笑。"

我想不明白。她可能改变主意了，这我能够理解，因为我有关物化性欲对象的回复可能是个致命的错误。但是，玩笑？我还不至于愚笨到分辨不出玩笑的程度。不过，我可能真的有那么愚笨。我过去就有过这样的经历。总是这样。玩笑。我竟然为了一个玩笑如此分神。

"噢。那么另一个项目呢，我们什么时候见面？"

罗茜垂下眼帘："没有什么别的项目了。"

第十九章　DNA 新攻略

一周以来，我尽力调整回原定的日程。伊娃的清洁工作和寻父计划的取消让我省下了不少时间，我都用来练习空手道和合气道了，有一阵子没练了。

我的老师，一位五段高手，一个沉默寡言，特别是与黑带选手交流甚少的男人，突然把我拉到一边。当时我正在道场里打沙袋。

"有些事情让你很愤怒。"他说。他只说了这些。

他很了解我，我绝不是一个会屈从于情绪波动的人。他提醒了我，这么做很正确，因为我并没有意识到自己的愤怒。

我有点生罗茜的气，因为她竟然拒绝了我的要求。但很快，我就开始生自己的气，我的社交技能的缺陷很显然让罗茜陷入了极大的窘境。

我试着给罗茜打了几次电话，但都转到了语音信箱。最终，我决定留言："如果你罹患白血病，又无法找到匹配的骨髓移植来源，怎么办？你的生父会有强烈的动机去帮助你，成为合适的捐赠者。所以说，寻父计划的失败可能是致命的。只剩下11个候选人了。"

她没有回电话给我。

"这样的事情不稀奇。"在四周以来的第三次咖啡馆会面时，克劳迪娅如是说，"你和一个女人纠缠不清，关系进展不怎么顺利……"

就是这话。我，以自己的方式，和罗茜"纠缠不清"了。

"这不容易，"克劳迪娅说，"但所有人都会给你同样的建议。忘了她吧，你还会有新的机会。"

克劳迪娅的逻辑是建立在完善的理论架构和大量的专业经验上的，很明显要好过我不理智的感知。但我又仔细想了想，发现她的建议或者说是心理学本身是基于对普通人的研究结果，而我很清楚自己的性格绝对是有些不寻常的地方的。克劳迪娅的建议对我来说是否有些不合适呢？

我决定采取一些折中的办法。我要继续寻妻计划。如果（也仅限于此）我还能有富余的时间，才会继续寻父计划，一个人做下去。如果我能够给罗茜一个解决方案，或许我们还能做朋友。

比安卡之灾让我重新调整了调查表，加入了更为严苛的指标。我加设了有关跳舞、球拍类运动和桥牌的问题，以筛除那些要求我掌握无用技能的候选人，同时还增加了数学、物理学和遗传学问题的难度。选项"（c）适量"只能在喝酒问题上被接受。我将答案整理好，直接去找吉恩，他很擅长对数据二次利用的科研实践。他可能会帮我找出符合标准的候选人。没错。

由于缺乏寻妻计划候选人，我开始全力思考为寻父计划拿到DNA样本的最佳途径。

在我为鹌鹑去骨的时候，我突然想到了答案。候选人都是医生，他们可能会愿意为遗传学研究做出贡献。我只需要一个合理的借口就可以要到他们的DNA样本。阿斯伯格综合征的讲座让我想到了一个借口。

我拿出11人名单。其中的2个已经故去，还剩9个，7个正在海外，所以没有参加同学会。有两个人留有本地的电话号码，一位正是我所在大学医学研究所的所长。我首先给他打了电话。

"勒菲弗教授办公室。"一位女士的声音传了过来。

"我是遗传学系的蒂尔曼教授，我想邀请勒菲弗教授参加一个科研项目。"

"勒菲弗教授正在美国休假，两周后回来。"

"很好。这个项目是有关高成就群体孤独症遗传标记的携带情况的。我希望他能够填写一份问卷，同时提供一份DNA样本。"

两天后，我成功联系到全部九位健在的候选人，给他们发了问卷。这问卷是依照阿斯伯格综合征研究论文编写出来的，还有取样刮板。问卷其实无关紧要，只不过是让这项子虚乌有的研究看起来合理合法。在附带的说明中，我明确指出自己是一位遗传学教授，来自一所极具声望的大学。同时，我还得设法找到两位故去医生的亲属。

我在网上找到了死于心脏病的格哈德·冯·戴恩博士的讣告。里面提到了他的女儿，那时她还在念医学院。我毫不费力地就联系上了布丽吉特·冯·戴恩博士，她很高兴能够参加这个项目。小菜一碟。

杰弗里·凯斯要麻烦得多，他毕业一年后就去世了。我很早以前在同学会的网站上看到过他的一些基本信息：没有结婚，没有（为人所知的）

孩子。

与此同时，DNA样本也陆陆续续地寄过来了。有两名医生，都是来自纽约的医生，拒绝参加这个项目。作为职业医生，他们为什么会拒绝参加一项如此重要的研究？他们有什么要隐瞒的吗？难道他们以为这是身处同一城市的私生女发来的要求？随后我想到，如果他们怀疑我的动机，完全可以寄一份朋友的样本过来。这么看，拒绝总比欺骗要好得多。

七个候选人——包括小冯·戴恩博士——寄回了样本，没有一个是罗茜的父亲或是姊妹。

"我来取勒菲弗教授的包裹。"我告诉接待员。他在市医院工作，我很希望能够躲开会面或是询问。我失败了。她拨通电话，报了我的名字。接着，勒菲弗教授出现了。他约莫54岁。在过去的13周里，我见了许多54岁的男男女女。他拿着一个大信封，里面应该装着注定要被扔进废纸篓的问卷，还有他的DNA样本。

他走过来，我想要拿过信封，但他伸出另一只手握住了我的手。这场面有点尴尬，我们只是握了手，信封还在他手里原封不动。

"西蒙·勒菲弗。"他说，"你到底想干什么？"

这完全是我没有想到的。为什么他会质疑我的动机？

"取你的DNA样本，"我赶忙答道，"还有问卷。有一个重要的研究项目，十分重要。"我倍感压力，我的声音一定也透露出这一点了。

"肯定是这样。"西蒙笑了，"你就这么随随便便地选了一个研究所所长当实验对象？"

"我们需要成就高的人。"

"这次查利又在打什么主意？"

"查利？"我不认识任何一个叫查利的人。

"好吧，"他说，"蠢问题。你想让我参与多少？"

"不需要太多的参与。查利不在项目组里。我只需要你的DNA样本……还有问卷。"

西蒙又笑了起来："这事我倒挺感兴趣的，就这么告诉查利吧。赶快把项目介绍发给我，还有道德委员会的同意书。所有的这些麻烦事。"

"那我就可以拿走样本了？"我问道，"样本容量的大小对数据分析至关重要。"

"把材料发给我就行了。"

西蒙·勒菲弗的要求合情合理。但遗憾的是，我无法提供这些材料，因为这个项目完全是杜撰的。完成一份出色的项目立项书至少要花上几百个小时。

我试图估算出西蒙·勒菲弗就是罗茜生父的可能性。目前还有四名候选人未经检测：勒菲弗、杰弗里·凯斯（已故），还有那两个纽约客——艾萨克·埃斯勒和所罗门·弗赖伯格。根据罗茜提供的信息，任何一个人都有25%的可能性是她的生父。但基于目前为止仍未找到匹配样本的事实，我也得考虑其他的可能性。其中的两个样本并非来自本人，而是来自直系亲属。很有可能其中的一个甚至两个都像罗茜一样，是婚外乱性的产物。吉恩曾经说过，这种事情发生的概率比人们预想的要高得多。当然，也有可能会有一个甚至多个候选人故意寄回假的样本。

我也不能排除罗茜的妈妈根本没有说真话。我想了很久，因为我一直以来的假设都是人们是诚实的。也有可能罗茜的妈妈希望罗茜能够相信自己的父亲是一名医生，和她一样，而不是一个不大体面的人。权衡之下，我预计西蒙·勒菲弗就是罗茜生父的可能性为16%。要为阿斯伯格综合征研究项目伪造材料，我可能得做大量的且很可能不会为寻父计划带来任何成果的工作。

我仍然选择继续。这种决定无论如何都不能称作理性。

在忙碌中，我接到了一位律师的电话，通知我达夫妮去世了。尽管从实际意义上来说，她也算故去有一段时间了，但我竟意外感受到了一丝孤独。我们的友谊很简单，但现在，一切都复杂起来了。

律师给我打电话，是因为达夫妮在遗嘱中把"一笔小钱"（律师语）留给了我。一万美元。她还给我留了一封早在搬去疗养院前就写好的信。信是手写的，用了一张印着花纹的信纸。

亲爱的唐：

谢谢你让我在人生的最后几年中过得如此充实有趣。爱德华搬到疗养院之后，我就觉得自己也时日无多了。但我有了你。你教了我很多新知识，我们的谈话也总是那么有意思，我想你一定不知道你的陪伴和支持对我来说有多么重要。

我曾经告诉过你，你一定会是个好丈夫的。我怕你忘了，所以要再次提醒你。我相信，只要你愿意花心思去找，你一定能够找到属于你的那个人。所以，千万别放弃，唐。

我知道你不需要我的钱，或许我的孩子更需要，但我还是想给你留下一点。如果你愿意拿这笔钱做点疯狂的事情，我会很高兴的。

永远爱你。

你的朋友

达夫妮·斯伯温

我只花了不到10秒钟就想出了一个疯狂的点子：实际上，我只给了自己那么点时间，以防这个决定陷入任何逻辑思考的流程。

阿斯伯格综合征的研究项目很有趣，但也很耗时。立项书的成品相当不错，若是想拿它申请一笔科研基金，我自信一定能通过业内评审。万事俱备，只差同意书。我给勒菲弗的私人助理打了电话，告诉她我忘记寄送文件了，但现在可以亲自送过去。骗人这种事情，我似乎越做越顺了。

我来到接待处，召唤勒菲弗的仪式再次上演，只是这次他手里没有拿信封。我想把文件给他，他却又要跟我握手，上一次的阴差阳错倒是一点没变。勒菲弗似乎觉得乐在其中，我却有些紧张。在这一切之后，我想拿到DNA样本。

"向您致敬，"我跟他打招呼，"您要的文件。您要的全部都在这儿了。我现在需要您的DNA样本，还有问卷。"

勒菲弗又笑了，上上下下地打量着我。我看起来很奇怪吗？我的T恤衫隔天一换，今天这件上面印着元素周期表，这是我毕业第二年收到的生日礼物。我的裤子结实又百搭，走路穿，上课穿，做研究穿，干体力活儿穿也没有问题。还有高品质的跑鞋。唯一的问题可能是我裤脚露出的袜子，有些许颜色的差异，在灯光昏暗的环境里，穿错了也很正常。但西蒙·勒菲弗似乎觉得每件事情都特别有意思。

"漂亮。"他说。然后，他重复了我刚刚说过的话，似乎还在模仿我的语调："全部都在这儿了。"接着，他又用正常的语调说："告诉查利，我一定会好好看立项书的。"

又是查利！太无稽了。

"DNA，"我的语气有点激烈，"我得要你的样本。"

勒菲弗的笑声再次爆发了出来，好像我说了一个有史以来最好笑的笑话。他甚至笑出了眼泪，货真价实的眼泪。

"你让我今天过得太开心了。"

他从接待台上的纸巾盒里抽出一张纸巾，抹了把脸，擤了擤鼻涕，随手把纸巾丢进垃圾桶，拿着我的立项书走开了。

我走向垃圾桶，捡回纸巾。

第二十章　寻父计划再启

连续第三天，我举着报纸坐在学生俱乐部的阅读室里。我正在计划着一场偶遇。从我坐的位置可以看到一个柜台，罗茜有时会在那儿买午餐，尽管她并非俱乐部会员。在各种威逼利诱下，吉恩才告诉我这条信息。

"唐，我觉得你应该把这件事放一放了。你会受伤的。"

我不同意。我知道如何应对情感波动，也已经做好被拒绝的准备了。

罗茜走了进来，开始排队。我站起来，偷偷溜到她身后。

"唐，"她看到我，"你怎么也在这儿？"

"项目我有新进展了。"

"那个项目根本不存在了。对不起，我上次态度不好。妈的！你羞辱了我，我竟然还要道歉。"

"我原谅你了。"我告诉她，"我需要你和我一起去趟纽约。"

"什么？不，不行，唐。我肯定不会去的。"

我们不知不觉走到了收款台，却什么食物也没有点，不得不返回去重新排队。等我们坐下来的时候，我已经解释完虚构的阿斯伯格综合征研究项目的计划了。"我得写出整份立项申请书——总共有371页——只为了这么一个教授。现在我已经是个研究白痴学者的专家了。"

罗茜的反应很难解读，她似乎没有那么感动，反倒是十分震惊。

"要是被抓住了，你可就饭碗难保了。"她说，"我猜他不是我的父亲。"

"没错。"尽管我费了九牛二虎之力才拿到勒菲弗的样本，但当他的结果显示为阴性的时候，我还是长舒了一口气。我已经做好了出游的计划，如果他的结果匹配，那我的计划就全完了。

"只剩下三个人了。有两个在纽约，都拒绝参加这个项目。因此，我把他们归类为'高难度'候选人，所以才需要让你和我一起去纽约。"

"纽约！唐，不。不，不，不。你不能去纽约，我也不会去的。"

我已经想到了罗茜会拒绝的可能，但达夫妮留给我的遗产完全足够支付两张机票。

"如果有必要的话，我可以自己过去，但我不确定是否能单独处理好样本收集过程中碰到的社交问题。"

罗茜摇了摇头："这真是疯了。"

"你不想知道他们是谁？"我问道，"仅存三个候选人中的两个？"

"继续。"

"艾萨克·埃斯勒，精神科医生。"

看得出来，罗茜正在努力回想。

"可能是他。艾萨克。可能是谁的朋友。浑蛋，时间太长了。"她顿了顿，"还有谁？"

"所罗门·弗赖伯格，整形外科医生。"

"他跟马克斯·弗赖伯格有什么关系吗？"

"马克斯韦尔是他的中间名。"

"浑蛋。马克斯·弗赖伯格。他已经去纽约了？不可能啊。你是说我有三分之一的可能是他的孩子，还有三分之二的可能是犹太人？"

"如果你妈妈没有撒谎的话。"

"她当然不会撒谎。"

"她去世的时候你有多大？"

"10岁。我明白你在想什么，但是我肯定不会记错的。"

很显然，现在我们没办法理智地讨论这件事。我把她引向另一个话题。

"是犹太人有什么问题吗？"

"犹太人没问题，但弗赖伯格不行。如果是他的话，也难怪我妈妈会绝口不提这事。我没有别的意思。你真的没听说过他？"

"通过这个项目，我才知道有这么个人。"

"如果你看足球的话，就能知道他是谁了。"

"他是踢球的？"

"是一家俱乐部的主席，一个臭名昭著的浑蛋。还有第三个人是谁？"

"杰弗里·凯斯。"

"噢，天哪，"罗茜脸色苍白，"他死了。"

"没错。"

"妈妈总跟我说起他。他出了事故，或者是得了什么病——也许是癌症。总之，不是什么好事情。但是，我记得他们不是同年的。"

对项目的处理如此漫不经心，我也有些震惊了。这主要是因为误会的存在让项目中断，而又要重新开始的缘故。如果从一开始我们就能核对一遍名单，或许这种低级的错误就不会发生了。

"关于他，你还知道什么？"

"没什么了。妈妈对他的死感到很伤心。妈的，这就对上了，不是吗？但她为什么不告诉我？"

这对我来说没有任何意义。

"他是乡下人，"罗茜说，"我记得他父亲在特别偏远的地方有生意。"

网上的信息显示，杰弗里·凯斯来自新南威尔士州北部的莫里市，但这也不能解释为什么罗茜的母亲要隐瞒他的身份。他唯一与众不同的地方就是已经死了，或者这就是罗茜的意思——她妈妈不想让她知道自己的父亲已经死了。但等她长大之后，菲尔应该就会告诉她了。

我们正说着，吉恩进来了，和比安卡一起！他们朝我们招招手，便上楼到私人用餐区去了。难以置信。

"真恶心。"罗茜说。

"他在研究不同国家的人对性吸引力反应的异同。"

"是啊，她妻子真可怜。"

我告诉罗茜，吉恩和克劳迪娅奉行开放式婚姻。

"那她倒是挺幸运。"罗茜评论道，"你也打算给寻妻计划的获胜者同样的奖励吗？"

"当然。"我说。

"当然。"罗茜重复了一遍。

"如果她想要的话。"我赶忙加上一句，以防罗茜曲解了我的意思。

"你觉得这可能吗？"

"如果我找到了伴侣，尽管这种可能性越来越低，我是不会想和其他人发生关系的。但我不太擅长了解别人的需求。"

"跟我说点我不知道的。"罗茜突然没来由地蹦出一句。

我迅速在脑子里过了一遍各种奇趣事情。"啊……雄性蜜蜂和横纹金蛛的睾丸在交配的时候会爆掉。"

首先想到的事情竟然跟交配相关，真是让人懊恼。作为心理学系的毕业生，罗茜很可能会做出某种弗洛伊德式的解读。但她只是看看我，摇了摇头。接着，她笑了起来："我可没钱去纽约，但让你自己去又太危险了。"

黄页里有一个电话号码登记在莫里市的M. 凯斯名下。

接电话的女士告诉我那是老凯斯教授，名字恰恰也叫杰弗里，几年前已经去世了。他的遗孀玛格丽特两年前因为阿尔茨海默症住进了疗养院。这是个好消息。因为母亲在世要好过父亲——一般来讲，生母的身份是不会存疑的。

我本想叫罗茜一起来，但她已经同意跟我去纽约了，我可不想再犯下什么社交错误，毁了我们的这趟旅程。就达夫妮的情况来看，从一个痴呆症病患身上提取DNA样本应该不是什么难事。我租了辆车，带好棉签、刮板、自封袋和镊子就出发了。我带上了以前的名片，那时我还没有当上副教授。唐·蒂尔曼博士在医疗机构受到了极高的礼遇。

莫里距离墨尔本1230公里，我在周五最后一堂课结束之后的下午3点43分拿到车，在线导航系统预估单程时间约为14小时34分钟。

我还在上大学的时候，经常开车往返在谢珀顿的我父母家。我发现长途旅行和市场慢跑对我的影响大致相同。研究表明，诸如慢跑、烹饪和开车等简单的机械运动可以提升创造力。不受影响的思考时间总是大有裨益。

我沿着休姆高速公路往北，利用GPS上精确的速度控制功能将车子调整为定速巡航模式。我是不会相信速度表的，那数字有水分。这既帮我节省了时间，又让我不用担心超速。我独自坐在车里，整个生活似乎已经演变成了一场冒险，我知道纽约之行将是一切的顶点。

我决定在路上不听任何播客节目，以减轻认知负担，让我的潜意识能够整理最近输入的信息。但三个小时之后，我开始觉得有些无聊了。除了看路，避免发生事故，我很少注意周围的环境，高速公路在任何时候都很难让人提起兴趣。广播和播客一样，都会让人分神，所以我决定去买巴赫实验以来的第一张CD。服务站邻近新南威尔士州边界，没有多少CD出售，但我认出了几张父亲买过的。我选中了杰克逊·布朗的《空转》（*Running on Empty*）。按下重复键，它成了我未来三天开车与思考时的背景音乐。和许多人不同，我对重复丝毫没有反感之情。对孤独的驾驶员来说，这可能是一大幸事。

不知不觉间，我竟仍然一无所获。我得对寻父计划的现状做一次客观的分析。

我知道什么？

1. 我给44名候选人中的41个人做了测试（有好几个人带有明显与罗茜不符的民族特征），全都显示为不匹配。参加阿斯伯格综合征研究项目的7个人中，很可能有人故意寄回了别人的样本。但我想这种可能性并不大，因为像艾萨克·埃斯勒和马克斯·弗赖伯格这样拒绝参加会省事得多。

2. 罗茜认出了四位与她母亲关系密切的候选人——埃蒙·休斯、彼得·恩蒂科特、艾伦·麦克菲，还有最近加上的杰弗里·凯斯。她认为前三个人的可能性极高，当然杰弗里也一样。显然，他已经成为目前可能性最高的候选人。

3. 整个项目都是基于罗茜母亲的说辞，即她在毕业晚会上进行了关键的性行为。她很可能因为罗茜的生父不甚体面而隐瞒了他的身份，但最终她也没能告诉罗茜这人是谁。

4. 罗茜的母亲选择继续和菲尔在一起。这是我的新想法：很有可能罗茜的生父并没有菲尔那么吸引人，或者干脆无法结婚。所以，搞清楚当时埃斯勒和弗赖伯格有没有结婚或是有没有女朋友，将是很有帮助的。

5. 杰弗里·凯斯在罗茜出生后几个月就去世了，而罗茜的母亲也应该是在同一时间意识到孩子可能不是菲尔的。DNA检测需要花上一段时间，杰弗里·凯斯当时可能已经死了，因此也就无法参与检测。

这种练习很有帮助。项目的现状在我的头脑中展开了清晰的脉络，我又增加了一些新的想法。我相信，这趟旅程绝对值得，因为杰弗里·凯斯很有可能就是罗茜的父亲。

我决定直到感觉累了再休息——理智的决定，因为我通常都会根据已发表的有关疲劳的研究报告和住宿预订情况规划我的驾驶时间。但这一次，我实在无暇规划。因此，我每两小时休息一次，让我能够始终保持注意力集中。晚上11点43分，我感到了疲劳。我在服务站停下来，不是睡觉，而是加满油，点了四杯双份的意式特浓咖啡。我打开天窗，把音乐开大音量，抗击疲惫。周六上午7点19分，咖啡因仍然驱使着我的大脑，杰克逊·布朗和我一道开进了莫里市。

第二十一章　飞往纽约

GPS把我带到了疗养院，我向院方介绍自己是玛格丽特家的朋友。

"恐怕她已经认不出你了。"护士说。我也是这么想的，但我还是准备了一个相当动人的故事以防不测。护士把我带到一间配有独立卫生间的单人病房，凯斯夫人正在睡觉。

"需要我叫醒她吗？"护士问。

"不用了，我坐在这儿就行了。"

"那你们就单独待一会儿吧，有事情尽管来找我。"

如果刚进来就走，可能会引起怀疑，所以我又在床边坐了一会儿。我猜玛格丽特·凯斯应该有80岁了，达夫妮也是差不多在这个年纪被送到疗养院的。依照罗茜的说法，我很有可能正注视着她的奶奶。

玛格丽特一动不动，静静地睡在她的单人床上，我在一旁想着寻父计划。只有科技才能拨开重重迷雾，否则这秘密可能只能随着罗茜的母亲一道长眠地下。

我深信这是科学的使命，更是人性的驱使，让我们不断探求未知。但我只是个科学家，而不是心理学家。

　　我面前的这个女人并不是那个54岁的可能不愿承担父亲责任的医疗从业者。她是多么无助啊。拿到她的几根头发或是擦擦她的牙刷，如此简单的事情，我却生出了一种负罪感。

　　就这样，出于各种难以名状的原因，我决定放弃她的样本了。

　　玛格丽特·凯斯醒了过来。她睁开眼睛，直直地望向我。

　　"杰弗里？"她的声音很轻，却很清晰。她唤的是她的丈夫还是早已故去的儿子？曾几何时，我可能会脱口而出："他们都死了。"这绝非出于恶意，而是天性使然。说出事实比照顾他人情绪更重要。如今，似乎发生了一些改变，我可以压制住说出事实的冲动了。

　　她一定是认出我并非她所期待的人，所以暗自哭了起来。她没有哭出声，但我能看见她脸上挂着的泪珠。类似的情况在达夫妮身上出现过，我如条件反射一般，掏出手绢擦去了她的眼泪。她再次闭上了眼睛。但命中注定，我拿到了她的样本。

　　我筋疲力尽，走出疗养院的那一刻，我的眼睛因为缺乏睡眠而噙满了泪水。早秋时节，这座北部小城已经暖意融融，我躺在一棵树下睡着了。

　　我醒过来，发现一位穿着白大褂的男性医生正低头看着我。我一下子惊了，仿佛回到了20年前那个可怕的日子。但这惊恐只是短短一瞬，我很快反应过来自己在哪儿，而他只是来看看我是否生病了或者是否还活着。我没有违反任何条例。距离我离开玛格丽特·凯斯的房间，已经过了4小时8分钟。

　　这次意外来得特别及时，让我意识到过度疲劳的危害，回程我要好好规划才是。我让自己每小时休息五分钟。晚上7点6分，我在一家汽车旅馆前停下，吃了一份煎老了的牛排，就睡下了。早睡的好处就是我在周日早上5点钟就上路了。

公路绕着谢珀顿而过，我转了个弯，直奔市中心而去。我决定不去看望我的父母。如果造访我的父母，再回到公路上，需要多跑16公里。回程已是如此漫长，我可不想增加未知的延时风险，但我的确还是想看一眼镇子。

我路过了蒂尔曼五金商店。周日商店歇业，我的父亲和弟弟应该正在家陪伴我的母亲。我的父亲可能正在整理照片，我的母亲正在让我的弟弟把他的建筑项目从桌上挪开，让她能把桌布铺好。周日的晚餐，自从姐姐离世之后，我再也没有回去吃过。

服务站还在营业，我把油加满。一个大约45岁、身体质量指数约为30的男人站在柜台后面。我向他走去，认出了他，把他的年龄修订为39岁。他没了头发，留着大胡子，但他肯定就是加里·帕金森，我的高中同学。他一心想参军，出去走走，但显然他没有实现自己的梦想。我很庆幸自己离开了这里，重新规划了我的人生。

"嘿，唐。"他朝我打招呼，显然是认出了我。

"向您致敬，加帕①。"

他笑了："你一点都没变。"

周日晚上，我回到了墨尔本，还了车子。我把杰克逊·布朗的CD留在

----

① 即加里·帕金森。

了车里。

GPS显示，我一共开了2472公里。手绢被安全地放在自封袋里，但这仍然没有改变我不对玛格丽特·凯斯进行检测的决定。

我们还是要到纽约走一遭。

我和罗茜在机场会合。她还是对我为她付了机票钱耿耿于怀，我告诉她可以为我挑选一些寻妻计划的候选人作为回报。

"去你的吧！"她骂回来。

看来我们又成了朋友。

我没法儿相信罗茜竟然带了那么多行李。我明明告诉她要轻装上阵，可她的随身行李还是超过了七公斤的限重。所幸我的行李限重未满，可以把她的东西分给我一些。我带了超轻电脑、牙刷、剃须刀、换洗的T恤、运动短裤、内衣裤，还有来自吉恩和克劳迪娅的（很恼人的）巨型送别礼物。我不过是请了一周的假，就受到了院长的百般刁难。她想方设法打算开除我的心思真是愈发明显了。

罗茜从未去过美国，但对国际航班的登机流程很是熟悉。她对我受到的种种优待感到印象深刻。我们在服务台办理登机手续，完全不用排队，还有工作人员陪伴我们通过安检，把我们送到商务舱乘客休息室，尽管我们坐的是经济舱。

休息室里供应香槟，我边喝边向她讲述我为何会得到这些优待：我是很有责任感的乘客，在过往搭乘飞机时，十分注意观察条款和流程不合理的地方。我给航空公司在登机流程、航班调度、飞行员培训方面提出了大量的合理化建议，甚至还指出了安检系统可能存在的漏洞。后来他们就不再想听我的建议了，因为我的建议已经"足够受用一辈子了"。

"向特立独行的人致敬。"罗茜举了举酒杯，"那么，你有什么计划？"

在旅行期间，合理的计划至关重要，我已经做了一份精确到小时的日程表（在某些必要的情况下，还进一步细分到分钟）来替代往日的周计划。计划中包括了罗茜与两位生父候选人的会面——精神科医生埃斯勒和整形外科医生弗赖伯格。反观罗茜，她除了与我在机场见面以外，竟然全无其他计划。不过，我们至少不用因为计划冲突而彼此妥协了。

我打开电脑里的日程表，让罗茜有个初步的概念。我甚至都没有讲完飞机上要做的事情，就被罗茜打断了。

"快点，唐。我们在纽约要干吗？我们周六与埃斯勒一块儿吃晚饭，周三——应该也是晚上对吧——跟弗赖伯格见面，这中间我们要干什么？我们可以在纽约空出整整四天。"

"周六，晚餐后，步行到马西大道站搭乘J线地铁，然后转M线或者Z线到地兰西街，换乘F线——"

"概述，概述。周日到周三，一天用一句话概括。除了吃饭、睡觉和观光。"

那要简单得多了。"周日，自然历史博物馆；周一，自然历史博物馆；周二，自然历史博物馆；周三——"

"停，等一下！别告诉我周三干什么，留点惊喜吧。"

"你或许可以猜到。"

"也许吧。"罗茜说道，"你去过几次纽约？"

"这是我第三次去。"

"那我想这不是你第一次去博物馆吧。"

"不是。"

"那在你逛博物馆的时候，我要去干什么？"

"我没有考虑过这个问题，我以为你已经有了自己的纽约旅行规划。"

"那你就想错了，"罗茜说，"我们要一起去探索纽约。周日和周一你要听我的，周二、周三听你的。如果你想要我在博物馆待上两天，那我就待上两天。和你一起。但是周日和周一，我是导游。"

"但是你并不了解纽约。"

"你也不了解。"罗茜把香槟酒酒杯拿到吧台，倒满。现在是墨尔本时间早上9点42分，但我已经自动调整为纽约时间。趁着她离开的工夫，我再次打开电脑，连接到纽约自然历史博物馆的网站。我得重新规划我的日程了。

罗茜回到座位上，突然入侵了我的私人空间。她扣上了我的电脑！如果我对一个正在玩《愤怒的小鸟》[①]的学生做了同样的事情，第二天我就要到院长办公室报到了。就大学的等级制度来看，我是一名副教授，而罗茜是一名博士生，我理应得到一些尊重。

"跟我说话，"她说，"我们都没有时间讨论任何DNA样本以外的事情。现在我们有整整一周的时间，我想要好好了解你是谁。如果你将是那

---

① 一款电脑游戏。

个找出我生父的人，你也应该先知道我是谁。"

短短15分钟之内，我的整个计划分崩离析，显得如此多余。罗茜已经接管了一切。

一位休息室的工作人员将我们送上飞机，开启了飞往洛杉矶的14个半小时的旅行。由于我的特殊身份，罗茜和我两人霸占了一排三人的座位。只有在机舱满员的情况下，我才需要和其他人坐在一起。

"从你童年时期讲起。"罗茜开始发号施令。

现在她只需点亮我头顶的射灯，一幅经典的拷问场景即宣告完成。我是个囚徒，所以我得谈判——还要想好逃跑的方案。

"我们得睡一会儿，纽约现在是晚上。"

"刚刚七点钟。谁会在七点钟就去睡觉？反正我是睡不着的。"

"我带了安眠药。"

罗茜很惊异于我带了安眠药，她以为我会反对一切的化学制剂。她的确是不怎么了解我。最后我们达成一致，我会简要总结一下我的童年经历，考虑到她的心理学背景，她无疑会认为这是一段非常重要的时期。接着，我们会吃晚餐，服用安眠药，好好睡上一觉。趁着去洗手间的机会，我要求客舱经理尽快把晚餐送过来。

第二十二章　我的故事

给罗茜讲述我的故事并不难，因为我见过的每一个心理医生和精神科医生都会先让我谈谈自己的情况，我的脑子里已经有了清晰的套路。

我的父亲在市里经营一家五金店，同我的母亲和弟弟住在一起。我的弟弟可能会在父亲退休或者去世后接管这家商店。我的姐姐40岁时因为医疗事故意外离世，其后两周，我的母亲除了参加葬礼外一直躺在床上。对于姐姐的死，我十分伤心。没错，我也十分愤怒。

我和父亲定期联系，但没什么感情，我俩对此都挺满意。母亲很体贴，但总让我感到压抑。弟弟不喜欢我，我敢肯定这是因为他把我看成阻碍他继承五金商店的威胁，而他对我选择科研道路也缺乏必要的尊重。五金店或许已经成为父爱的一种隐喻。若真是如此，我的弟弟已经胜出了，我也不会因此而失望。我不常见我的家人，母亲周日会给我打电话。

在学校的日子平淡无奇。我喜欢科学类的课程。我没有什么朋友，有时会被人欺负。我各科成绩都是最好的，除了英语，我只是在男孩子中拔尖。高中结束之后，我便离家去上大学。我一开始学的是计算机专业，但在我21岁生日当天，我决定转为遗传学专业。这可能是我的潜意识作祟，因为我想一直做一名学生，但这也算是个理智的选择，毕竟遗传学还是一门新兴的学科。我家没有精神病史。

我转向罗茜，面带微笑。我已经给她讲述了我姐姐的遭遇，还有我被欺负的历史。关于精神病史，我的表述也很准确，除非我把自己也算作"我家"的一员。曾几何时，有一份20岁年轻人的病例文件上写着我的名字和一些单词，比如"抑郁症，躁郁症？强迫症？"还有"精神分裂症？"这些问号很关键——除了肉眼可以观察到的抑郁现象，我的症状并没有确诊，尽管那些精神科医生很想简单地把我纳入到某个分类里。现在我相信，我所有的问题可能都来源于我与常人不甚相同的大脑。所有精神上的症状都来源于此，而非某种潜在的疾病。我完全有理由抑郁：我没什么朋友，缺乏性爱，没有社交生活，因为我与他人互不相容。我的激情和专注被错误地解读为疯狂。我对组织的忧虑完全属于强迫性精神障碍。朱莉带来的那些阿斯伯格综合征患儿可能在生活中也要面临类似的问题。但是，他们全都被判定为患有某种潜在的综合征。如果那些精神科医生足够聪明，应该会想到实施奥卡姆剃刀①实验，然后就会发现他们可能面临的问题中，大部分是由阿斯伯格综合征患者的大脑配置与常人并不相同引起的。

"你21岁生日时发生了什么？"罗茜问。

难道罗茜会读心术？我21岁生日那天确实发生了一些事情，让我确定必须改变自己的人生方向，因为改变总好过在抑郁的深渊里挣扎。没错，

---

① 由英国经院哲学家奥卡姆提出的一种学说，该说主张把所有无现实根据的"共相"一剃而尽。

对我而言，那就是一个深渊。

　　我给罗茜讲了部分事实。通常，我都不会庆祝生日，但我的家人坚持要给我庆生，还邀请了很多亲友以弥补我没有朋友的缺憾。

　　我的叔叔发了言。我明白戏弄寿星是传统，但我的叔叔似乎受了什么刺激，一个故事接着一个故事地讲，逗得大家一片爆笑。他知道很多我的十分隐秘的个人情况，我真是惊呆了，一定是我妈妈告诉他的。妈妈一直在用力拉他的胳膊，想让他停下来，但他根本不理会，还在不停地拿我逗趣，直到妈妈哭了起来。但那会儿，他已经把我做过的糗事一字不落地讲完了，还有这些事给我带来的尴尬和痛苦，也都全说了出来。总之，一切的核心就是我是一个不折不扣的电脑呆子。所以，我下定决心要做出改变。

　　"向遗传呆子致敬。"罗茜打趣道。

　　"那其实不是我的目标。"但很显然，我如今就是那样。我就这么走出了深渊，在一个全新的领域打拼。晚餐在哪儿？

　　"给我讲讲你的父亲。"

　　"为什么？"我其实不是真的想知道原因。这算是一个社交技巧，让罗茜把话题"接过去"。这是克劳迪娅教我的，可以用来处理某些难以回答的个人问题。但我也记得她告诫我不要用得太过频繁，这是我第一次用。

　　"大概是因为我想看看你的父亲是不是你搞砸了一切的原因。"

　　"我没有搞砸了一切。"

　　"好吧，没搞砸。对不起，我并不想主观臆断，但你确实也不算是个普通人。"心理学系博士研究生候选人罗茜得出了结论。

"同意。但'搞砸了一切'意味着'不算是个普通人'？"

"用词不当。重来。我想我问起你父亲，是因为我父亲就是我搞砸了一切的原因。"

这种结论可不常见。除了对健康毫不在乎，罗茜从未有过任何大脑机能障碍的迹象。

"搞砸了一切的人有什么症状？"

"我的生活里破事不断，真希望它们从未发生过。我也不知道怎么处理这些事。你懂了吗？"

"当然。"我说，"意外事件不断发生，你又缺乏相应的技能把它们对你的个人影响降到最低。我想，当你说'搞砸了'的时候，就表示你的人格中出现了一些你想要纠正的问题。"

"不，我觉得我的人格没问题。"

"那么，你认为菲尔给你带来的伤害，本质是什么？"

面对这一关键问题，罗茜并没有即刻给出答复。可能这就是"搞砸了"的症状。终于，她开口了："天哪，他们怎么还没把晚餐送过来？"

罗茜去了洗手间，我趁机拆开吉恩和克劳迪娅送的礼物。他们送我来机场，所以我根本无法拒绝他们的礼物。在打开的一瞬间，幸好罗茜没有在场。吉恩的礼物是一本有关性交体位的书，扉页上写着："以防你灵感匮乏。"他还画了一个基因的图案作为签名。克劳迪娅的礼物正常许多，但也与旅行无关——一条牛仔裤和一件衬衫。衣服很实用，但我已经带了换洗T恤，而且短短八天的旅程，多带一条裤子完全没有必要。

吉恩再一次曲解了我和罗茜的关系，但这也可以理解。我无法向他解释带罗茜去纽约的真正原因，而吉恩也已经做出了符合他本人世界观的合理假设。去机场的路上，我向克劳迪娅咨询如何与一个人相处如此漫长的时间。

"要记得倾听。"克劳迪娅告诉我，"如果她问了你一个尴尬的问题，就先问问她为什么想知道。把话头转回给她。如果她是心理学系的学生，她会喜欢讲自己的故事的。注意你的情绪，还有逻辑。情绪是有自己的逻辑的，试着跟上逻辑。"

实际上，在飞往洛杉矶的途中，罗茜大都在睡觉或是看电影。但我还是一再确认——两次——自己没有冒犯她，她只是想打发时间。

我没有抱怨。

第二十三章　精神科医生攻略

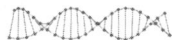

　　我们熬过了美国移民局的盘问。先前的经验告诉我，不要发表任何言论或建议，也不需要出示哥伦比亚大学戴维·博伦斯坦的推荐信，证明我是一个心智健全的正常人。罗茜看起来特别紧张，即便是我这种不大会评估他人情感状态的人都看得出来。我担心她会引起怀疑，而我俩都会因为无正当理由而被拒绝入境，这种事情之前在我身上发生过。

　　边检官问我："你是做什么的？"我答："遗传学研究员。"他又问："全球最顶尖的？"我答："没错。"我俩都通过了。罗茜几乎是一路小跑过了海关，冲向出口。我落在她身后几米远，抓着我俩的包。一定是出了什么问题。

　　我终于在自动门外赶上了她，她正在翻手提包。

　　"烟。"她说道。她点燃一根香烟，猛抽了一大口。"什么也别说，行吗？如果我需要一个放弃的理由，这就是。18个半小时啊。他妈的！"

　　幸好罗茜让我一句话都别说，我就能在一旁默默惊异于烟瘾对她的生活影响之大。

　　"'全球最顶尖的遗传学家'是什么情况？"

　　我告诉她我有O-1签证，也就是杰出人才签证。入境被拒事件之后，我意识到我需要搞个签证，这种签证应该是最保险的选择。O-1签证签发量很少，而"没错"是所有有关本人杰出才能问题的标准答案。罗茜认为用"外星人"这个词来表示杰出很有意思。[1]没错，确实很滑稽。

　　她抽完烟，我们直奔酒吧。现在是洛杉矶时间早上7点48分，但我们在抵达纽约之前还是要遵循墨尔本时间。

　　我们没有托运行李，入境手续办得十分顺利，我也因此得以实施我的最优计划，即搭乘更早的航班去纽约。对于这多赚回来的时间，我已经做好了安排。

　　在纽约肯尼迪国际机场，我把罗茜带到机场地铁跟前："我们现在有两条地铁线路可以选择。"

　　"我猜你已经记下时刻表了吧。"罗茜说。

　　"完全没必要，我只知道我们要搭的线路和车站。"我爱纽约。城市的格局十分规整，至少是上城到14街一带。

　　罗茜给艾萨克·埃斯勒的妻子打了电话，她很高兴得知来自澳大利亚的消息，还有同学会的情况。在地铁上，罗茜说："你得起个假名，以免埃斯勒认出你的名字，他也许看过那篇阿斯伯格综合征的调查报告。"

　　我已经想到了这一点。"奥斯汀，"我说，"来自奥斯汀·鲍尔斯[2]，那个王牌大'贱'谍。"罗茜觉得很搞笑。我成功地讲了一个经过悉心编

---

① "外星人"的英文为alien，而"杰出人才"的英文为Aliens of Extraordinary Ability，所以罗茜这么说。

② 奥斯汀·鲍尔斯是美国影片《王牌大贱谍》中的人物。

排的、不用自嘲我任何怪癖性格的笑话。值得纪念的时刻。

"职业?"她问。

"五金店店主。"这几乎是我大脑的自动反应。

"好……吧,"罗茜有些无奈,"就这样吧。"

我们搭乘E线来到列克星敦大道与53街站,向上城进发。

"酒店在哪儿?"罗茜问道。我们正往麦迪逊大道走着。

"下东区。但我们要先买点东西。"

"天哪,唐,现在5点半都过了。我们要在7点半赶到埃斯勒家。我们没时间买东西,我还要换衣服。"

我看了看罗茜,她穿着牛仔裤和T恤衫——日常的装束。我没觉得有任何问题,我们的时间还够。"我打算吃过晚饭再去酒店,但既然我们到早了——"

"唐,我们在天上飞了24个小时。我们再也不能按照你的计划走了,不然我就要疯了。"

"购物时间我只安排了四分钟。"我宽慰她道。

我们已经站在了爱马仕店门口,根据我的调查,这是全球顶尖的围巾商店。我走进去,罗茜跟了上来。

店里空空荡荡的,只有我俩。非常好。

"唐,你穿成这样不合适。"

买个东西也要悉心打扮!我的打扮适合任何场合,旅行、吃饭、社交、逛博物馆——当然还有购物:跑鞋、工装裤、T恤衫,还有妈妈亲手织的套头毛衣。这又不是在小顽童,这里的店员可能不会因为我的着装而拒绝与我展开任何商业交易。我说对了。

柜台后面站着两位女士，其中一位（大约55岁，身体质量指数约为19）戴着八枚戒指，另一位（大约20岁，身体质量指数约为22）戴着一副巨大的紫色眼镜，好像蚂蚁人。她们都穿得很正式。我提出了交易申请。

"我需要一条高品质的围巾。"

戒指女微微一笑："我可以帮您推荐几条。是给这位女士的吗？"

"不，给克劳迪娅。"我意识到这信息没什么意义，但我实在不知道怎么说。

"这位克劳迪娅"——她用手画着圈——"大约多大年纪？"

"四十一岁零三百五十六天。"

"啊，"戒指女仿佛想到了什么，"我们马上要迎来生日会了。"

"只是克劳迪娅的。"我的生日还有32天，我不确定这是否符合"马上"的定义，"克劳迪娅总喜欢戴围巾，即便天气很热，她也要遮住脖子，因为她觉得自己的脖子不好看。所以，这条围巾不需要有任何功能性作用，起到装饰作用就可以了。"

戒指女拿出一条围巾："这条您觉得怎么样？"

这条围巾无与伦比地轻盈——基本不能防风或是御寒。绝对是装饰性的物件。

"很好，多少钱？"我们的时间快不够了。

"1200美元。"

我打开钱包，抽出信用卡。

"喂喂喂，"罗茜突然插进来说，"我认为我们应该多看看，再决定买哪条。"

我转向罗茜："我们四分钟的预算快用完了。"

戒指女又拿出了另外三条围巾。罗茜拿起了一条，我模仿她，拿起了另外一条。看起来挺不错，全都挺不错。我挑不出哪条不好。

围巾品鉴还在继续。戒指女拿出了更多的围巾，我和罗茜一条一条地看着。蚂蚁人也来帮忙了。我终于找到一条可以让我给出些负面点评的围巾了。

"这条围巾有问题！它不对称。对称性是人类之美的关键要素。"

罗茜给出了漂亮的回答："或许这条缺乏对称性的围巾刚好能突显出克劳迪娅的对称之美。"

蚂蚁人拿出了一条粉色的围巾，点缀着一些毛茸茸的装饰。连我都看得出来，克劳迪娅不会喜欢的，一定会当即把它扔进废物堆。

"这有什么问题吗？"罗茜问。

"我不知道，就是不合适。"

"得了吧，"她说，"你可以的。想象一下谁会戴它。"

"芭芭拉·卡特兰。"戒指女说。

我不知道这人是谁，但我的脑子里一下子闪过一个人。"院长！在舞会上！"

罗茜突然一阵爆笑："太……对了！"她又从围巾堆里抽出一条："这条呢？"这是一条完全透明的围巾。

"朱莉。"我脱口而出。我告诉罗茜和那两个女人，朱莉是阿斯伯格综合征讲座的召集人，喜欢穿一些暴露的服装。也许她确实需要一条围巾降低一下衣着的影响。

"这条呢？"

这条围巾颜色明亮，我还是挺喜欢的，但罗茜说太"闹"了。

"比安卡。"

"没错。"罗茜笑得停不下来，"你对衣服的了解比你自己认为的要多得多。"

蚂蚁人又拿出一条印着小鸟图案的围巾。我拿起来看——图案印得十分精美。真是一条漂亮的围巾。

"世界鸟类。"蚂蚁人介绍说。

"噢，天哪，别！"罗茜制止了我，"这条不适合克劳迪娅。"

"怎么了？这多有意思。"

"世界鸟类[①]！仔细想想吧。吉恩。"

她们从各处找来了更多的围巾，很快围巾就堆成了小山。我们从中挑挑拣拣，又把它们扔到一边。一切都在瞬间发生，不免让我想起了伟大的鸡尾酒之夜，不过这一次，我们是客户。我不知道这两位女士是否像我一样享受工作时光。

最后，我把选择大权交给了罗茜。她选了最初给我们看的那条。

我们走出商店，罗茜说："我觉得我刚刚浪费了你人生中的一小时。"

"不，不，这跟结果没关系。"我赶忙解释道，"我觉得很有意思。"

"那么，"罗茜说，"不管你什么时候需要娱乐，我都可以来一双莫

---

① Bird（鸟）这个词在英式英语里亦指年轻姑娘。

罗·伯拉尼克（Manolo Blahnik）[1]。"她用了"一双"这个词，我猜她说的是鞋子。

"时间还够吗？"连罗茜去酒店的时间都被贴到购物上了。

"我只是开玩笑，玩笑。"

幸好她只是在开玩笑，因为我们得抓紧一切时间，按时赶到埃斯勒家。但罗茜还要换衣服。联合广场站有洗手间，罗茜直冲进去，光彩照人地走了出来。

"真是不可思议，"我说，"太快了。"

罗茜打量着我："你就准备这么过去？"她的语气似乎有些不满。

"我只有这样的衣服，"我说，"但我还有一件备用衬衫。"

"给我看看。"

我在包里找着备用衬衫，这是克劳迪娅送的礼物，我想罗茜可能会更喜欢。我拿出来给她看。

"这是克劳迪娅给我的礼物。"我说，"还有一条牛仔裤，不知道有用没用。"

"克劳迪娅万岁！"罗茜叫道，"她绝对值得拥有那条围巾。"

"我们会迟到的。"

"礼貌性的迟到没有问题。"

艾萨克和朱迪·埃斯勒的公寓在威廉斯堡。我在美国的电话卡功能齐备，GPS导航终于把我们带到了目的地。我希望46分钟符合罗茜"礼貌性的迟到"的定义。

---

[1] 世界著名女鞋品牌。

"记着，奥斯汀。"罗茜边说边按响了门铃。

朱迪开了门。我估计她大约50岁，身体质量指数26。她操着纽约口音，担忧我们可能迷路了。她的丈夫艾萨克好像漫画中的精神科医生：50多岁，身材矮小，谢顶，留着黑色的山羊胡，身体质量指数19。他看起来没有他妻子那么友善。

他们给我们倒了马提尼。我还记得在为伟大的鸡尾酒之夜做准备时，这种酒对我影响很大，我最好别喝超过三杯。朱迪做了一些夹鱼的小点心，问了问我们的行程。她想知道我们此前是否来过纽约，现在澳大利亚是什么季节（不是个难回答的问题），我们是否要去购物、逛逛博物馆。罗茜回答了所有这些问题。

"艾萨克上午要去芝加哥。"朱迪说，"跟他们说说，你要去干什么。"

"不过是有个会议，"艾萨克说。要保证对话继续下去，我和他都不用说太多话。

我们移步餐厅之前，他确实问了我一个问题："你是做什么的，奥斯汀？"

"奥斯汀经营一家五金店，"罗茜答道，"生意非常不错。"

朱迪做了一道美味的三文鱼，她再三向罗茜保证鱼是人工养殖的，绝对是环保食材。我只吃了几口劣质的飞机餐，朱迪的厨艺让我大快朵颐。艾萨克开了一瓶俄勒冈产的灰皮诺[①]，一次次为我添酒。我们聊了纽约，还有澳大利亚与美国政治的区别。

---

① 原文为pinot gris，一种葡萄酒。

　　"二位，"朱迪说，"真高兴你们能过来，多少弥补了我们错过同学会的遗憾。艾萨克对不能过去深感遗憾。"

　　"没有那么遗憾，"艾萨克说，"回顾过去可不是什么轻松的事情。"他吃掉盘子里最后一块鱼肉，看了看罗茜："你跟你妈妈长得很像。我最后一次见她那会儿，她还没有你现在大。"

　　朱迪把话接了过去："我们毕业后第二天就结婚了，搬到了这里。艾萨克在婚礼当天经历了人生中最惨烈的宿醉，真是个坏小子。"她微笑着。

　　"我认为故事已经讲得够多了，朱迪。"艾萨克说，"那是好长时间以前的事了。"

　　他盯着罗茜，罗茜也盯着他。

　　朱迪拿起罗茜的盘子，还有我的，一手一个。大家的注意力很分散，现在正是行动的好机会。我站起来，拿起艾萨克的盘子，接着是朱迪的。艾萨克正忙着和罗茜相互盯着看，根本没时间顾及我。我把盘子拿到厨房，趁机擦了擦艾萨克的叉子。

　　"我想奥斯汀和罗茜应该已经累了。"当我们都回到桌前时，朱迪说道。

　　"你说你是个五金店店主，奥斯汀？"艾萨克站起来，"能请你花五分钟帮我看看龙头吗？可能是管子的问题，也可能是垫圈的问题。"

　　"他是说水龙头。"朱迪补充道，她好像忘了我们和艾萨克是老乡。①

---

① "水龙头"一词原文分别用了tap和faucet来表示，这是英式英语和美式英语的区别。

艾萨克带我到地下室去。我很有自信，修水龙头绝对是小菜一碟。放假的时候，我专门靠解答类似问题打发时间。我们走下楼梯，灯突然灭了。我不知道发生了什么。停电了？

"你还好吧，唐？"艾萨克问道，声音充满关切。

"我没事。"我回答他，"怎么了？"

"没怎么，奥斯汀，你不过是回答了一个问给唐的问题。"

我们伫立在黑暗中。我不清楚在一间漆黑的地下室里接受精神科医生的盘问是否属于社交惯例。

"你怎么发现的？"我问。

"一个月之内，同一所大学，两次不请自来的沟通请求。一次在线搜索。你们俩舞跳得不错啊。"

无休止的沉默和黑暗。

"你的问题我知道答案，但我发了誓不会说出去。如果真是关乎生死，或是她得了什么恶疾，我会重新考虑的。但就目前的情况看，我觉得我没有必要背弃承诺，毕竟所有牵涉其中的人都明白怎么做才是最好的。你不远万里来取我的DNA样本，我估计你清理盘子时已经拿到了。但你在检验之前最好再好好想想，不要只顾着你女朋友的意思。"

他按亮了灯。

我们沿着楼梯上去，有些事情一直在困扰着我，我突然停了下来。"既然你已经知道了我的意图，为什么还让我们到你家来？"

"好问题。"他说，"既然你问了，我相信你已经知道答案了。我想见见罗茜。"

第二十四章　成年后最棒的一天

我精心计算好了服用安眠药的时间，早上7点6分，我头脑清爽地醒了过来。

罗茜在回酒店的地铁上就睡着了。我打算暂时向她隐瞒地下室谈话，也不提我在艾萨克家餐具柜上的发现。那是一张很大的照片，是在朱迪和艾萨克的婚礼上拍的。艾萨克旁边站着衣着正式的伴郎，是杰弗里·凯斯，那个只剩下370天生命的可怜人。他微笑着。

我仍然在思考着艾萨克的话，只有我自己，因为我担心罗茜会情绪崩溃，毁掉整个纽约之旅。罗茜对我刮目相看，不仅因为我顺利拿到了样本，更因为我在帮忙收拾盘子的时候表现得十分自然，神不知鬼不觉。

"你可能要被社交技能攻陷了。"

酒店非常舒适。入住后，罗茜坦言她曾担忧我会要求跟她同住一间房，以此抵消旅行费用。像妓女一样！我感受到了强烈的羞辱。她似乎对我的反应很满意。

我在酒店的健身房好好锻炼了一会儿，回到房间后，发现留言机的指示灯在闪。是罗茜。

"你在哪儿？"她问。

"健身房。锻炼对降低时差影响很有帮助，还有阳光，所以我打算在阳光下走上29个街区。"

"你是不是忘了什么事情？今天要听我的，还有明天。周一午夜之前，你都得听我的。所以，现在你给我坐下。我要出去吃早餐。"

"穿着锻炼的衣服？"

"不，唐，不能穿那种衣服。去洗澡，换身衣服。10分钟之内完成。"

"我都会先吃早饭，再洗澡。"

"你才多大？"罗茜有点咄咄逼人，她甚至都不愿听我的回答，"你像个老头子一样——我吃完早餐会洗澡。别坐在我的椅子上，只有我才能坐……别惹我，唐·蒂尔曼。"最后一句话她说得很慢，我决定最好还是别惹她。明天午夜之后，一切就都过去了。在这之前，我可以调节到看牙医模式。

就当我是在做根管填充了。我刚走到楼下，罗茜就开始挑剔我的着装。

"这件衬衣你穿了多久了？"

"14年。"我说，"它是速干的，特别适合旅行。"实际上，这是一件专业的徒步衬衫，尽管14年来，面料科技有了跨越式发展。

"很好，"罗茜说，"它什么都不欠你的了。上楼，换一件。"

"那件还湿着呢。"

"我是说克劳迪娅送你的那件，还有那条牛仔裤。我绝对不会跟一个流浪汉一起逛纽约。"

第二次换装过后，罗茜露出了满意的微笑。"你知道吗，其实你根本没有那么难看。"她顿了顿，看着我，"唐，这让你觉得不舒服，是吗？你还是更愿意自己去博物馆，对吧？"她的感知力实在是太敏锐了。"我明白。但你已经为我做了一切，你带我来纽约，而且我还在花你的钱，所以我想为你做点什么。"

我本想跟她讲清楚，她想为我做点什么实际上等同于完全按照她的意思行事，但这恐怕会引起她更多的"别惹我"的反应。我最好还是算了。

"你正待在一个完全不同的地方，穿着完全不同的衣服。那些中世纪的朝圣者跋涉几百公里到达圣地亚哥之后，都会把衣服烧掉，表示他们已经不一样了。我当然不是让你也把衣服烧掉——暂时不是。你可以周二再穿上。我只是想让你对不一样的事物保持开放的心态。就给我两天时间，我带你看看我的世界。从早餐开始。全世界最好吃的早餐可就在这座城市啊。"

她一定是看出我在拒绝。

"嘿，你规划好时间，就不会造成浪费了，对吗？"

"没错。"

"所以，你已经许诺给我两天时间。如果你拒不服从，你就会浪费掉这两天时间，即便有人正费尽心力让你度过好玩儿、高效的两天。我要去——"她停了下来，"我把旅行指南落在房间了。等我下来，咱们一块儿去吃早餐。"她转身朝电梯走去。

我被罗茜的逻辑搞乱了。我一贯认为提高效率正是我规划日程的合理性所在，但真正让我执着的是更高的效率还是日程表本身呢？我真的在变得跟我爸爸一样，每晚都坚持坐在同一把椅子上吗？我从未跟罗茜说起过，我确实有自己专属的椅子。

还有一件事她不知道，所以她没有提及。我成年以来经历的最快乐的三件事，有两件发生在过去的八周里，如果参观自然历史博物馆不能累计，只算一件事的话。而这两件事里都有罗茜。这之间有什么联系吗？我得好好研究一下。

罗茜回来前，我重启了大脑，这需要有很强的意志力。但此时我新增了适应能力。

"准备好了吗？"她问。

"我们要怎么找到世界上最好的早餐？"

我们在街角找到了世界上最好的早餐，也可能是我吃过的最不健康的早餐。不过，只吃两天应该不会让我增重太多，也不会影响我的健康、大脑敏锐度或是武术技能。这就是我的大脑目前的运行模式。

"你竟然全吃完了。"罗茜说。

"很好吃啊。"

"那别吃午饭了，晚饭也要推后。"她说。

"我们什么时候吃都行。"

服务生朝我们走过来，罗茜指了指空咖啡杯："真棒，我们得再来点。"

"嗯？"服务生有点疑惑。看来她没听懂罗茜在说什么。罗茜显然喝不出咖啡的好坏——或者她跟我一样忽略了"咖啡"的名号，完全把它当作一种没喝过的饮料。这种方法很有效果。

"给我两杯咖啡，一杯加奶，一杯不加……请！"我说。

"没问题。"

在这里，人们说话直来直往。这才是属于我的地方。我喜欢说美式英语，牛奶叫cream，而不是milk；电梯叫elevator，而不是lift；账单叫check，而不是bill。在我第一次去美国之前，我记下了一张关于美式英语和澳式英语用法区别的单子。我的大脑这么快就能自觉地转换为美语模式，也让我有些吃惊。

我们朝上城走去。罗茜一直在看一本叫《游客勿读》（*Not for Tourists*）的旅行指南，看来不是什么明智的选择。

"我们去哪儿？"我问。

"我们哪儿也不去，就是这儿。"

我们站在一家服装店门口，罗茜问我愿不愿意进去。

"不用问我，"我告诉她，"全听你的。"

"我是想进去逛逛，女孩子都喜欢。我会说'我猜你已经去过第五大道了吧'，但你，我可说不准了。"

现在的状况很和谐。我认识到不应该对罗茜做出任何假设，否则我会惊异于她把自己归类为"女孩子"的事实。因为据我所知，把这个词用在成年女性身上是女权主义者根本不能接受的。

罗茜却似乎越来越了解我了。我从未去过博物馆和会议中心以外的任何地方，但大脑的全新设定让我对一切都感到新鲜。一家只卖雪茄的商店、珠宝的价格、熨斗大厦①、性博物馆，罗茜看了看最后一个，决定不进

---

① 纽约的著名建筑。

去。这可能是个极好的决定——那儿也许会很有意思，但失礼的风险极高。

"你想买点什么吗？"罗茜问。

"不。"

几分钟后，我突然想到了一点："有什么卖男士衬衫的地方吗？"

罗茜笑了起来："在纽约市的第五大道上，也许我们能找到一家吧。"我感受到了讽刺的气息，但是友善的嘲讽。我们找到了跟克劳迪娅送给我的那件类型相同的衬衫，是在一家名叫博洛茗（Bloomingdale's）的大型百货公司里，实际上，它并不在第五大道上。我们在两件衬衫间拿不定主意，所以干脆全买了。我的衣柜可能要关不上门了！

我们来到中央公园。

"我们不吃午餐了，但我想吃个冰激凌。"罗茜说。公园里有个小摊贩，既卖圆筒冰激凌，也卖糖果。

我突然感到了一阵强烈的恐惧。我立刻就知道我在害怕什么了，但我必须面对。"口味很重要吗？"

"来点加花生的，我们可是在美国。"

"所有的冰激凌尝起来都一样。"

"胡扯。"

我解释了味蕾的变化。

"打个赌吗？"罗茜问，"我肯定能尝出花生味和香草味的区别，赌两张《蜘蛛侠》的电影票。今天晚上，在百老汇。"

"材质是不一样的，因为有花生。"

"那就随便找两种。你来挑。"

我点了一个杏子冰激凌和一个杧果冰激凌。"闭上眼睛。"我说。这真的很困难：它们的颜色几乎一样，但我不想让她看到我通过扔硬币决定先给她尝哪个，因为我担心她在心理学方面的专长可能会让她猜出我的顺序。

"杧果。"罗茜说。答对了。再扔，又是正面。"还是杧果。"她连续三次猜中了杧果，接着是杏子，又是杏子。她胡乱蒙中的概率为三十二分之一。我有97%的把握相信她确实能尝出冰激凌口味的区别。难以置信。

"那么，今晚去看《蜘蛛侠》？"

"不。你猜错了一次。"

罗茜看着我，仔细地看着我，突然大笑起来。

"你在逗我，对吗？我不相信，你在开玩笑。"

她递给我一个冰激凌："既然你不在乎口味，那杏味的就归你了。"

我看了看手中的冰激凌。怎么说呢？她已经舔过了。

再一次，她读懂了我的意思："如果你连和她分享冰激凌都不愿意，你要怎么和女孩子接吻呀？"

有那么几分钟，我沉浸在一种没来由的巨大喜悦中，因为我所讲的成功的笑话，还有对接吻那句话的分析——和女孩子接吻，分享她的冰激凌——虽然是第三人称，但绝对不可能与她无关，就是那个在阳光和煦的周日下午，与穿着新衬衣与牛仔裤的唐·蒂尔曼共同漫步在中央公园的树荫中，分享同一个冰激凌的女孩子。

尽管我很享受这一天的活动，但回到酒店之后，我还是需要114分钟的休息时间。洗澡，写邮件，做伸展放松练习。我给吉恩写了邮件，抄送给克劳迪娅，总结了一下我俩的活动。

　　晚上7点在大厅的碰面，罗茜又迟到了三分钟。当她穿着今天新买的衣服——白色牛仔裤，蓝色T恤衫——还有前天晚上穿过的夹克出现时，我刚要往她的房间打电话。我突然想起了吉恩的金句，我听他对克劳迪娅说过。"你看起来真优雅。"我说。这是着儿险棋，但她的反应很积极。她确实看起来很优雅。

　　我们在拥有世界上最长酒单的酒吧喝了几杯鸡尾酒，有好多酒我都没有听说过，接着我们去看了《蜘蛛侠》。散场后，罗茜觉得故事有点老套，而我却被迷住了，被深深地迷住了。长大以后，我就再也没去过电影院。我完全没在意剧情，眼里全是那些飞行器。真是太棒了。

　　我们搭地铁回到下东区。我觉得饿了，但也不想打破规矩，由我提议吃点东西。但罗茜想到了这一点。晚上10点，在一家名为桃福子（Momofuku Ko）的餐厅订了位。我们又回到罗茜时间了。

　　"这是我送给你的礼物，谢谢你带我来这儿。"她说。

　　我们坐到一个可以容纳12个人的柜台前，还能看到主厨们的操作。在这里，也没有任何让餐厅变得使人压力重重的繁文缛节。

　　"有什么偏好或是忌口吗？"主厨问道。

　　"我吃素，但可以吃环保海鲜。"罗茜答道，"他什么都吃——真的是什么都吃。"

　　我不记得上了多少道菜。我吃了杂碎、鹅肝酱（第一次吃！），还有海胆酱。我们喝了一瓶玫瑰香槟。我可以跟主厨们对话，他们会告诉我菜的食材和烹制工序。我吃到了有生以来最棒的食物，而且我也不用为了能吃上饭而西服革履。实际上，坐在我旁边的食客，即便是在昆斯伯里侯爵酒吧，也算是穿着出位的，脸上还穿了好几个洞。他听到我和主厨的对话，便问我是从哪里来的。我告诉了他。

"你觉得纽约怎么样？"

我告诉他这座城市特别有意思，还给他讲了我们今天的日程。但我突然意识到，在与陌生人对话的重压下，我的举止已经发生了改变——或者更确切地说，是反转了——回归了我惯常的方式。整整一天，与罗茜在一起，我感到放松，说话和行动都变得不一样了，而这种趋势也延续到了与主厨的对话上，虽然这对话更像是一种专业信息的交流。但是，与另外一个人进行非正式的社交互动让我回归了自我。而我很清楚，我习惯的举止言行在别人眼中是很怪异的。这个面部穿环的男人一定也注意到了。

"你知道我为什么喜欢纽约吗？"他说，"因为这里有太多怪人了，人们都已经见怪不怪了。我们恰恰很适合这里。"

"你觉得怎么样？"回酒店的路上，罗茜问我。

"成年后最棒的一天。"我说。罗茜看起来很高兴，因为我没有继续说下去："除了自然历史博物馆。"

"睡觉吧。"她说，"9点半集合，我们再去吃个早午餐，怎么样？"

此刻倘若再要争辩，就真的是不可理喻了。

第二十五章　棒球赛

"我让谁感到尴尬了吗？"

罗茜一直在忧心我可能在参观世贸中心遗址时做了些不合时宜的评论。我们的导游，一位在"9·11"事件中痛失很多战友的退役消防员，名叫弗兰克，是个很有意思的人。我向他提了很多技术性的问题，他都答得很好，在我看来，答得很有激情。

"你可能是稍稍改变了些基调，"她说，"你有点把注意力从情感层面转移开了。"就是说，我削弱了忧伤程度。很好。

周一，我们参观了很多著名景点。我们在卡茨熟食餐厅吃了早餐，有部电影《当哈里遇上萨莉》就是在那儿拍摄的。我们登上了帝国大厦，电影《金玉盟》的拍摄地。我们还去了纽约现代艺术博物馆和大都会艺术博物馆，都很不错。

我们早早回到了酒店——下午4点32分。

"6点半还在这儿见面。"罗茜说。

"我们晚饭吃什么？"

"热狗。我们要去看棒球赛。"

　　我从来不看体育节目，从不。原因很明显——或者是对那些珍视自己时间的人来说都该这么做。但我重启了大脑，加上超大剂量的正强化支持，我接受了这一提议。我花了118分钟上网，研究棒球规则和球员信息。

　　在地铁上，罗茜跟我分享了一些新的消息。她离开墨尔本前，给哥伦比亚大学的研究员玛丽·基尼利发了邮件。她刚刚收到了玛丽的回复，明天可以与她见面。但这样一来，她就去不了自然历史博物馆了。她可以周三再去，所以明天我能不能自己去？当然没问题。

　　在扬基体育场，我们买了热狗和啤酒。我旁边坐着一个年纪约为35岁、身体质量指数约为40（严重肥胖）的男人，戴着棒球帽，手里抓着三个热狗！肥胖症的原因显而易见。

　　比赛开始了，我得向罗茜解释正在发生什么。看到一条一条的规则在真实的比赛中被践行，真是让人兴奋。每次分数发生改变，胖子球迷就会在本子上记录下来。柯蒂斯·格兰德森冲上本垒的时候，二垒、三垒都有跑垒手。胖子球迷开始跟我搭话："要是这两击都能得分，那他就成了全联盟打点最高的球员了。你觉得可能性大吗？"

　　我不知道可能性有多大。我只能告诉他，根据球员档案里安打和全垒打的比例来看，可能性应该在9.9%~27.2%之间。但我没有时间记下双杀和三杀的数据。胖子球迷似乎对我很满意，我们开始了有意思的对话。他教我如何利用符号记录场上的情况变化，还有如何分析复杂的数据信息。我从未想到体育运动也能如此使人兴奋。

罗茜又去买了些啤酒和热狗，胖子球迷开始向我灌输乔·迪马乔[1]在1941年创造的连续安打纪录绝对是——用他的话说——空前绝后的难以复制的伟大成就。我很怀疑。比赛结束时，我们仍然交谈甚欢，所以我建议我们一同搭地铁去市中心喝一杯。鉴于罗茜掌管着今日的行程，我便问了她的意见，她同意了。

酒吧里很嘈杂，大屏幕电视上不间断地播放着棒球比赛。有几个先前应该是没见过胖子球迷的男人也加入了我们的讨论。我们喝了很多啤酒，讨论棒球比赛数据。罗茜坐在凳子上喝酒，观察我们。夜色深沉，那个名叫戴夫的胖子球迷该回家了。我们交换了电子邮件地址，我认为我成功地结交了一位新朋友。

走回酒店的路上，我猛然意识到我刚才的表现跟大部分男人没什么两样：在酒吧喝酒，看电视，聊比赛。众所周知，女性对这样的行为一直保持着负面的态度。我赶忙向罗茜确认我是否冒犯了她。

"完全没有。看你像个爷们儿一样生活很有意思——你已经融进去了。"

我告诉她，一个女权主义者能给出这样的答案实属少见，大部分传统男士都会想要她这样的伴侣。

"如果我喜欢这些传统男人的话。"

看来现在是打探罗茜个人生活的好时机。

"你有男朋友吗？"但愿我的问题足够得体。

"当然，我只是还没把他从箱子里取出来。"她显然是在开玩笑。我

---

[1] 美国著名棒球运动员。

也笑了，但也明确指出她并没有回答我的问题。

"唐，"她说，"如果我有男朋友的话，你不觉得至少应该听我说起过他吗？"

我认为从未听说过他根本不是不可能。除了寻父计划之外，我几乎从没问起过罗茜的个人生活。我不认识她的任何一个朋友，除了斯特凡，但我认为他不是她的男朋友。当然，依据传统，她应该带伴侣来参加教员舞会，会后也不应该向我提出任何上床的邀约，但并非每个人都会遵守这样的传统。吉恩就是个好例子。很有可能罗茜有一个不爱跳舞、不爱社交的男朋友，当时刚好出城不能参加舞会，或者是和她保持着一种开放的恋爱关系。那她就没必要跟我说起这个人。就我个人的情况来看，我很少跟吉恩和克劳迪娅提起达夫妮或我的姐姐，他们也是一样。我这样解释给罗茜听。

"简而言之，没有。"她答道。我们又走了一会儿。"具体来说，你曾经问过为什么是我爸爸让我搞砸了一切。心理学第一课——我们一生中第一段与男性的关系就是和父亲的关系，而这将永远影响我们与男性的关系。所以，幸运如我，可以有两次机会。脑子有问题的菲尔或是抛弃了我和妈妈的我的生父。我12岁的时候，这机会终于来了。菲尔坐下来，跟我进行了'真希望是你妈妈亲自来告诉你'的谈话。你知道，就是那套说辞，你爸爸会跟12岁的小孩说的那套——我不是你的父亲，很遗憾，你的母亲去世太早了，还没能让你看到她并非完人；你不过是她散漫生活的产物，我希望你不要变成她那样，好让我能离开你，真真正正地去过日子。"

"他这么跟你说的？"

"不是原话，但就是这个意思。"

我认为一个12岁的孩子——即便是未来的心理学系女毕业生——不可能完全正确地总结出一位成年男性的潜在语意。有时，像我一样承认自己在这些事情上能力不足，总好过对自己的专业性产生错觉。

"所以，我根本不相信男人，他们全都是说一套做一套。我害怕他们会让我失望。这就是我学了七年心理学的成果。"

七年的努力换得这样的成果还真是让人遗憾，但我想她应该是省略了在课程中学到的大量知识。

"明晚见面吗？"罗茜问，"去干什么都听你的。"

我一直在考虑明天的计划。

"我认识一些哥伦比亚大学的人，"我说，"也许我们可以一起去。"

"那博物馆怎么办？"

"我已经把四天的参观压缩到了两天，再从两天压缩到一天应该也没有问题。"这毫无逻辑可言，但我喝了很多啤酒，而且我就是想去哥伦比亚大学。跟上情感的逻辑。

"那就8点见——别迟到。"罗茜说。接着，她吻了我。不是激情四射的吻，只是在面颊上浅浅一啄，但这还是扰乱了我的心绪。既不是好，也不是坏，只是很乱。

我给哥伦比亚大学的戴维·博伦斯坦写了邮件，和克劳迪娅用Skype[①]聊了会儿天，给她讲了一天的经历，但没提起那一吻。

"看来她真是花了不少心思。"克劳迪娅说。

---

① 一款即时通信软件。

　　自然是这样。罗茜安排了很多我平时从未想尝试的事情，我也很乐在其中。"你周三要带她参观自然历史博物馆？"

　　"不，我要去看甲壳纲动物和南极洲动植物。"

　　"想个可信度高点的说法吧。"克劳迪娅说。

我们搭地铁去哥伦比亚大学。戴维·博伦斯坦还没有回我的邮件。我没有跟罗茜提起这件事，她邀请我一同参加她与玛丽的会面，如果时间不冲突的话。

"我就说你是一位研究员，"她说，"我要让你看看我不喝酒时是什么样。"

玛丽·基尼利是医学院精神医学系的副教授。我之前从未问过罗茜她的博士论文题目是什么，现在我知道了——《早发型躁郁症的环境风险》，是个严肃的科研课题。她和玛丽交谈了53分钟，接着我们一块儿去喝了咖啡。

"从本质上说，"玛丽告诉罗茜，"你更适合做精神科医生，而不是心理学家。没考虑过转念医学院？"

"我来自一个医学世家，"罗茜说，"我算是有点叛逆吧。"

"那么，等你的叛逆期过了，我们有一个相当不错的医学博士项目。"

"是吗，"罗茜自说自话，"我念哥伦比亚。"

"为什么不呢？实际上，你大老远地跑过来……"她匆匆拨了个电话，微笑着说，"干脆去见见院长吧。"

　　我们返回医学院，罗茜悄声对我说："希望你能记住我有多优秀。"我们来到院长办公室门前，他走了出来。

　　"唐，"院长说，"我刚刚收到你的邮件，还没来得及回复。"他又转向罗茜："我是戴维·博伦斯坦。你是唐的朋友？"

　　我们一起在教员俱乐部吃了午饭，戴维告诉罗茜，他十分支持我申请O-1签证。"我可不是信口胡说，"他说，"只要他想加入这个行业，我们随时都有位置给他。"

　　据称焦炉比萨对环境无益，但我认为这种说法十分可疑。它们大多打的是情感牌，既没有科学基础，也没有考虑到全寿命周期成本问题。电是好的，煤是坏的。但电又是从哪儿来的？阿图罗[①]的比萨真是太好吃了，全世界最棒的比萨。

　　罗茜对哥伦比亚大学的态度让我很感兴趣。

　　"我认为你非常敬佩你的母亲，但你为什么不想当个医生？"

　　"我不是我妈妈。我父亲也是个医生，记得吧？我们是因为这件事情过来的。"她把剩下的红酒倒进自己的杯子，"我确实这么想过。我也参加了医学院的入学考试，就像我跟彼得·恩蒂科特说的那样，考了74分。老娘牛吧。"尽管她用词很冲，但一脸友善，"我觉得转投医科可能象征着生父的羁绊，就好像我一直在追随着他，而不是菲尔。连我自己都明白这么做太浑蛋了。"

---

① 原文为Arturo，餐厅名。

吉恩常说，心理学家都没法儿分析自己。罗茜就是一个好例子。为什么要躲开自己喜欢又擅长的事情呢？而且，在心理学系三年的本科学习外加七年的研究生学习一定能为她的行为、性格和感情问题找到一个更为确切的分类，而不仅仅是"浑蛋"以蔽之。当然，这些想法我并没有说出来。

博物馆早上10点半开门，我们排在头两个。我已经安排好参观路线了，从宇宙起源到星球，再到生命。6个小时回望130亿年的历史。中午，罗茜提议把我们吃午饭的时间也用到参观上。随后，她就被著名的拉多里脚印（Laetoli footprints）[①]重建项目迷住了，这组古猿脚印大约形成于360万年前。

"我看过一篇介绍文章，是一对母子，手拉着手，对吧？"

真是浪漫的解读，但也不是不可能。

"你有没有想过要个孩子，唐？"

"想过，"我答道，完全忘记了要把话题从这个私人问题上转移开，"但似乎可能性不高，也不是什么明智的选择。"

"怎么说？"

"不可能是因为我已经对寻妻计划丧失了信心，不明智是因为我不会成为一个合格的父亲。"

罗茜笑了起来，这真是不体贴的举动，但她随后解释道："所有的父

[①] 1976年，著名考古学家玛丽·利基率领科考队在坦桑尼亚北部一个叫拉多里的地方发现的一组类人脚印。

母都会让孩子感到难堪。"

"菲尔也是？"

她又笑了起来："特别是他。"

下午4点28分，我们结束了灵长类动物的参观。"噢，天哪，这就完了？"罗茜惊叹道，"还有没有什么别的可以看的？"

"还有两个，"我说，"但你可能会觉得没什么意思。"

我带她来到了星球展馆——通过不同大小的球体展示宇宙的广袤。这个展览没什么噱头，但传递了极其重要的信息。实际上，除了科学家，特别是物理学家，大部分人对比例并没有什么概念——跟整个宇宙比起来我们有多么渺小，跟中微子比起来我们又有多么巨大。我尽全力把这种比较变得有趣一些。

接着，我们搭电梯来到海尔布伦宇宙通道（Heilbrun cosmic pathway）。这是一条110米长的螺旋形坡道，展示了从宇宙大爆炸到现今的重要时间节点。墙上只展出了一些图片和照片，间或有一些石块和化石标本。我对这些历史太熟悉了，不用看展品就能把这些节点讲出来。我结合今天看过的展览，尽量生动准确地给罗茜做了讲解。我们沿着螺旋通道一路下行，走到一层，那些小小的垂直细线代表了有记录以来的全部人类历史。马上就要闭馆了，我们成了仅剩的游客。之前我听到过一些人参观后的反应。"让你一下子觉得自己微不足道，是吧？"他们会这么评论。这是一种普遍的看法——时光流转，宇宙无限，我们的生命、历史甚至是乔·迪马乔的连续安打统统不过是沧海一粟。

但罗茜似乎干脆把我的想法用语言表达了出来。"哇哦！"她感叹道，静静地望向身后无垠的时空。接着，就在苍茫宇宙中另一个稍纵即逝的瞬间，她牵起了我的手，向地铁走去。

第二十七章　整形外科医生攻略

在离开纽约之前，我们还有一件重要的事情要做。马克斯·弗赖伯格，那位"日程繁忙"的整形外科医生兼罗茜的潜在生父同意在下午6点45分与我们进行15分钟的会面。罗茜告诉他的秘书自己正在为某家出版物撰写有关成功校友的系列文章，而我则背上罗茜的照相机，充当摄影记者。

得到预约实属不易，在办公室拿到DNA样本更是要比在生活或社交场合困难得多。来纽约之前，我一直在琢磨这件事情，希望大脑后台处理程序能够找到一个解决办法。但很显然，我的大脑全部被其他事情占据了。我能想到的最好的办法就是戴上一枚尖头的戒指，佯装在握手时扎破他的手指，取得血样。但罗茜认为，这样做完全不具备社交可行性。

她提议用头发做样本，要么偷偷地剪下一截，要么说有一缕头发乱了，影响照片效果。作为整形外科医生，他理应对自己的外貌特别关注。但遗憾的是，只靠剪下的头发无法获得足够的样本——必须整根拔下来，取得毛囊。罗茜带了一把小镊子。人生中的头一次，我想要在一间烟雾缭绕的屋子里待上15分钟，这样一个烟蒂就能解决我们所有的问题了。眼下我们只能保持警惕，见机行事了。

弗赖伯格医生的办公室在上西区的一栋老式大楼里。罗茜按了门铃，一位保安员开了门，带我们到等候区。等候区的墙壁上满满当当地挂着证书和患者的感谢信，无一不在赞美弗赖伯格医生的精湛技艺。

弗赖伯格医生的秘书是一位瘦削的女士（身体质量指数约为16），55岁左右，有着两片不成比例的丰唇。她把我们领进办公室。更多的证书！弗赖伯格本人则似乎是个失败的案例：他完完全全是个秃头。拔头发的计划也因此宣告破产。同时，也没有任何证据表明他有吸烟的癖好。

罗茜的采访令人印象深刻。弗赖伯格介绍了一些整形术的流程，但基本没有任何的临床证明，还大谈特谈整形对自尊心的重要影响。幸好我被分配了一个不需要讲话的角色，否则我一定会回击。对焦对我来说也并不轻松，因为我的大脑还在对牵手事件进行分析。

"不好意思，"罗茜说道，"能否请您让我喝点东西？"

没错！咖啡杯擦拭法！

"当然。"弗赖伯格答道，"茶还是咖啡？"

"咖啡吧，"罗茜说，"黑咖啡就好。您不来一杯吗？"

"我就不用了，咱们继续吧。"他按下了对讲机上的一个按钮，"蕾切尔，一杯黑咖啡。"

"您也应该来杯咖啡。"我对他说。

"从来不喝那东西。"弗赖伯格回绝道。

"除非您有遗传性的咖啡因耐受不良，否则就目前的研究来看，喝咖啡不会带来任何不良的影响。相反——"

"再问一下，你们是哪家杂志的？"

这问题很直接，完全在预料范围之内。我们已经提前为这份虚拟的大学刊物定好了名字，罗茜也在自我介绍中提到了。

但我的脑子短路了。罗茜和我几乎异口同声给出了答案。罗茜说："《多面》。"我说："《多变》。"

对任何理智的人来说，这种小小的不一致会被当作一个简单的无心之失，事实上也是这样。而弗赖伯格却是一脸的不信任，立刻在笔记本上写了些什么。蕾切尔端来咖啡，他把笔记本递给她。我感受到了强烈的不安，立刻开始思索逃跑方案。

"我想用一下洗手间。"我说。我计划在洗手间给弗赖伯格打电话，这样罗茜就可以趁着他接电话的工夫赶快脱身。

我向门口走去，弗赖伯格却挡住了我的去路。

"用我的私人卫生间吧。"他说，"我坚持这么做。"

他带我向办公室后方走去，路过蕾切尔的办公桌，来到一间挂着"私人"门牌的房间，便离开了。除非原路返回，否则根本没有第二条路可以出去。我掏出电话，拨411——查号服务台——打通了蕾切尔的电话。我能够听到电话的铃音，蕾切尔接了电话。我压低声音。

"我要找弗赖伯格医生，"我说，"情况紧急。"我告诉她我的妻子曾在弗赖伯格医生这里做过手术，但她的嘴唇爆掉了。我挂断电话，给罗茜发短信：赶快跑。

这个洗手间绝对需要伊娃来好好清理一下。我打开似乎尘封已久的窗子，向下看。办公室在四层，但大楼外墙上有足够的抓手。我轻松跳出窗户，沿着外墙往下爬，动作异常小心缓慢，脑子里想着整个计划，祈祷罗茜也能顺利逃出去。我有好长一阵子没有练习攀岩了，整个下降过程似乎并没有看上去那么简单。早些时候的一场雨让整个外墙湿滑无比，我的跑鞋也不太适合攀岩。突然，我脚下一滑，赶忙伸手，将将抓住了一块粗糙的墙砖。下方传来一阵惊叫。

我终于踩到了地面，这才发现周围已经围了一小批人，罗茜就是其中之一。她张开双臂抱住我："我的上帝啊，唐，你会弄死自己的！这一切哪有那么重要。"

"没有那么危险的，只要不向下看就行。"

我们向地铁站走去，罗茜很是激动。弗赖伯格把她当成了受雇于某些不满顾客的私家侦探，差点让保安员扣住她。总之，不论他的行为是否合法，我们都险些陷入十分困难的境地。

"我要去换件衣服。"罗茜说，"在纽约的最后一晚，你想干点什么？'

我原本的计划是造访一家牛排馆，但鉴于我们要一起吃饭，我就得重新选择一家餐厅，以适应这位只吃环保海鲜的"素食者"的要求。

"我们会找到的。"她说，"选择多的是。"

我用三分钟换好衬衫，又在楼下等了罗茜六分钟。最终，我走上楼去叩响了她的房门。漫长的等待之后，她的声音传了过来。

"你觉得洗澡要多长时间？"

"3分20秒，"我说，"如果洗头发，再另加1分12秒。"花这额外的时间主要是为了达到护发素在头发上停留60秒的要求。

"等一下。"

罗茜打开房门，只裹了一条浴巾，头发还在滴着水。她看起来太诱人了，我直直地盯着她。

"嘿，"她说，"我可没戴吊坠。"她是对的，我不能再用吊坠当借口了。但她也没有大肆批评我的不当行为。正相反，她一脸微笑，走向我。我不知道她是否会再上前一步，或者是应该由我踏出那一步。总之，我们谁都没有动。场面有些尴尬，我俩谁都有责任。

"你应该把那枚戒指带过来。"罗茜说。

有那么一下子，我的大脑把"戒指"直接理解为"婚戒"，并开始构建一幅完全错误的场景。接着，我反应过来，她说的戒指是我计划用来采集弗赖伯格血样的尖头戒指。

"我们跑了这么远，却没拿到样本。"

"幸运的是，我们拿到了。"

"你拿到了？怎么做的？"

"在他的洗手间。真是个懒汉。他简直应该去查查他的前列腺。那地板——"

"停！"罗茜打断我，"信息量太大，但你真是好样的。"

"卫生习惯太差了，"我继续道，"亏他还是个整形外科医生。也不能算是个医生，简直是医术滥用——植入假体就为了改变容貌。"

"等你到了55岁，你妻子到了45岁的时候再这么说吧。"

"你不是一个女权主义者吗？"我反问道，尽管我对此已经充满怀疑。

"这并不意味着我不想变得漂亮。"

"你的外表完全不应该取决于你的伴侣对你的评价。"

"生活中有太多应该了。"罗茜说道，"你是个遗传学家。人人都会注意他人的相貌，你也一样。"

"没错，但我绝对不会以貌取人。"

我危险了：罗茜的美貌让我在教员舞会之夜出了大乱子。我的确不会以貌取人，也不愿让人仅凭外貌就对我做出评断。但现在，站在我面前的是一个仅仅裹着条浴巾的女人，我的信条似乎要失效了。我逐渐意识到，我可能并没有说出全部的真相。

"当然是要在没有睾丸酮影响的情况下。"我补充道。

"这是在偷偷赞美我吗？"

对话愈发复杂了。我试着阐明我的观点："我并不认为你拥有难以置信的美貌。"

我做出接下来的举动无疑是因为我的头脑受到了几个小时以来众多意外事件的反复碾压：牵手，逃离整形外科医生办公室，还有最直接的——世界上最漂亮的女人裸着身子，裹着浴巾，站在我眼前。

吉恩难辞其咎，他为什么要告诉我耳垂大小与性吸引力的关系。我正前所未有地被一个女人强烈吸引着，却不能自控地想看看她耳垂的大小。有那么一瞬间，我仿佛和阿尔贝·加缪①的《局外人》中的主人公面临着同样的困境。我伸出手，拨开她的头发。一切是多么令人欣喜，罗茜的反应和那本我中学时研读的小说里的情景完全不同，她抱住我，亲吻了我。

我认为我的头脑配置很可能有些异常，但如果我的先祖无法识别出最基本的性爱信号，那我也就不会存在了。所幸，这一天性的配置完全正

---

① 法国哲学家，存在主义主要代表作家之一，1957年获诺贝尔文学奖。

常。我赶忙吻回去，罗茜回应着。

我们停止了亲吻，但很显然，晚餐要推后了。罗茜看着我，说道："你知道吗，如果你换副眼镜，再改个发型，就会跟《杀死一只知更鸟》里的格利高里·派克（Gregory Peck）一样了。"

"这是好事吗？"依照现下的情况来看，应该是好事，但我还是想听她亲口告诉我。

"他绝对是有史以来这个世界上最性感的男人。"

我们望着对方，我想再吻她一次，但她制止了我。

"唐，这里是纽约。好像在度假一样。我不想让你想太多。"

"纽约发生的事情就让它留在纽约，是吧？"这是吉恩教给我的金句，让我出差参会时用。我之前从来没有机会用上，现在说出来感觉有点奇怪，但倒也恰如其分，合情合理。更重要的是，我们一致同意双方在情感上不存在延续。即便我不像吉恩那样有妻子在家，我心目中的妻子也是跟罗茜大不相同的，她可是那种会到阳台上抽上一支事后烟的姑娘。可问题是，这种假设并没有让我产生应有的排斥情绪。

"我要回去拿点东西。"我说。

"好主意，快点回来。"

我的房间距离罗茜的房间只有11层楼，所以我走楼梯上去。回到房间，我冲了澡，迅速翻阅了吉恩给我的书。竟然被他言中了，不可思议。

我下楼，返回罗茜的房间。43分钟过去了。我叩响房门，罗茜应了门。她穿着一件睡袍，实际上，它比浴巾要纤薄得多。她拿来两杯香槟。

"不好意思，已经没什么气了。"

　　我环顾房间：床罩翻了下来，窗帘已经拉上，只开了一盏床头小灯。我把吉恩的书递给她。

　　"这是我们的第一次——也可能是唯一的一次，而且你无疑比我经验更丰富，所以我建议你选出心仪的体位。"

　　罗茜快速翻了翻书，接着又翻了一遍，最后在扉页上停下，吉恩在那里留下了签名标记。

　　"这是吉恩给你的？"

　　"旅行礼物。"

　　我试着解读罗茜的表情，我猜是愤怒，但很快就消失了。接着，她用一种没有半点怒气的语调拒绝了我："唐，对不起，我做不到。我真的对不起你。"

　　"我说错什么了吗？"

　　"没有，是我的问题。真的对不起。"

　　"我不在的时候，你改了主意？"

　　"没错，"罗茜说，"就是那样。对不起。"

　　"你确定不是因为我做错了什么？"罗茜是我的朋友，友谊破裂的风险成了我脑子里的头号忧虑，上不上床已经不算什么了。

　　"不，不，是我的问题。"她说，"你真的是个特别体贴的人。"

　　很少有人这样赞美我，我对此十分满意。这个夜晚还没有那么糟糕。

　　我辗转难眠。刚刚晚上8点55分，我还没有吃饭。在墨尔本，克劳迪娅和吉恩应该正在工作，但我不想和他们聊天。我认为再次与罗茜联系是不明智的，所以我给另外的朋友打了电话。戴夫已经吃过晚饭，我们来到一家比萨店，他又吃了一顿。接着，我们去了酒吧，看了篮球，聊了女人。我不大记得我们各自都说了什么，但对给出一个合理的未来计划来说，应该基本起不到什么作用。

第二十八章　新的目标

我的脑子里一片空白。这是个标准的说法，是对现状的夸大。我的脑干还在运作，我的心脏还在跳动，我也没有忘记呼吸。我还能收拾行李，在房间里享用早餐，找到去肯尼迪国际机场的路，办好登机手续，踏上飞往洛杉矶的航班。我和罗茜还能进行适当的交流，让上述活动按部就班地进行。

但我的反射功能完全被抑制了，原因很清楚——情感过载！平日里被成功管控的情感在克劳迪娅——那个具有行医资格的临床心理学家的鼓励下得以释放，但明显受到了过度刺激，这很危险。我的情感在大脑中肆意妄为，让我无法思考。如今我最需要的就是要想清楚，到底是哪里出了问题。

罗茜坐在窗边，我坐在外边。我听着起飞前的安全须知，竟然头一次没有仔细评判航空公司的假定有多不合理，优先顺序有多不公平。若是真的大难临头，每个人都得做点什么，这我是不同意的。他们要把伤残旅客置于何地。

罗茜把手搭到我的胳膊上："你还好吗，唐？"

我试图集中分析问题的一方面，还有相应的情感反应。我知道应该从哪儿开始。从逻辑上讲，我并不需要回房间去拿吉恩送的那本书。我出发前为预想的性接触场景所做的准备工作中也绝对不包括把书拿给罗茜看这一环节。我可能不大擅长社交活动，但我们已经接了吻，罗茜也只裹了条浴巾，再进一步理应不会有什么问题。我对体位的了解会是个加分项，但可能在初次接触时并不适用。

这就是为什么我的本能会把我引向完全错误的路径，最终生生破坏掉了这次机会。表面原因很明显，是我的本能让我不要去做。为什么？我认为有三种可能。

1. 对性能力不足的担忧。很快我就排除了这种可能。尽管我认为可能性极低，但跟性经验丰富的人比起来，我可能确实略处下风，甚至可能会因过度恐惧而不举。但我早已习惯尴尬的场景，即便是在罗茜面前也一样。况且当时，强烈的性冲动早已让我忘了要在乎形象。

2. 没有避孕套。回想起来，我意识到，当我提出要回房取东西时，罗茜应该是认为我要回去取或者去买避孕套。很显然，依照安全性行为的宣讲，我应该随身带上一个。也许在酒店房间里，礼宾部已经放了几个以防万一，就跟富余的牙刷和剃须刀一样。实际上，我没有去找很有可能进一步证明了潜意识里我并不想继续。吉恩给我讲过他曾经坐着出租车在开罗城里横冲直撞，就为了买到一个套子。很显然，我的动机并没有那么强烈。

3. 无法处理后续的情感问题。在排除了前两种可能之后，我想到了第三种可能。我很快就意识到了——凭直觉！这就是问题所在。我的头脑已经情感过载。这不是因为我拼死爬墙，逃离办公室；也不是因为我可能被一个为了保守秘密而不惜一切代价的大胡子精神科医生囚禁在阴暗的地下室里折磨审问；甚至不是因为和罗茜手牵手从博物馆走到地铁站——也不能说全然没有关系——而是因为这整个旅程！和罗茜一起在纽约度过的每一天！

我的直觉还告诉我，如果这次旅行再增加点别的什么，比如说让人痴狂的性爱，那我的理智一定会半点都不剩了。满溢的情感一定会驱使我和罗茜建立恋爱关系。这注定会成为一场灾难：第一，她并不适合成为长期伴侣；第二，她也明确向我表示了我们的关系不会延续到纽约之外。两者互相矛盾，互相排斥，出发点完全不同。真不知道哪个才是对的。

我们很快就要降落在洛杉矶国际机场了。我转向罗茜。距离她提问已经过去了好几个小时，我也仔细考虑了如何回答。我还好吗？

"困惑。"我告诉她。

我想她应该是已经忘了提过的问题，但或许她的回应在任何时候都适用。

"欢迎来到现实世界。"

在从洛杉矶返程的飞机上，我试图重置我的生物钟，勉强在前6个小时没有睡觉。整个航程足有15个小时，保持清醒真的很难。

罗茜睡了几个小时，看了一部电影。我望向她，发现她竟然在哭。她摘下耳机，抹着眼睛。

"你在哭，"我说，"有什么问题吗？"

"我控制不住了，"罗茜哽咽着说，"这故事太伤感了，《廊桥遗梦》。我猜你从来没有因为看电影哭过吧。"

"没错。"随后我意识到这可能会给她留下负面印象，赶忙加上一句，辩解道，"这种行为主要会发生在女性身上。"

"真是谢谢了。"罗茜平静下来，似乎已经走出了电影带来的伤感情绪。

"告诉我，"她说，"你看电影的时候有没有什么感触？你看过《卡萨布兰卡》吗？"

这种问题我很熟悉。如果我跟吉恩和克劳迪娅一块儿看了电影，他们总会这么问我。所以，我的回答似乎成了条件反射。

"我看过一些言情电影。答案是没有。我跟吉恩和克劳迪娅不一样，甚至跟大部分人都不一样，我无法被言情故事感动。我认为我的大脑并没有建立起这种反应机制。"

周日晚上，我跟克劳迪娅和吉恩共进晚餐。我竟然罕见地仍在受着时差的影响，这也直接影响了我对旅行的有序回顾。我想讲讲和戴维·博伦斯坦在哥伦比亚大学的会面、在博物馆的见闻、在桃福子的晚餐，但他们始终痴迷于盘问我和罗茜的交往情况。让我记住全部的细节是不现实的，而且我还要当心不能说漏任何与寻父计划相关的活动。

克劳迪娅很喜欢我送给她的围巾，但这也给她提供了全新的盘问话题。"是不是罗茜帮你挑的？"

罗茜，罗茜，罗茜。

"是导购员推荐的，直接推荐的。"

当我准备离开时，克劳迪娅问我："唐，你是否打算再去见见罗茜呢？"

"下周六。"我说。这是真的，我不打算告诉她我和罗茜见面的真正目的——我们打算在那天下午对DNA样本进行检测。

她看上去很满意。

我独自在学生俱乐部吃午餐，随手翻阅着寻父计划的文件夹。吉恩端着午餐坐到了我对面，手里还举着一杯酒。我赶忙把文件夹拿开，但似乎给他留下了我想要藏起什么的印象。吉恩望向我身后的服务柜台。

"天哪！"他惊呼。

我转头一探究竟，吉恩趁机夺走了我的文件夹，得意地大笑起来。

"那是我私人的东西。"我想要制止他，但吉恩已经打开了。毕业合影赫然在目。

吉恩似乎很是惊异。"上帝啊，你从哪儿弄来的这东西？"他仔细研究起照片来，"至少得有30年了。这都胡乱写了些什么？"

"组织一场同学会，"我搪塞道，"给一个朋友帮忙，几周之前。"这么短的时间内给出这样的答案已经挺不错了，但我还是犯了一个重大的错误。吉恩发现了。

"一个朋友？没错。你众多朋友中的一个。你应该邀请我才对。"

"为什么？"

"你以为这照片是谁拍的？"

说得对，总要有个人是负责拍照的。我一时说不出话来。

"我是唯一那个不在照片里的人，"吉恩说，"遗传学导师。真是个盛大的夜晚——每个人都快活极了，大家都成了单身贵族。城里最火辣的聚会。"

吉恩指向照片里的一张脸。之前我一直把注意力放在男生身上，从来没有留意罗茜的妈妈是哪一个。但现在，吉恩指出她来，我才发现她是多么容易辨认。她和罗茜长得太像了，一样都是红头发，只不过比罗茜的发色淡一些。她站在艾萨克·埃斯勒和杰弗里·凯斯之间。和艾萨克·埃斯勒的结婚照里一样，凯斯咧着嘴冲着镜头微笑。

"伯纳黛特·奥康纳，"吉恩抿了口酒，"爱尔兰裔。"

吉恩的语气我很熟悉。能让他记住这个女人是有理由的，而这理由绝不是她是罗茜的母亲。实际上，他似乎并不知道她们两人之间的关系，我也当即决定不告诉他。

他的手指向左边挪了挪。

"杰弗里·凯斯。他的学费交得可是冤枉。"

"他死了，是吧？"

"自杀。"

这可是条新闻。"你确定？"

"我当然确定。"吉恩回道，"别装了，快告诉我你要干什么？"

我没有理会他的问题："他为什么要自杀？"

"也许是忘了吃锂片，"吉恩说，"他有躁郁症。真是个开派对的好日子。"他看着我。我想他一定是想知道为什么我会对杰弗里·凯斯和校友聚会这么感兴趣。我的脑子飞转着，想找到一番合理的说辞。空了的胡椒研磨瓶救了我。吉恩拧了拧，发现没有胡椒了，就走开去换个新的。我赶忙用餐巾擦了擦他的酒杯，在他回来之前匆匆离开了。

第二十九章　寻父计划和寻妻计划结束

周六上午，我骑车去学校，心情难以名状，令人不安。事情正在逐步回归正轨，今天的检测将为寻父计划画上句号。最差的情况是，罗茜的生父可能是某个被我们忽略的人——某个导师或是宴会承办人，又或者是某个提前离场的人——但再多做一次检测也花不了多长时间。届时我就不再有理由与罗茜见面了。

我们相约在实验室见面。有三份样本需要检测：艾萨克·埃斯勒的叉子擦拭物、弗赖伯格洗手间地板上厕纸中的尿样，还有擦了吉恩酒杯的餐巾。我还没有告诉罗茜我已经拿到了玛格丽特·凯斯的样本，同时也有些担忧吉恩样本的检测结果。很有可能吉恩就是罗茜的生父。我尽量让自己不去想，但一切似乎都指向于此：吉恩对照片的反应，他认出了罗茜的母亲，还有他一贯随意的艳情史。

"那餐巾是谁的？"罗茜问道。

我就知道她会这么问。

"重新检测一下。之前的一个样本被污染了。"

尽管我的欺诈技艺有所提升，但还是瞒不过罗茜。"胡说八道。是谁的样本？凯斯的对不对？你一定是拿到了杰弗里·凯斯的样本。"

　　说是很容易，但一旦检测结果吻合，就会引起更大的麻烦。谎言织成了一张网。

　　"如果这一份中标了，我会告诉你是谁的。"我说。

　　"现在就告诉我，"罗茜坚持，"肯定就是这一份。"

　　"你怎么知道？"

　　"我就是知道。"

　　"你一点证据都没有。艾萨克·埃斯勒才是最可能的候选人。毕业晚会之后，他立刻就跟别人结婚去了。他承认自己喝多了，晚餐时又闪烁其词，照片里他就站在你妈妈旁边。"

　　这件事我们之前从未讨论过，但很容易核实。吉恩曾让我在参会时做过这样的练习："如果你想知道谁跟谁睡了，看看谁跟谁一块儿吃早餐就知道了。"不管当晚与罗茜的母亲发生关系的人是谁，最有可能的就是站在她身边的那个，除非拍照的站位是特殊安排过的。

　　"我的直觉对抗你的逻辑。要不要赌一把？"

　　这样打赌很不公平，地下室谈话让我掌握了更多先机。事实上，我认为艾萨克·埃斯勒、吉恩和杰弗里·凯斯三者都有可能。我仔细考虑过埃斯勒所谓"牵涉其中的人"的说法，根本语焉不详。他有可能是在保护他的朋友，但也有可能是在保护他自己。另外，如果埃斯勒不是罗茜的生父，那他完全可以让我去检测他的样本。或许他的计划就是迷惑我，那么他算成功了，不过只是暂时的。埃斯勒的狡诈行为促使我重新考量了一下先前的结论。如果我们能够排除包括埃斯勒在内的所有候选人，我就会检测玛格丽特·凯斯的样本。

"无论如何，肯定不会是弗赖伯格。"罗茜打断了我的思考。

"为什么？"弗赖伯格的可能性最低，但绝非完全不可能。

"绿眼睛，我当时就应该想到的。"

她正确地解读了我的表情：不同意。

"别闹了，你可是个遗传学家。他的眼睛是绿色的，所以他不可能是我父亲。我在网上查过了。"

真是太棒了。在她身边有一位遗传学家，一位杰出人才，帮她找寻生父。整整一周，她和他几乎分分秒秒都在一起，但当她需要找到某个遗传学问题的答案时，她求助于互联网。

"那些模型都是简化的。"

"唐，我妈妈是蓝眼睛，我的是棕色的。那么，我的生父也应该有棕色眼睛，对不对？"

"不对，"我说，"可能性极高，但并不一定。眼睛颜色的遗传极为复杂。绿色是可能的，蓝色也是。"

"一个医学生——一个博士——是知道这一点的，对吧？"

显然，罗茜是在说她的母亲。我认为现在给罗茜详细分析医学教育体系的缺陷似乎不是个恰当的时机。

我只能说："可能性极低。吉恩给不少医学生上过遗传课，这是典型的吉恩式简化法。"

"去他的吉恩吧！"罗茜骂道，"我受够他了。赶快检测餐巾吧，一定是这个。"她似乎有点动摇。

"找到生父之后你会怎么做？"

这问题之前就应该提出来，没有这么做完全是缺乏计划的结果。但是现在，吉恩已经成为潜在的候选人，罗茜将要怎么做就变得愈发重要了。

"你这问题真有意思。"罗茜说，"我说过了，这样就可以结案了。但我内心还是有这样的幻想，希望我真正的父亲可以站出来……跟菲尔正面交锋。"

"就因为他没有带你去迪士尼乐园？过去这么久，想个好法子复仇倒也确实不容易。"

"我说了，那只是幻想。"她说，"在我心里，他就像个英雄。现在我知道我的生父就在他们三个人中间，我已经见过了两个。艾萨克·埃斯勒说：我们不要轻易回顾过去。马克斯·弗赖伯格说：我可以帮助人们重塑自尊。全都是傻瓜。不过是些软弱的家伙，逃避责任的小人。"

如此缺乏逻辑的说辞令人震惊。因为他们三人中，至多只有一个人抛弃了她。

"杰弗里·凯斯……"我提起他的名字。罗茜先前的描述应该与他不吻合，但如果她得知他是自杀的，也许会把这解读为逃避责任的方式。

"我知道，我知道。但如果结果是另外一个装模作样的中年大爷，那他的大限就到了，浑蛋。"

"你想曝光他？"我问道，心中一阵恐慌。突然，我意识到自己的行为很可能会给某些人带来巨大的痛苦，很有可能是我最好的朋友，还有他的整个家庭！或许就是因为如此，罗茜的母亲才不愿让她知道实情。罗茜的母亲对人类行为的了解确实比我多得多。

　　"没错。"

　　"但你会给别人造成极大的痛苦，也得不到什么补偿。"

　　"我会感觉好得多。"

　　"你错了。"我纠正她，"研究表明，复仇行为会给受害者带来更大的压力——"

　　"这是我的选择。"

　　杰弗里·凯斯仍然有可能是罗茜的生父，那么这三个样本都可能会呈阴性，罗茜想要复仇为时已晚。但我不能指望着这种可能性。

　　我把仪器关上。

　　"别！"罗茜叫道，"我有权利知道。"

　　"但你不能给别人造成痛苦。"

　　"那我呢？"她有些激动，"你难道都不在乎我的感受？"她越来越激动，我却很平静。一切重回掌控之中。我的想法很直接。

　　"就是因为我十分在乎你，才不能让你做出这样不道德的事情。"

　　"唐，如果你不做这次检测，我永远不会再理你了。永远。"

　　这样的信息让人痛苦，但完全是可以预见的。

　　"我想那是早晚的事情，"我说，"项目迟早会结束，你也没有在性接触方面展示出进一步的兴趣。"

　　"所以说这是我的错咯？"罗茜反问道，"当然是我的错。我他妈可不是一个不抽烟不喝酒的大厨博士。我完全没有计划性。"

　　"我已经把不喝酒的要求取消掉了。"我注意到她说起了寻妻计划。但她说了什么？她是在把自己和寻妻计划的要求做比较吗？这就是说——

"你把我看成了潜在伴侣？"

"当然了。"她说，"你除了不懂社交，完全按照白板上的日程表生活，也感受不到爱——剩下的你堪称完美。"

她走了出去，重重地摔上了门。

我重新把检测仪打开。没有罗茜在身边，我可以安稳地检测并处理这些样本了。接着，我又一次听到了门打开的声音。我转过身，期待着罗茜的出现。但这一次，是院长。

"蒂尔曼教授，忙着你的秘密项目呢？"

我完蛋了。在先前与院长的交锋中，我都恪守规章，或者只是犯了些根本不值得一罚的小错，但私自使用DNA检测设备可是严重违反了遗传学系的规章。她到底知道了多少？她以往可不会在周末加班的，这时候出现可能绝非偶然。

"按照西蒙·勒菲弗的说法，一定是相当不错的项目吧。"院长继续道，"他来到我的办公室，询问我一个我自己系里的项目。很显然，这个项目需要用到他的DNA样本。就像你做的那样。我想这是开玩笑吧。请原谅我缺乏幽默感，但我确实是有些落后了——我怎么从未听说过这个项目。当然了，我想如果它通过了道德委员会的审查，我应该是有所耳闻的。"

截至目前，院长还保持着冷静与理智。但现在，她提高了嗓门：

"整整两年，我都努力想让医学院出资赞助一个合作研究项目——而你，不仅做出了这般不道德的行为，还把对象选到了握着钱袋子的人身上。立刻给我一份书面的报告。如果里面没有那份我还未得见的道德委员会的同意书，我们就得另外找一位副教授了。"

院长在门口停住。

"你对凯文·余的举报我还没有处理。你最好仔细想想。还有，请把实验室的钥匙交上来，谢谢。"

寻父计划结束了，正式结束了。

第二天，吉恩来到我的办公室，我正忙着填写爱丁堡产后抑郁量表（EPDS）。

"你还好吗？"他问道。这问题真及时。

"我估计不太好。大约15秒后给你答案。"我填好量表，计算出结果，把它交给吉恩。"16分，"我说，"有史以来第二高的一次。"

吉恩看了看："爱丁堡产后抑郁量表。需要我提醒你，你最近并没有生孩子吗？"

我没有回答有关孩子的问题。"这是我姐姐去世时，克劳迪娅在家里能找到的唯一一份检测抑郁程度的量表。我后来一直用它，好保证结果的一致性。"

"这就是我们所谓的'接触你的感情'是吧？"吉恩说。

我想这不过是一种修辞，他并不是真的想知道答案，所以就没有回应。

"听着，"他说，"我想我能够帮你。"

"你有罗茜的消息？"

"我的天哪，唐，"吉恩有些无奈，"我有院长的消息。我不知道你在干什么，但未经道德委员会批准就进行DNA检测，那可就意味着'你的事业完蛋了'。"

　　我很清楚这一点。我已经决定给阿穆哈德——那个高尔夫球俱乐部老板——打电话，问问他合伙开鸡尾酒酒吧的事情。看来是时候做点全新的事情了。整整一个周末，我备受煎熬。与院长对峙后回到家中，我发现我的清洁工伊娃也填写了一份寻妻计划问卷。在问卷首页上，她写道："唐，没有人是完美的。伊娃。"在我高度脆弱的时刻，这样的留言对我影响极大。伊娃是个好人，尽管她穿的裙子很短，但她可能是在吸引一个潜在伴侣。她也可能会为自己低微的社会地位感到尴尬，特别是在填到有关研究生学历和品味昂贵美食的问题时。我回想着每一个填过问卷的女人，希望她们都能找到自己的伴侣。我又希望那个伴侣会是我，即使她们并不了解我，甚至在了解我之后会倍感失望。

　　我给自己倒了一杯黑皮诺，走上阳台。城市的灯光让我想起那天与罗茜的龙虾晚餐，与问卷的结果正相反，那天的晚餐是我人生中最享受的一餐。克劳迪娅曾说我太挑剔，但罗茜在纽约已经证明了那些我以为会让我自己快乐的东西实际上完全不会。我慢慢地抿着酒，看着灯光的变幻。一扇窗暗了下去，交通灯由红转绿，救护车闪着红光从大楼后面冲出来。我逐渐意识到，我的问卷并没有让我找到一个我能接受的女人，却帮我找到了一个可能会接受我的人。

　　不论我和罗茜最终会有怎样的发展，我都不会再用那份问卷了。寻妻计划结束了。

　　吉恩还有话说："没了工作，没了计划，没了日程，你就要分崩离析了。"他又看了看我的抑郁量表："你已经分崩离析了。听着，我就说那是个心理学系的项目。我们抓紧补上一份道德审批申请书，你就说你以为申请已经通过了。"

吉恩已经在尽全力帮我了。我冲他笑了笑。

"这能帮你减上几分吗？"他说着，挥了挥手里的抑郁量表。

"恐怕不能。"

一阵沉默，两个人都不知道该说些什么。我希望吉恩能快点离开，但他又进行了新一轮的尝试。

"跟我说实话，唐。这是有关罗茜的，对吧？"

"我不明白你的意思。"

"让我说得简单点，"吉恩说，"你不开心——如此不开心，以至你干脆都不再想你的事业、你的名声，甚至是你奉若神明的日程表。"

他说得很对。

"妈的，唐，你在违反规则。从什么时候开始，连你都开始违反规则了？"

好问题。我尊重一切规则。但在过去的99天里，我违反了许多规则，法律的、道德的，还有我自己的。我知道是从什么时候开始的。就是罗茜走进我的办公室，我黑进了小顽童的订位系统，好和她约会的那一刻。

"所有的这一切都是因为一个女人？"吉恩问道。

"显然是这样，彻彻底底不可理喻。"我有些尴尬。违反了社交准则是一方面，但另一方面，我不得不承认理智已经抛弃了我。

"如果你相信你的问卷，那才真的是不可理喻。"

"爱丁堡产后抑郁量表是相当——"

"我是说你的'你吃动物肾脏吗？'问卷。我得说遗传1分，问卷0分。"

"你是说我和罗茜在基因上是完全契合的？"

"你说话的方式可真奇特，"吉恩说，"如果你愿意加上点罗曼蒂克的元素，我会说你坠入爱河了。"

真是个不寻常的说法。但这说得没错。我总以为浪漫的爱情永远在我的经验领域外，但现在，它就在我的身边。我需要一个确定的答案。

"这是你的专业意见，作为人类吸引力的专家？"

吉恩点点头。

"非常好。"吉恩的专业意见完全改变了我的精神状态。

"我不知道这对你有什么帮助。"吉恩说。

"罗茜指出了我的三个缺陷，头一个就是我不能感觉到爱。只剩下两个需要证实了。"

"是什么呢？"

"社交礼仪和墨守成规。都是小事。"

第三十章　唐计划

我约了克劳迪娅在常去的咖啡厅见面，讨论社交行为问题。我知道，要提升与其他同类交往的水平，我还有很长的路要走，即便我竭尽全力，可能也无法让罗茜满意。但这类技能本身还是很有用的。

从某种程度上说，社交障碍让我舒服。在学校，起初我会在无意间沦为班级小丑，后来我却喜欢刻意出丑。但现在，是时候成熟起来了。

服务生走到我们桌前。"你来点吧。"克劳迪娅说。

"你想来点什么？"

"脱脂低因拿铁。"

这种咖啡真是荒谬，但我没有说破。克劳迪娅之前肯定已经听到过这样的评价了，她一定不想再听第二遍，这是很烦人的。

"我要一杯双份的意式特浓咖啡。"我告诉服务生，"我的朋友要一杯脱脂的低因拿铁，请不要加糖。"

"很好，"克劳迪娅说，"你有些变化了。"

我明确指出，一生中，我在点咖啡时一直都清清楚楚、彬彬有礼，但克劳迪娅坚称是我在待人接物的方式上发生了细微的变化。

"我可不觉得纽约是个教人礼仪的地方，"她说，"但瞧你变得。"

我告诉克劳迪娅，真正的纽约正相反，是个热情好客的好地方。我给她讲了棒球迷戴夫、躁郁症研究员玛丽、哥伦比亚大学医学院的戴维·博伦斯坦院长、桃福子的主厨和坐在我旁边吃饭的怪家伙。我还提起了和埃斯勒一家的晚餐，说他们是罗茜家人的朋友。克劳迪娅的结论倒很简单。所有的这些社交接触，还有和罗茜的交往，都极大地提高了我的社交技能。

"你不用找我和吉恩练习，因为你不是要征服我们，或是跟我们交朋友。"

克劳迪娅对练习的说法是对的，通过阅读和观察，我能学到更多。我的下一项任务就是下载一些学习材料。

我决定从言情影片入手，特别是罗茜提到过的。一共有四部：《卡萨布兰卡》《廊桥遗梦》《当哈里遇上萨莉》和《金玉盟》。我还另外加上了《杀死一只知更鸟》和《锦绣大地》，为了看看格利高里·派克，这个罗茜眼中世界上最性感的男人。

我花了整整一周时间看完了这六部电影，其中也包括了暂停碟片做笔记的时间。这些电影很有帮助，但也充满了挑战。情感的变化太复杂了！我坚持着，继续看克劳迪娅推荐的电影，片子里的情侣有些终成眷属，有些则劳燕分飞。我看完了《全民情敌》《乱世佳人》《BJ单身日记》《安妮·霍尔》《诺丁山》《真爱至上》，还有《致命诱惑》。

克劳迪娅还建议我看看《尽善尽美》"放松放松"。尽管她把这片子当成反面教材，告诉我什么不能做，但我还是觉得杰克·尼科尔森

（Jack Nicholson）扮演的角色在处理夹克问题时比我巧妙得多。这老头儿与人交往无能，年龄比海伦·亨特（Helen Hunt）扮演的角色大了许多，甚至可能还有不少精神问题，比我更惹人厌，最终却还是抱得美人归。这给了我莫大的鼓励。克劳迪娅选的片子真好。

　　慢慢地，我开始理解这一切。在男女交往的过程中，存在着一些通用的行为准则，包括禁止不忠等。在我第二次与克劳迪娅见面讨论社交实践时，这些准则已经被我铭记于心。

　　我们演练了一些场景。

　　"这菜有错误，"我说，场景是虚构的，我们只是在喝咖啡，"这样说对抗性太强了，是吧？"

　　克劳迪娅点点头："但不要说是错误或者误差，那是在说电脑。"

　　"但我可以说'对不起，我判断失误了，是我的错'，对吧？这时用'错误'没问题吧？"

　　"正确，"克劳迪娅说着，笑了起来，"我是说没问题。唐，这得花上几年才能掌握。"

　　我可没有几年的时间。但我学得很快，我就是一块人形海绵。我验证了这一点。

　　"我首先会进行客观陈述，接着会要求说明，并以一句套话开篇：'不好意思，我点了一份嫩牛排。你是否对嫩有不同的定义？'"

　　"开头不错，但问题的攻击性太强。"

　　"不能接受？"

　　"在纽约或许可以。不要批评侍者。"

　　我重新修改了提问："不好意思，我点了一份嫩牛排。能否请你帮我看一下烹饪的方法是否正确？"

　　克劳迪娅点点头，但她似乎并不那么开心。我在表达情绪的时候十分小心，也能正确地判断出她的情绪。

　　"唐，你做得很棒，但是……改变自己来迎合别人的期待可能不是个好主意。你最终可能会后悔。"

　　我不觉得我会后悔，我只不过在学习一种新的礼节，仅此而已。

　　"如果你真的爱一个人，"克劳迪娅继续说，"你就会做好准备接受最真实的他。也许你会期待有一天一大早就接到他的电话，主动选择做出改变。"

　　从一开始，我的脑子里就满是有关忠诚的原则。我不需要现在提出来，因为我已经有了答案。克劳迪娅刚刚一定是在说吉恩。

　　第二天早上，我约了吉恩一起跑步。我要私下找个时间和他谈谈，让他不能逃避。跑步伊始，我的讲座就开始了。我的主题就是不忠诚是绝对不能接受的。这可能会造成巨大的灾难，再大的好处都弥补不了。吉恩已经离过一次婚了。尤金妮亚和卡尔——

　　吉恩气喘吁吁地打断了我。我一直在尽可能清晰、有力地表明自己的态度，不知不觉跑得比平时快了些。吉恩的身体远没有我健康，对他的心脏来说，我的燃脂低心率慢跑可能属于超负荷锻炼。

　　"我听见了。"吉恩喘着粗气，"你最近在看些什么？"

　　我给他讲了我最近看的电影，里面讲了什么可为，什么不可为。如果吉恩和克劳迪娅养了只兔子，它一定会因为有个气呼呼的情人而身处险境。吉恩不同意，分歧不在于兔子，而在于他的行为对婚姻的影响。

"我们都是心理学家，"他说，"我们能处理好开放式的婚姻关系。"

我忽略掉他对自己的错误定位（真正的心理学家），转而集中在重要的问题上：所有的法律和道义都认为忠诚十分重要。甚至是进化心理学理论也承认，如果一个人发现他的伴侣有不忠的行为，他会有强烈的动机排斥她。

"你说的是男人，"吉恩说，"因为他们害怕自己养大的孩子没有他们的基因。无论如何，你的意思就是要人克服自己的本能。"

"没错。男人的本能就是出轨，你得克服它。"

"女人们完全可以接受这样的事情，只要不让她们因此丢脸。看看法国。"

我引用了一本畅销书和它的同名电影作为反例。

"《BJ单身日记》？"吉恩惊异道，"从什么时候开始，我们都要向小妞儿电影里的角色看齐了？"他顿了顿，弯下腰，喘着粗气。这给了我向他不间断地摆事实讲道理的机会。最后，我指出他是爱着克劳迪娅的，因此他应该做好做出任何必要牺牲的准备。

"如果你能改变一辈子的习惯，我会考虑的。"

我认为直接取消我的日程表是最直截了当的办法。我已经有八天没有按照日程表生活了，问题不断，但都跟效率和时间分配无关。我的身边都是麻烦：与罗茜要何去何从，练习提升社交技能，我最好的朋友可能会家庭破裂，我可能要丢了饭碗。日程表可能是我生活中唯一确定的事情。

最终，我决定采取折中的办法，罗茜也一定能够接受。每个人都有一个安排日常活动的时间表，对我来说就是讲课、开会和上武术课。我允许自己做这些事情。我会把预约记到日志里，像其他人一样，但要减少标准化。内容可以每周调节。看着我的决定，我发现我放弃了标准用餐体系——日程中备受争议的部分——这是唯一需要快速反应的内容。

下一次市场采购注定会十分怪异。我来到海鲜摊位，店主随即转身从鱼缸里拎出一只龙虾。

"计划有变。"我说，"今天有什么推荐？"

"龙虾。"店主的口音很重，"龙虾好，每周二都给你准备好。"他大笑着，伸手招呼下一位客人。他在戏弄我。罗茜有一个表情，是在她说"别惹我"的时候配合使用的。我试了试，看来有点效果。

"我开玩笑呢。"他说，"箭鱼很新鲜，还有牡蛎。你吃牡蛎吗？"

我吃牡蛎，但从没在家里做过。我买了些没开口的，高级餐厅总会宣称自己的牡蛎是新鲜开口的。

我采购了不少原料，却没想出适合的菜谱。牡蛎给我制造了不少麻烦。刀子无法撬开它紧闭的外壳，我的手也饱受被划伤的危险。我是可以在网上找找攻略，但这太耗时了。这就是为什么我的日程表里都是我熟悉的内容。我可以闭着眼睛，一边思考遗传课题，一边轻松给龙虾去壳。标准化怎么了？又失败了一次，还是撬不开。我差一点要把它们全都扔进垃圾箱，突然，我想到了一个点子。

　　我拿出一只牡蛎放进微波炉，加热了几秒钟。轻轻松松开了口。牡蛎肉温温的，但很好吃。我又试了一次，这次加了点柠檬汁和一小撮胡椒。人间美味！我能感觉到，一个全新的世界向我打开了大门。我希望这些牡蛎是环保海鲜，因为我想和罗茜一起分享我的全新技艺。

第三十一章 罗茜计划

我醉心于自我提升，根本没有多少时间来考虑如何应对院长要开除我的威胁。我不想接受吉恩的帮助，佯装自己不知情。违反规定已经让我良心不安，错上加错更是要进一步破坏我个人的诚实信条。

有关职业前景，我已不再多想，但院长离开前有关我投诉凯文·余抄袭事件的评论总在我的头脑中浮现。我想了很多，我认为院长并不是在向我提出一项不道德的交易："撤销投诉，你就能保住工作。"但她的话还是让我烦闷，因为她提醒了我，让我违反规定的不是别人，正是我自己。吉恩曾在我质疑他的行为不端时，给我讲过一个有关宗教的笑话。

面对想用石块砸死妓女的愤怒民众，耶稣说："你们中间谁是没有罪的，谁就可以先拿石头砸她。"话音刚落，飞出一块石头，砸中了那个女人。耶稣转过身，大叫："妈！你真是要气死我！"

我无法再把自己与圣母马利亚画等号了，因为我已堕落。我沦为大众的一员。我再也不能心安理得地扔出石块了。

我把凯文叫到我办公室。他是从中国大陆来的，大约28岁（身体质量指数约为19）。我把他的表情和举止解读为"紧张"。

我拿出他那篇部分或全部由私人教师代写的论文，递给他。我问了他一个浅显的问题：为什么不自己写？

他把视线转向别处——我认为这代表了尊敬，而不是诡诈——没有回答我的问题，而是开始讲述他被开除可能会带来的后果。他在中国已经结婚生子，妻子和孩子都不知道这边的情况。他希望未来可以移民澳大利亚，或者至少能继续从事与遗传学相关的工作。然而，他糊涂的行为可能会让他的梦想连同他妻子的梦想统统毁于一旦，况且他们两地分离都快四年了。他说着，哭了起来。

过去，我会认为这的确让人伤感，但与问题本身无关，违反规定就是事实。但现在，我也违反了规定，但绝对没有事先预谋，至多是无心之失。或许凯文也没有意识到自己的行为违反了规定。

我问凯文："对于使用转基因作物，最主要的争议点是什么？"这篇文章讨论了遗传学发展可能带来的道义与法律问题。凯文的总结很全面。我又问了几个问题，他都回答得很好。看来他对这个话题的研究很深入。

"你为什么要找人捉刀？"我问。

"我是个科学家，我怕我没办法用英文把道德和文化的命题写好。我就是想顺利通过，我没有好好想明白。"

我不知道该如何回应凯文。不过大脑就采取行动简直是我的致命软肋，我不想让未来的科学家也跟我一样。可我也不想让自身的软弱影响我对凯文的判断。我要为我自己的错误负责任，这是我应得的。丢了工作可能会让我面临和凯文一样的困境，但我不清楚是否也会有人邀请他成为鸡尾酒酒吧的合伙人。

　　我想了好一会儿，凯文只是呆坐着。我猜他一定知道我想拿出一些缓刑的办法。做这样的判断让我很不舒服，因为我要考虑对各方的影响。院长是不是每天都要做这样的决定？这是头一次，我对她萌生了一点敬意。

　　短时间内，我可能没法儿解决这个问题，但留下凯文一个人去想他的人生是否就此完蛋，也是件残酷的事情。

　　"我理解……"我开了口，这可不是我在讨论有关人的问题时常用的句子。我停了下来，又想了一会儿。"我会另外出一个题目——应该是有关个人道德的，这样你就不会被开除了。"

　　我认为凯文的表情应该被解读为狂喜。

　　我逐渐意识到，除了知道怎么点咖啡和对你的伴侣忠诚之外，还有很多社交技能需要掌握。自求学以来，我在挑选衣服时就从未考虑过时尚因素。我不在意自己的外表，后来我发现人们总在笑话我的穿着。我很享受被看作跳脱了社会规范的人，所以我至今仍然不知道怎么挑衣服。

　　我让克劳迪娅帮我买些得体的衣服。她是个专家，从她选的牛仔裤和衬衣就知道，但她坚持要我同去。

　　"我不可能永远在你身边。"她说。我想了想，她可能并非在指涉死亡，而是更加迫切的问题：婚姻破裂！我得想想办法，让吉恩知道问题的严重性。

　　真正的购物活动持续了整整一个上午。我们去了好几家商店，买了鞋子、裤子、一件夹克、第二条牛仔裤、好几件衬衣、一条皮带，甚至还有一条领带。

　　我还有一些东西要买，但不需要克劳迪娅的帮助，一张照片就足以说清我的要求。我去配了新眼镜，剪了头发（不是我常去的那家理发店），还去了男装店。每个人都给了我极大的帮助。

　　我的社交技能和日程安排现在应该已经达到了正常人的水平，这用尽了我的全力。唐计划宣告成功，现在是时候开启罗茜计划了。

　　办公室的壁橱里有一面镜子，我从来没有用过。现在，我却站到镜子前审视我的外貌。我认为我只有一次机会消除罗茜对我的负面看法，引起她的情感反应。我想让她爱上我。

　　依照社交礼仪，我不应该在室内戴帽子，但我认为博士生工作室应该属于公共区域。这样看，戴帽子也就可以接受了。我又照了照镜子，罗茜说得没错，我穿着灰色三件套西装，看起来真的跟《杀死一只知更鸟》里的格利高里·派克非常相似。阿迪克斯[①]·蒂尔曼，世界上最性感的男人。

　　罗茜坐在她的桌子前，斯特凡也在，跟平时一样胡子拉碴。我已经打好腹稿了。

　　"下午好，斯特凡。嘿，罗茜。罗茜，请原谅我没有提前打招呼，不知你今晚是否愿意和我共进晚餐？我有些事情想与你分享。"

　　谁都没有说话，罗茜似乎有点不知所措。我直直地望着她。"你的吊坠真漂亮。"我说，"7点45分我来接你。"离开的时候，我有些发抖，但

[①]　阿迪克斯·芬奇（Atticus Finch）是影片《杀死一只知更鸟》中格利高里·派克饰演的角色名。

我真的尽力了。《全民情敌》里的希什①一定会很满意的。

晚上和罗茜约会前，我还有个人要见。

我径直走过了海伦娜。吉恩正在办公室盯着电脑看。屏幕上是一个亚洲女人的照片，按照传统的审美习惯，她并没有什么吸引力。我认出了这个模板——她也申请了寻妻计划。

吉恩看我的眼神有点奇怪。我的格利高里·派克套装无疑有些出人意料，但绝对符合我的任务要求。

"嘿，吉恩。"

"'嘿'是怎么回事？难道不该是'向您致敬'？"

我告诉他我已经将言语中一些非常规性的用法去除了。

"克劳迪娅告诉我了。难道你认为你的日常导师不能胜任他的工作？"

我没太明白他的意思。

他解释道："我。你都没有问我。"

的确如此。罗茜的反应促使我重估吉恩的社交能力，近期与克劳迪娅的合作还有电影都证实了我的疑惑。吉恩的技能可能只局限于某一领域，而这一领域对他自己和他的家庭毫无益处。

"没错，"我告诉他，"我想学习一些得体的社交行为。"

"这话什么意思？"

"意思很明白，你跟我一个样，所以才会成为我最好的朋友。邀请函给你。"为了这一天，我准备了很久。我递给吉恩一个信封，他没有打

---

① 希什（Hitch）是影片《全民情敌》中的角色名。

开，继续说了下去。

"我跟你一样？没别的意思，唐，你的行为——你以前的行为——绝对是自成一派。要我说，你就是躲在一副面具后面，以为能逗笑别人。难怪人们都把你当成一个……小丑。"

我就是这意思，但吉恩并不觉得自己也是这样。作为他的哥们儿，我必须像个大男人一样，把话给他讲明白。

我走到他的世界地图前，拿起一枚代表征服者的图钉。我看着它，希望它是最后一枚。我用手指使劲把它扎上去，营造出满满的威胁意味。

"你说得没错，"我说，"你以为人们都把你当成卡萨诺瓦①。你知道什么？我并不在乎别人怎么看你。当然，如果你想知道的话，他们都觉得你是个浑蛋。他们说得对，吉恩。你都56岁了，有妻子，有两个孩子，但还能维持多久我可不知道。我是你的朋友，所以我得告诉你，你应该开始成熟起来了。"

我看着吉恩的脸。我越来越擅长解读他人的表情了，但他的表情有些复杂。是精疲力竭吧，我想。

我安心了。男人与男人之间强硬对话的基础机制奏效了，根本无须动手。

---

① 意大利冒险家、作家，以风流倜傥著称。

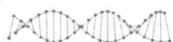

第三十二章 罗茜父亲攻略

我回到办公室，换下格利高里·派克套装，穿上新裤子和新夹克。接着，我打了个电话。接待员表示无法预约私人会面，所以我改为下午4点进行健康检测，和菲尔·贾曼——罗茜的父亲，我在空气中画了个引号——见面。

我准备出发的时候，院长敲了敲门，走了进来，示意我跟上她。这不在我的计划之内，但今天可能就是我结束这段职业生涯的日子了。

我们搭电梯下楼，穿过校园来到她的办公室，两厢无言，看来我们只能在正式场合对话。我觉得不大舒服，这应该是正常反应，毕竟我违反了职业操守，基本确定要被一所知名大学解雇，失去终身教职。但我已为此做好了心理准备，所以我的不适感应该源自别处。现在的场景让我想起了升入中学的第一周，我被送到了校长办公室，理由就是举止不当。这所谓的不当举止就包括严重质疑宗教课老师。回想起来，我知道她是一片好意，但她利用自己的权力，压制一个11岁的孩子，让幼小的我承受了巨大的压力。

实际上，校长相对还有些同情心，但警告我要对老师表示"尊重"。

他说得太晚了：踏入校长办公室的那一刻，我就明白了，努力融进集体根本没有意义。未来六年，我将成为班里的小丑。

我经常想起那一天。当时看起来，我做出的决定是合情合理的，是基于我对新环境的判断的，但如今看来，我完全是受了愤怒的驱使，校园的权力结构完全压制了我的表达机会。

踏入院长办公室的一刻，一个新想法产生了。如果那个老师是一位杰出的神学家，会怎样？如果她能够清晰地阐明两千年来的基督教思想流变，又会怎样？比起一个11岁的小男孩，她会给出更多令人信服的解释。那我就会满足了吗？我猜不会。作为科学家，我对科学忠诚，我的信念不会动摇，用罗茜的话说就是，她完全在瞎扯淡。那些信仰疗法治疗师大概也是这么想的吧？

即便我是对的，我的比目鱼示范是否也是欺凌的一种，跟我的宗教课老师一般恶劣？

这可能是我的最后一次院长办公室之旅，我注意到她挂在门上的全名，一个小小的谜团解开了。夏洛特·劳伦斯教授（Professor Charlotte Lawrence）。我从未想到她就是西蒙·勒菲弗口中的"查利"（Charlie）。

我们走进去，坐定。"看来我们现在都穿着适合面试的衣服，"她说，"很遗憾，你在这里工作时从未这么穿过。"

我没有回答。

"所以说，没有报告，也没有解释？"

再一次，我没有想到恰当的回应。

西蒙·勒菲弗出现在门口。很显然，这一切都是有预谋的。院长——

查利——招呼他进来。

"我和西蒙都在这儿，可以给你省点解释的时间。"

勒菲弗带来了我给他的文件。

这时，院长的私人助理雷吉娜——"美人"是她的名字，这不算是在物化她——走了进来。

"不好意思，打扰您，教授。"她有点语焉不详，在座的都是教授，让我不免困惑了几分钟，但接下来的谈话让我意识到她是在跟院长说话。"我给您在小顽童餐厅订位的时候遇到了一点问题，他们似乎把您从VIP名单上除名了。"

院长明显一脸不快，但还是让雷吉娜先出去了。

西蒙·勒菲弗微笑着看着我。"你给我这个就够了，"他是指那些文件，"不用扯什么白痴学者的事了。我得承认，你这说辞很不错，这份立项书做得更是完美。我们要去跟道德委员会的家伙申请，这就是我们想要做的项目。遗传学和医药学，论题新颖，我们都会出名的。"

我试着解读院长的表情，但这已超出了我现有的能力。

"那么就恭喜了，查利，"西蒙说，"你拿到了合作研究项目。医学院打算出400万，比预算多多了，你们准备行动吧。"

我想他说的是出资400万美元。

他又指了指我："千万别放他走。这家伙是匹黑马，他一定得留在项目组。"

社交技能的提升头一次让我得到了实实在在的回报。我明白是怎么回事了。我没有问出什么蠢问题，我也没有把院长置于一个尴尬的境地，让她放弃自己的利益。我只是点点头，向我的办公室走去。

　　菲尔·贾曼有一双蓝眼睛。这我事先已经知道了，但还是第一时间就注意到了这一点。他大约55岁，比我高大概10厘米，身材孔武有力，十分健美。我们站在贾曼健身房的接待处前。墙上贴着剪报，还有几张菲尔年轻时踢球的照片。如果我是个不会武术的医学生，我一定会好好想一想是不是真的要睡这个男人的女朋友。或许也是因为这个原因，从来没人告诉菲尔罗茜的生父是谁。

　　"把教授的装备拿过来，让他在危险知情同意书上签字。"

　　柜台后面的女人一脸疑惑。

　　"不过是次健康检测。"

　　"从今天开始执行新流程。"菲尔说。

　　"我不是来做检测的。"我开了口，但菲尔似乎没有听进去。

　　"你预约过了，"他说，"65美元。让我给你找副拳击手套。"

　　我不确定他是否意识到他一直在称呼我"教授"。也许罗茜说得对，他已经见过我们在舞会上的照片了，我也没必要用假名了。但至少，我知道他已经知道我是谁了。他是不是知道我已经知道了呢？我越来越擅长处理这些社交细节了。

　　我换上背心和短裤——闻起来像新洗过的——我们都戴上了拳击手套。我只是偶尔打打拳击，但我并不担心会受伤，因为我有很好的防御技术。我还是更想和他谈谈。

　　"来，打我试试。"菲尔说。

我轻轻挥了几拳，菲尔挡住了。

"赶快，"他说，"试着打倒我。"

他自找的。

"你的继女正在寻找自己的生父，因为她对你很不满意。"

菲尔一下放松了警惕，表情颓然。如果我们真的是在打架，我可以轻松送他一记老拳。

"继女？"他说，"她管自己叫继女？所以你今天才会过来？"

他重重挥了一拳，我用了些阻挡技巧，躲开了。他发现了，又出了一记勾拳。我再一次挡住了他的进攻，出拳反击。他漂亮地躲开了。

"考虑到她成功的可能性越来越低，我们得跟你一起解决这个问题。"

菲尔一记直拳直奔我的头部，我挡住他，撤步后移。

"跟我一起？"他说，"跟菲尔·贾曼一起？这个人白手起家，能做145公斤的卧推，爱慕他的女人无数，说他比医生、律师都强，也比什么书呆子强。"

一套组合拳向我袭来，我回击。我完全可以把他打倒，但我还要继续和他对话。

"这跟你没关系，我是校务委员会的成员，高级足球队的教练——"

"光有这些成就就是不够的，"我说，"也许罗茜不光需要你的个人成就。"在某个清醒的时刻，我觉得自己的情况可能也是一样。我的自我提升是否是白费力气？我会不会跟菲尔一样，拼命想赢得罗茜的爱，最终却只得到蔑视。

挥拳和思考无法同步。菲尔打中了我的太阳神经丛，我向后退了一步，想减轻吃拳的力度，但还是倒下了。菲尔一脸怒容，狠狠地瞪着我。

"也许有一天她会知道一切。也许是好事，也许不是。"他用力甩了甩头，好像挨了一拳的人是他，"难道我说过自己是她的继父？问问她吧。我只有她一个孩子，没有妻子。我为她做了一切——我给她讲故事，晚上起来照顾她，带她去骑马。自她母亲走后，无论我怎么做，她都不满意。"

我坐起来，冲他大吼。我也很生气。"你没能带她去迪士尼乐园，你骗了她！"

我剪夹住他的腿，把他绊倒。他没有防备，重重地摔在了地上。我们打作一团，我压住他。他的鼻子开始流血，鼻血染红了我的背心。

"迪士尼乐园！"菲尔吼回来，"她才10岁！"

"她告诉了学校里所有的人，到现在这还是她的一块心病。"

他想挣脱我的控制，但我还是压制住他，尽管拳击手套影响了我的发挥。

"你想知道我是什么时候说要带她去迪士尼乐园的吗？一次，就一次。你知道是什么时候吗？在她妈妈的葬礼上。我坐着轮椅，恢复了整整八个月。"

这个解释很合理。我希望罗茜能在我把她的继父压倒在地，让他血流不止之前把这条背景信息告诉我。我告诉菲尔，在我姐姐的葬礼上，我也做了一些不合理的承诺，说要捐钱给临终关怀机构，这钱本可以用在研究项目上的。他似乎感同身受。

"我给她买了个首饰盒，怕她走不出母亲去世的阴影。当我终于恢复以后，我以为她早已忘了迪士尼乐园的事。"

"预测个人行为对他人的影响是件很难的事情。"

"说得好。"菲尔说，"我们能起来了吗？"

他的鼻子仍然血流不止，可能是鼻梁断了，所以他的要求很合理。但我还是不打算松开他。

"除非我们把问题解决完。"

真是充实的一天，但重头戏还在后面。我看着镜子里的自己：轻了不少的新眼镜、新发型、新衣服，整个人变了不少。

我把那个重要的信封放进外套口袋，还有一个小盒子放进裤子口袋。我掏出手机叫出租车，抬头看了看白板。日程表现在由可擦拭的记号笔写成，蔓延成一片红色的海洋——那是罗茜计划的编码。我告诉自己，这样的改变完全值得，即便今晚我的终极目标无法达成。

第三十三章　晚　餐

出租车到了，我们先在花店停下来。我再也没有走进过这家店——实际上是再也没有买过花——自从我不再去看望达夫妮之后。瑞香花送给达夫妮；很显然，对于今晚来说，玫瑰是最恰当的。店主认出了我，我告知了她达夫妮的死讯。我买下一打长茎红玫瑰，符合标准的浪漫行为准则。店主剪了几朵瑞香花，插到我外套的扣眼里。花香让我忍不住回想起达夫妮，真希望她也能见见罗茜。

出租车就要开到罗茜家楼下了，我给她打电话，但是无人应答。我们到了，她还是没有出现，门外的应答系统也大都没有名牌。这是个危险的信号，她很有可能选择拒绝我的邀请。

天很冷，我有些发抖。我足足等了10分钟，又打了一通电话，仍然无人应答。我差点就要叫司机掉头离开了，这时她才急匆匆地跑了出来。我不断地提醒自己，我才是那个做出改变的人，不是罗茜——我应该很清楚她会迟到。她穿着外套事件那晚令我惊艳的黑色裙子。我为她送上玫瑰，我认为她的表情代表着惊异。

她看着我。

"你看起来不一样了……真的不一样了……真的。"她说，"发生了什么？"

"我决定革新自我了。"我喜欢这个词："革——新"。我们钻进出租车，罗茜还抱着玫瑰花。餐厅离得不远，我们谁都没有说话。我十分想知道罗茜对我的感受，所以让她先开口比较好。实际上，直到出租车停在外套事件的发生地——小顽童餐厅门外，她才开口。

"唐，你是在逗我？"

我付了司机钱，下车，为罗茜打开车门。她走下车，却不愿继续向前走，双手把玫瑰捧在胸前。我一手放在她身后，带着她朝门口走去，之前遭遇的那个餐厅领班正穿着西服站在那儿。西装男。

他一下子就认出了罗茜，因为他打了招呼："罗茜。"

然后，他看了看我："先生您好？"

"晚上好。"我取过罗茜手中的花，递给餐厅领班，"我们以蒂尔曼的名义订了位子。您能先帮我们照看一下这花吗？"这是标准用语，同时也让我信心倍增。我们的行为完全处在可预测的范围内，所有人似乎都很舒服。领班在查看订位名单，我想趁机把所有可能的问题都一并摆平，所以讲了个提前准备好的小笑话。

"对于上次的误会，我很抱歉。今晚应该完全没有问题，除非他们把白勃艮第冰过头。"我微笑着说。

一位男侍者走了过来，餐厅领班略略赞美了我的外套，示意侍者把我们带进去，到预订好的位子上。一切都进行得很顺利。

我点了一瓶沙布利酒，罗茜似乎还在适应新情况。

侍酒师也一并出现了。他环视整个餐厅，似乎在准备提供帮助。我感觉到了紧张的气息。

"先生，现在酒保持在13摄氏度，您希望更温一点……还是更冰一点……"

"这就可以了，谢谢你。"

他给我倒了一些品尝，我转转酒杯，闻了闻，点点头表示满意，完全符合标准流程。这时，为我们引位的侍者再一次出现了。他大约40岁，身体质量指数约为22，身材高大。

"蒂尔曼教授？"他说，"我叫尼克，是这里的领班侍者。如果您有什么需要或是问题，请尽管找我。"

"非常感谢，尼克。"

侍者做自我介绍更像是美国餐厅的传统。或许这家餐厅想以此表示自己与众不同，又或许是我们受到了特殊关照。我想应该是后者：也许我已经被定位成一个危险人物。今晚，我需要得到所有可能的帮助。

尼克给我们拿来菜单。

"如果大厨能帮我们决定就再好不过了，"我说，"但不要肉类，而且海鲜只能是环保的。"

尼克微笑着说："我会去问问大厨今晚有什么菜式。"

"我知道这有些麻烦，但我的朋友在饮食方面有严格的限制。"我说。

罗茜看我的眼神很奇怪。我的话确实是在阐明一种观点，我想我成功了。她尝了尝沙布利酒，在餐包上涂黄油。我继续沉默。

最终，她出声了。

"好了，格利高里·派克，我们先要干吗？是讲讲《窈窕淑女》的故事，还是告诉我到底发生了什么？"

这很好。罗茜已经准备好直接做些讨论了。实际上，开门见山是罗茜的好品质之一，尽管她此时并不知道哪个才是最重要的话题。

"听你的。"我说。这是避免做选择的标准礼貌办法，同时也能赋予对方更大的力量。

"唐，打住。你知道我父亲是谁了，对吧？是餐巾男，对不对？"

"可能吧。"我说。这是真的。尽管我跟院长的会面成果积极，但我还是没能拿回实验室的钥匙。"这不是我想要告诉你的事情。"

"好吧，那就这么办。你说你想说的，告诉我谁是我父亲，告诉我你把自己怎么了，然后我们各自回家。"

我没办法清楚地定义她的语气和表情，但消极是肯定的。她又喝了口酒。

"对不起。"她似乎有些歉意，"来吧，你想说什么？"

我开始严重怀疑我接下来的举动是否还有功效，但也没有别的应急办法。我的灵感来自《当哈里遇上萨莉》里的台词，它引起我的共鸣，很适合当下的情形，也能联系起我们在纽约的快乐时光。我希望罗茜的大脑也能建立起这种联系，最好是在潜意识层面。我喝光了剩下的酒。罗茜看着我的酒杯，然后她眼光上移，看着我。

"你还好吧，唐？"

"我今晚邀请你过来，是因为当你意识到你想找到一位伴侣共度一生，你就会希望自己的新生活开始得越快越好。"

我仔细观察着罗茜的表情，我认为她惊呆了。

"哦，我的天哪！"罗茜惊叹道。我判断得没错。她还在分析情况，我继续说下去。

"我穷尽一生，就是为了来到你身边。"

看得出来，罗茜并没有听出这是《廊桥遗梦》里的一句台词，在飞机上，这部片子给了她十分强烈的情感冲击。她好像有点困惑。

"唐，你在……你对自己做了什么？"

"我做了些改变。"

"巨变。"

"只要能让你成为我的伴侣，在行为上，你想让我做出怎样的改变都不是问题。"

罗茜目光低垂，盯着自己的手，这让我看不懂了。接着，她环顾餐厅，我追随着她的目光。每个人都在看着我们，尼克想走过来，却在中途停下了。我意识到紧张的情绪让我不由得提高了音量，但我不在乎。

"你是世界上最完美的女人。所有别的女人都比不上你，永远比不上。完全不用打肉毒杆菌或是塞假体。"

有人鼓起了掌。是一位苗条的女士，大约60岁，她旁边坐着另一位年龄相仿的女士。

罗茜抿了口酒，似乎经过了一番仔细的考量。"唐，我不知从何说起。我甚至不知道是在跟谁说话——是以前的唐，还是比利·克里斯特尔

（Billy Crystal）[1]。"

"这没有什么新旧之分，"我解释道，"不过是改变了行为、社会规范、眼镜和发型。"

"我喜欢你，唐，"罗茜继续道，"好吗？忘了我要找父亲这件事吧。你可能是对的。我真的真的喜欢你。跟你在一起我很开心，这段时间可以说是我最开心的日子。但是，你知道我不可能每周二都吃龙虾，明白吗？"

"我已经放弃了标准用餐体系。我已经删除了我每周日程表里38%的日程，除了睡觉。我已经扔掉了旧T恤，扔掉了所有你不喜欢的东西。我完全可以接受更多的改变。"

"你为了我改变了自己？"

"只是我的行为。"

罗茜沉默了一会儿，显然是在分析这些新信息。

"给我一分钟想一想。"她说。我自觉拿出手表开始计时。突然，罗茜大笑起来。我看着她，在即将做出人生关键决定的时刻突然爆笑足以让人感到迷惑。

"手表，"她笑着说，"我说'给我一分钟'，你就真的开始计时了。唐还活着。"

我等待着，看着表。还有15秒，我认为她很有可能会拒绝我。我打算豁出去了。我从口袋里掏出那个小盒子，打开它，里面是我买的戒指。我真希望自己从来没有学过如何解读他人的表情，因为我读懂了罗茜的表

---

[1] 美国著名演员。

情，我知道答案了。

"唐，"罗茜说，"这不是你想要的答案。还记得在飞机上，你说你跟常人不一样吗？"

我点点头。我知道问题出在哪儿了，一个基础性的、无法逾越的障碍——我是谁。在与菲尔一战中，这个问题就在我头脑中出现了，但我压住它不去想。罗茜并不需要解释，但她继续说下去。

"是你的内心。你不会伪装——对不起，又开始了。你的行为举止非常完美，但如果你的内心没有感觉……天哪，我觉得自己简直不可理喻。"

"所以答案是不行？"我问道。头一次，我头脑中的一部分希望我在解读社交暗示上的缺陷能帮我一把。

"唐，你根本感觉不到爱，对吗？"罗茜说，"你不可能真正地爱上我。"

"吉恩诊断出了爱的存在。"如今，我知道他错了。我看了13部言情电影，却毫无感觉。也不完全是这样，我感受到了焦虑、好奇，还有愉悦。但我没有一次能够真正感受到主人公之间的爱意。我从来没有因为梅格·瑞恩（Meg Ryan），或是梅丽尔·斯特里普（Meryl Streep），或是黛博拉·寇儿（Deborah Kerr），或是费雯·丽（Vivien Leigh），或是朱莉娅·罗伯茨（Julia Roberts）掉过一滴眼泪。

我无法在如此重要的事情上撒谎。"根据你的定义，不能。"

罗茜看起来伤心极了。这个夜晚变成了彻头彻尾的灾难。

"我以为我的行为能够让你开心，实际上却让你伤心。"

"我之所以很难过，是因为你无法爱上我，明白吗？"

这更糟了！她想让我爱上她，但我没办法爱上她。

"唐，"她说，"我觉得我们不应该再见面了。"

我站起来，向门厅走去，消失在罗茜和其他食客的视线中。尼克也在那里，正在和餐厅领班说话。他看到我，向我走来。

"有什么可以帮您的吗？"

"很遗憾，完全就是一场灾难。"

尼克似乎忧心忡忡，我连忙解释道："是我个人的灾难，没有给其他人带来任何危险。能帮我结一下账吗？"

"我们什么都没给您提供啊。"尼克说。他仔细地看了我一会儿。"先生，沙布利酒算我们的，您不用付钱了。"他伸出手，我握上去，"我认为您已经尽力了。"

这时，我看到吉恩和克劳迪娅走了过来，他们手牵着手。我有好几年没看过他们牵手了。

"唐，千万别说我们来迟了。"吉恩听起来很快活。

我点了点头，回头望了望餐厅。罗茜正快步走向我们。

"唐，你在干吗？"她说。

"离开啊，你说了我们不应该再见面了。"

"妈的！"罗茜骂道，她看到了吉恩和克劳迪娅，"你们又来干吗？"

"我们想办个'答谢会兼庆祝会'。"吉恩说，"生日快乐，唐。"

吉恩送给我一个包装精美的盒子，拥抱了我。我想这可能是成年男性对话机制的最后一环，意味着在不损害友谊的前提下接受对方的建议。我没有退缩，但也无法再进一步分析，因为我的头脑早已超载。

"今天是你的生日？"罗茜问道。

"是的。"

"我让海伦娜查了，才知道你的生日是哪天，"吉恩说道，"但能'庆祝'就是件好事。"

通常生日对我来说与其他日子没什么区别，但我意识到，这可能是开启新生活的好时候。

克劳迪娅向罗茜做了自我介绍，并补充道："对不起，我们可能来得不是时候。"

罗茜转向吉恩："'答谢会'？感谢你吗？浑蛋！你把我们拉郎配还不够吗——你还要训练他，把他搞得像你一样。"

克劳迪娅悄声说："罗茜，不是吉恩——"

吉恩一只手搂过克劳迪娅，她不再说下去了。

"没错，不是我。"他说，"是谁要求他去改变的？是谁说如果他愿意做些改变，跟她就是完美的一对？"

罗茜似乎很生气。我所有的朋友（除了棒球迷戴夫）吵成一团，太可怕了。我想让时光倒流，回到纽约，让我能做出更好的决定。但这不可能。我的错误无法修正，我没法儿被她接受。

吉恩继续说："你知不知道他都为你做了什么？你有空去他的办公室看看吧。"他应该是在说我的日程表，还有一大堆跟罗茜计划相关的活动。

罗茜走出了餐厅。

吉恩转向克劳迪娅："对不起，打断了你。"

"这些话总得有人说出来。"克劳迪娅说，她看着罗茜远走的背影，"我想我教错人了。"

吉恩和克劳迪娅提出要送我回家，但我实在不想继续讨论这个问题了。我开始往回走，但很快就变成了慢跑，得在下雨前回到家才行。应该跑得再快一点，赶快离开这家餐厅，越快越好。新鞋子很不错，外套和领带却让我不舒服，即便是在这个寒冷的夜晚。我脱下外套——这件暂时让不属于我的世界接受我的产品——把它扔进了垃圾箱。接着是领带。冲动之下，我取下外套扣眼里别着的瑞香花，一路握在手里。雨丝在空中飘着，打湿了我的脸。我回到了家，我安稳的避风港。

第三十四章　生日快乐

餐厅的酒我们没有喝完，我决定弥补上酒精摄入赤字，给自己倒了一杯龙舌兰。我打开电视，连上电脑，快进看了一遍《卡萨布兰卡》，当作最后的挣扎。亨弗莱·鲍嘉（Humphrey Bogart）扮演的角色把他与英格丽·褒曼（Ingrid Bergman）扮演的角色关系发展中那些不大重要的事情比作豆子，并且把逻辑和体面置于个人情感欲望之先。困境和决策共同构成了这部迷人的电影，但这不是人们泪眼婆娑的理由。他们相爱，却永远不能在一起。我在心中反复默念，努力想强迫自己产生一点情感反应。但我不行。我不在乎，我自己已经有一大堆事情要烦了。

门铃响了，我一下子就想到了罗茜，但按下对讲按钮，看到的是克劳迪娅。

"唐，你还好吗？"她问，"我们能上去吗？"

"太晚了。"

克劳迪娅好像有点慌了。"你干了什么？唐？"

"已经10点31分了，"我说，"现在上来太晚了。"

"你还好吗？"克劳迪娅又问了一遍。

"我很好。这种经历很有帮助,新的社交技能,也最终解决了寻妻问题。很显然,我跟女人合不来。"

吉恩的脸出现在屏幕上。"唐,我们能上去喝一杯吗?"

"喝酒可不是好主意。"尽管我手里还拿着半杯龙舌兰。我已经学会如何通过礼貌的谎言躲开社交接触了。我关掉了对讲机。

电话留言指示灯开始闪烁,是我的父母和弟弟在祝我生日快乐。两天前,我和母亲进行了周日晚间的例行通话。在过去三周里,我一直试图告诉她一些新鲜事,但我一直没有提起罗茜。他们打开免提功能,一块儿唱起了生日歌——或者至少是我妈妈在唱,同时强烈动员我的另外两位亲属加入进来。

"如果你10点30分前到家,请回电话。"我妈妈说。已经10点38分了,但我决定不计较这些小事了。

"10点39分了,"她说,"你竟然回了电话。"很显然,考虑到我以往的作风,她相信我一定会计较这些事情,但她似乎心情很好。

"嘿,"我弟弟插了进来,"加里·帕金森的妹妹在脸谱上看到你了。那红头发的妹子是谁?"

"和我约会的一个姑娘。"

"你骗人呢吧。"我弟弟不相信我。

我能说出这样的话确实挺稀奇,但我不是在开玩笑。

"不过我们分手了。"

"我就知道你会这么说。"他笑了起来。

母亲打断他:"行了,特雷弗。唐纳德,你从来没有告诉过我们你在约会。你知道的,我们很欢迎——"

"妈，他在骗你呢。"我弟弟说。

"我说过，"母亲继续道，"无论任何时候，你想带任何人回来都可以，女人也好，男人也好——"

"让他清净会儿吧，你俩都别去烦他了。"父亲打断了她。

一阵沉默，电话那头有人在说着什么。接着，我弟弟接过了听筒："对不起，兄弟。我刚刚只是想试探试探你。我知道你一直把我当成什么都不懂的乡巴佬，但我很尊重你的选择。我都这么大了，你还觉得我不能接受你的选择吗，这可真够讨厌的。"

所以，在这意义非凡的一天，我又做了另外一件事：我告诉家人我是异性恋，纠正了他们延续了至少15年的误解。

和吉恩、菲尔以及家人的对话出人意料地治愈了我。即便没有爱丁堡产后抑郁量表，我也能感受到我的忧伤，但这些对话把我从忧郁的深渊边缘拉了回来。我近期可能还要花上一些时间好好思考，确保自己在安全的范围内，但眼下我不需要完全关掉大脑中掌管情感的部分。我想观察一下自己对近期发生事件的感受。

天气很冷，大雨瓢泼，但我的阳台有顶棚庇护，还很干爽。我拿上椅子和杯子，坐到阳台上。我穿着几年前生日时母亲亲手为我织的套头羊毛衫，手里抓着一瓶龙舌兰。

我40岁了。我父亲过去总喜欢听一首约翰·塞巴斯蒂安（John Sebastian）①写的歌。我之所以记得约翰·塞巴斯蒂安，是因为诺迪·霍

----

① 美国摇滚乐创作歌手。

尔德（Noddy Holder）①在演唱前总要说一句："我们接下来要唱一首约翰·塞巴斯蒂安写的歌。这里有约翰·塞巴斯蒂安的歌迷吗？"很显然，这里是有的，嘈杂粗粝的欢呼声和掌声证明了这一点。

今晚，我决定做一次约翰·塞巴斯蒂安的歌迷，我想听听这首歌。这是我人生中第一次想特别听某一首歌。我有设备，或者说曾经有。我去拿手机，结果发现它跟着我的外套一块儿被丢掉了。我走进屋子，启动电脑，注册iTunes②，下载1972年的专辑《斯莱德活着！》（*Slade Alive!*）里的歌曲《亲爱的快回家》（*Darling Be Home Soon*）。我又另外下载了《满意》（*Satisfaction*）③，把我的流行音乐收藏量扩充了一倍。我从盒子里取出耳机，回到阳台上，又倒了一杯龙舌兰，听着我童年时的音乐。歌中唱道：人生过去了四分之一，才开始看清自己。

18岁，我离开家去上大学，差不多就是我人生过去四分之一的时候。我听着这些词句，提醒自己，我其实并不清楚自己是谁。差不多直到今晚，我才隐约认清了自己。这都是因为罗茜，因为罗茜计划。现在，项目结束了，我学到了什么？

1. 我不需要怪得很扎眼。我可以遵守普通人的行事准则，不动声色地融入他们。更何况我根本无从得知别人是不是也这么想——参与到被广泛接受的游戏中，却又时刻怀疑自己是异类。

---

① 英国摇滚乐队斯莱德（Slade）的主唱兼吉他手。
② 一款数字媒体播放应用程序。
③ 英国著名摇滚乐队滋石乐队演唱的歌曲。

　　2. 我具备其他人没有的技能。强大的记忆力和专注力让我在棒球数据统计、鸡尾酒调制和遗传学研究方面表现出众。人们很看重这类技能，而不是奚落。

　　3. 交朋友可以是一种享受。正是我技艺上的缺乏，而不是动机上的缺乏，让我裹足不前。如今，我在社交方面的能力完全可以让我与更多的人分享我的生活。我可以拥有更多的朋友，棒球迷戴夫就是个好例子。

　　4. 我已经告诉吉恩和克劳迪娅，我跟女人合不来。这有些夸大了。我喜欢有她们在身边，像是罗茜和达夫妮，我喜欢和她们在一起。所以，从现实来讲，我还是有可能与一位女士建立起伴侣关系的。

　　5. 寻妻计划的想法还是很合理的。在很多文化中，媒人们的日常工作应该跟我差不多，只是技术手段少一点，范围小一点，精确度低一点，但出发点是一样的——想要建立婚姻关系，契合度与爱情同样重要。

　　6. 我和别人不一样，天生无法感知到爱。假装是不行的，至少对我来说是不行的。我曾经担心罗茜不会爱上我，但事实正相反，是我没办法爱上她。

　　7. 我的学识很渊博——遗传学、计算机、合气道、空手道、硬件、国际象棋、红酒、鸡尾酒、跳舞、性交体位、社会规范，还有在棒球历史上连续56场比赛打出安打的可能性。我知道这么多"垃圾"，却仍然没办法让自己好起来。

　　播放器里，这两首歌连续播放了一遍又一遍，我的思绪也陷入了循环。我的思路虽然清晰，但逻辑有问题。我把问题归因于今晚情绪低落，意志消沉，因为这绝对不是我期待的结果。

　　大雨洗刷城市，我喝掉了最后一口龙舌兰。

第三十五章　罗茜计划继续

翌日清晨，我在椅子上醒来。天气很冷，阴雨绵绵，我的电脑早已电量耗尽。我使劲摇了摇头，检查宿醉的症状，我的酒精分解酶似乎干得不错。我的脑子还在。不知不觉间，我给自己设了个难题。了解现状很重要，我跨越醉酒的阻碍，得出了结论。

我用一杯咖啡开启了我的后半段人生。接着，我梳理出了一个简单的逻辑。

1. 我的配置异于常人。其中一点就是我无法产生同情心。有许多学者研究过这一问题，实际上，这也是孤独症谱系障碍的诊断依据之一。

2. 同情心的缺乏让我无法对电影中的虚构角色产生情感反应。同理，我也无法如其他人一般，对"9·11"恐怖袭击受害者产生同情心理。但我还是为消防员导游弗兰克的经历感到遗憾。我也为以下的人感到遗憾：达夫妮，我的姐姐，姐姐去世时我的双亲，吉恩、克劳迪娅婚姻危机阴影下的卡尔和尤金妮亚，想被人敬佩却反遭他人唾弃的吉恩本人，对开放式婚姻感到后悔却还要忍受吉恩对其滥用的克劳迪娅，努力应对不忠的亡妻却还想赢得罗茜之爱的菲尔，盲目求得通过而罔顾道德准则的凯文·余，违背准则做出艰难决定同时还要忍受别人对其衣着和恋爱关系持偏见态度的院长，不得不把坚定信仰与科学依据统一起来的信仰疗法治疗师，儿子自杀、脑子乱掉的玛格丽特·凯斯，还有最重要的，一直活在母亲亡故、生父未知阴影里的渴望我的爱的罗茜。这名单可真长，尽管《卡萨布兰卡》里的里克和伊尔莎①没在里面，但足以证明我同情他人的能力并没有完全缺失。

3. 同情能力的缺失（或不足）不能等同于无法去爱别人。爱是对另一个人产生强烈的情感，通常超越了逻辑。

4. 罗茜无法满足寻妻计划中的多项要求，包括最重要的禁烟要求。我对她的感觉无法用逻辑解读。我不在乎梅丽尔·斯特里普，但我爱罗茜。

我得赶快行动，不是因为我和罗茜的关系可能瞬息万变，而是因为我需要我的外套，希望它还躺在那个垃圾箱里。幸好，我昨晚睡觉时就已经穿戴整齐了。

雨还在下着，我赶到时，刚好看到一辆垃圾清理车正在清空这些垃圾箱。我有应急方案，不过要花点时间。我赶忙掉转车头，穿过马路，准备回去。路边商店门口蜷缩着一个流浪汉，正在躲雨。他睡得很熟，身上穿着我的外套。我蹑手蹑脚地凑上去，伸手进内袋，捏出了我的信封和手机。我跨上自行车，一对夫妻正在街对面盯着我。那男人开始向我跑过来，女人却叫他回去，拿出手机打了个电话。

早上7点48分，我抵达了学校。一辆警车从相反方向驶来，缓缓经过我，示意我掉头。我想他们可能要处理我对流浪汉做出的明显的盗窃行

---

① 电影《卡萨布兰卡》中男、女主人公的名字。

为。我迅速骑上了自行车道——这里禁止机动车通行——径直来到遗传学系大楼，找了一条毛巾。

我的办公室门没有锁，显然是有人来过了。红玫瑰躺在我的桌子上，旁边还有寻父计划的文件夹，它原本应该在文件柜里。桌子上还散落着候选人名单和样本描述。罗茜留了一张字条给我。

> 唐，实在对不起。我知道餐巾男是谁了。我已经告诉爸爸了。也许我不应该这么做，但我实在太难过了。我给你打过电话，你没有接。再次向你致歉。
>
> 罗茜

"再次向你致歉"和"罗茜"之间，有很多内容被划掉了。这真是危险了！我得提醒吉恩。

根据日程表，他今天会在学生俱乐部参加一个早餐会。我去了博士生工作室，斯特凡还在，罗茜却不在。斯特凡看出我一脸焦虑，跟了过来。

我们来到俱乐部，吉恩正和院长坐在一起。另外一张桌子旁，坐着罗茜和克劳迪娅，她们似乎正在承受很大的压力。我想罗茜一定是把吉恩的事情告诉了克劳迪娅，甚至连DNA检测都没有做。寻父计划彻头彻尾变成了一场灾难。但我过来不是为了这个，我想赶快说出我的发现。其他的问题可以稍后再说。

我冲到罗茜的桌前，浑身滴着水，却忘了擦干。罗茜看到我，难掩吃惊之情。我根本顾不上什么礼节了。

“我犯了一个大错误。我竟然蠢到了这种地步。太没道理了！”克劳迪娅示意我停下来，但我没理她，“寻妻计划的标准，你几乎每条都不达标。你没计划，数学差，吃东西又挑剔。难以置信。我竟然想和一个烟鬼度过一生。一生！”

罗茜的表情很复杂，但至少包括了忧伤、气愤和惊异。“你倒是很快就改了主意。”她说。

克劳迪娅拼命向我摆手，让我停下来，但我决定按照原计划继续下去。

“我从来没有改过主意。这才是重点！即便完全是不可理喻，我也想和你共度一生。你的耳垂很短，所以无论是在社交上还是在遗传上，我都没有理由被你吸引。唯一合逻辑的解释就是，我一定是爱上你了。”

克劳迪娅站起来，给我腾出位置坐下。

“你就是不肯放弃，是吧？”罗茜问道。

“我让你讨厌吗？”

“不，”罗茜说，“你真的特别勇敢。我跟你在一起度过了最开心的时光，你是我见的最聪明、最有意思的人，你为我做了一切。这是我想要的，但我不敢抓住它，因为——”

她停了下来，我知道她在想什么。我接上了她的话。

“因为我很怪。我完全理解。我知道这是什么感觉，因为所有人在我眼中都很怪。”

罗茜笑了。

我试着解释。

“举个例子，为了某个虚构的角色泪流满面。”

"我看电影很容易哭，你能忍受和这样的我生活在一起吗？"罗茜问。

"当然，"我表明态度，"这是很正常的行为。"我停住了，因为我才意识到她刚刚说了什么。

"你要和我生活在一起？"

罗茜微笑着。

"你把这个落在桌子上了。"她说着，从包里拿出装戒指的小盒子。既然罗茜在前一晚改了主意，那我就可以按照原计划进行了，不过是换了个地点。我取出戒指，她伸出手指。我帮她戴上，大小刚好。一种解脱之感涌向我。

我听到了掌声。这是自然。我生活在一个充斥着言情喜剧的世界里，故事都会这么结尾的。但这又是事实，整个学生俱乐部餐厅里的人共同见证了这一刻。我决定给这个故事一个更加传统的结尾，我吻了罗茜。这次的反响更加热烈了。

"你最好别让我失望，"罗茜说，"我希望你能一直这么疯狂。"

这时，菲尔走了进来，鼻子上打着石膏，一同进来的还有俱乐部经理，她身后跟着两名警察。经理为菲尔指出吉恩是谁。

"完蛋了。"罗茜自语。菲尔走过去，吉恩正站在那儿。简短的对话之后，菲尔一拳打在了吉恩的下巴上，后者应声倒地。警察们冲上去，制伏了菲尔，菲尔也没有反抗。克劳迪娅赶忙跑到吉恩身边，他正费力地想站起来，似乎没受什么伤。菲尔攻击他倒也合情合理，因为菲尔认为就是他勾引了罗茜的母亲，他当时的女朋友。

吉恩是不是罪魁祸首并未确定，但确实有不少男人有理由好好修理一下他。这样看来，菲尔是代表他们匡扶了浪漫的正义。吉恩一定也明白这一点，因为他一再跟警察保证什么事情都没有。

我把注意力转回到罗茜身上。我先前的计划已经顺利实施，重要的是不能分心。

"日程上的第二项是有关你父亲的身份。"

罗茜笑了："回归正轨。第一项：咱们结婚吧。好，这个已经搞定了。第二项。这才是我认识的唐，也是我爱的唐。"

"爱"这个词让我一时失语。望着她，才让我明白她的意思。我想她也是一样，她同样失语了几秒。

"那书里的姿势，你能做多少种？"

"性爱指南？当然都能做。"

"瞎说。"

"我想这比调制鸡尾酒容易多了。"

"那咱们回家吧。"她说。"去我那儿，或者去你那儿，如果你还留着阿迪克斯·芬奇那套衣服的话。"她笑着补充。

"在我办公室。"

"那就下次吧，别扔了。"

我们起身，但警察们——一男一女——挡住了我们的去路。

"先生，"女警察（年龄大约28岁，身体质量指数23）问道，"请问你口袋里是什么？"

我忘了信封！我赶忙打开它，在罗茜面前挥了挥。

"门票！迪士尼乐园的门票。所有问题都解决了！"我把三张门票叠成扇形，拉起罗茜的手，一起向菲尔走过去。

第三十六章　生父的真相

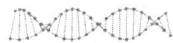

　　我们去了迪士尼乐园——罗茜、菲尔和我。这次经历十分有趣，它成功地改善了我们的关系。罗茜和菲尔分享了不少信息，让我进一步了解了罗茜的生活。这样的背景信息十分重要，可以帮我更好地对世界上的一个人产生大量的同情心理。这很难，但很重要。

　　罗茜和我一同踏上了去纽约的旅程。在那里，当个怪人完全没问题，原因如下：在现实生活中，对我来说，最重要的事情就是能够利用我的全新技能，通过全新的途径，和我的全新伴侣共同开启全新的生活。他人的眼光不会阻碍我，这是我应得的生活，我也应该为此努力。

　　在纽约，我在哥伦比亚大学遗传学系教书，罗茜则开始了医学博士项目第一年的学习。我还远程参与了西蒙·勒菲弗的研究项目，因为他坚持要我加入项目组，否则就拒绝提供科研经费。我把它看作一种道义上的补偿，毕竟我利用学校的设备实施了寻父计划。

　　我们住在威廉斯堡的一间公寓里，离埃斯勒一家不远，我们经常过去探望他们。

　　我们正在考虑繁衍问题（或者，在社交场合我会说"要孩子"）。

为了更好的备孕，罗茜戒了烟，我们也减少了酒精摄入量。幸好我们还有许多其他的活动，能够分散我们对这些成瘾性行为的注意力。罗茜和我每周在一家鸡尾酒酒吧工作三个晚上。这不是个轻松的活计，但能见到不少人，也有不少乐趣，还能贴补我学校的收入。

我们听音乐。我不再使用研究巴赫时的老办法，强迫自己跟上每个音符。情况因此改善了不少，但我的音乐品味似乎永久地停留在了少年时期。那时我没有自己的选择，所以我喜欢的音乐大都是我父亲喜欢的。我可以给出充分的理由，证明1972年以后的专辑根本不值得一听。罗茜和我在这一点上经常争论不断。我做饭，但标准用餐体系里的菜式都只能在晚宴上出现。

从官方意义上讲，我们结了婚。尽管我上演了交换戒指的浪漫仪式，我仍然不觉得罗茜这个现代派的女权主义者真的想结婚。寻妻计划里的"妻"通常是指"女性终身伴侣"，但她认为她应该拥有"一段顺其自然、命中注定的浪漫关系"。这也包括了一夫一妻制和永久性的含义。非常不错。

我可以拥抱罗茜了。这曾是自她答应和我一起生活以来最困扰我的问题。大部分时候，我都认为身体接触让人很不舒服，当然性接触除外。性行为解决了身体接触的难题。如今，我们即便没有上床，也可以拥抱对方，显然方便了许多。

为了更好地适应两人共同生活的要求，继续提升我在这方面的技能，我每周都要进行一次晚间治疗。这是个小玩笑：我的"治疗师"是戴夫，我也会回馈他以同样的服务。戴夫也结婚了，所以尽管我异于常人，我俩面临的挑战却无比相像。他有时也会叫上一些哥们儿和他从事冰箱设计的同事，我们全都是扬基队的粉丝。

有一阵子，罗茜没有提起寻父计划。我认为这是由于她和菲尔的关系有所缓和，而她手边事情又多的缘故。但私下里，我还是得到了一些新的信息。

在婚礼上，我们检测的第一个人埃蒙·休斯博士单独找我说了几句话。

"有些事情你应该知道，"他说，"是有关罗茜父亲的。"

作为罗茜母亲在医学院里最亲密的朋友，他完全有理由知道答案。或许，我们当时直接问就可以了。但埃蒙似乎想要说点别的，他提起了菲尔。

"菲尔和罗茜的关系可能一团糟。"

看来不光是罗茜觉得菲尔是个不合格的家长。

"你知道车祸的事吧？"

我点点头，但我并不清楚其中的细节，因为罗茜摆明了不想继续这方面的讨论。

"菲尔喝醉了酒，所以是伯纳黛特在开车。"

我推测菲尔当时也在车上。

"菲尔逃了出来，盆骨断了，把罗茜也救了出来。"埃蒙顿了顿，显然压力不小，"他是先把罗茜救出来的。"

这真是一幅可怕的场景，但作为遗传学家，我的第一反应是"这是自然"。剧痛和重压之下，菲尔的行为完全是天性使然。在动物王国中，这种生离死别的时刻屡见不鲜，而菲尔的选择既符合理论研究，又与实验结果吻合。在他的头脑中，这一幕应该会反复闪现，而他之后对罗茜的感情一定也受到了巨大的影响，他的行为完全符合保护基因携带者的原始天性。

事后我才意识到自己的错误。如果罗茜不是菲尔的亲生女儿，那这种天性就不应该存在。我花了些时间，想为他的行为做出合理的解释。我并没有与罗茜分享我的想法或假说。

在哥伦比亚大学的工作安排停当之后，我申请利用DNA检测设备进行一项个人研究。他们批准了我的申请，当然即使拒绝了也没什么。我可以花上几百美元，把剩下的几个样本送到商业实验室进行检测。寻父计划实施之初，罗茜本就可以做出这样的选择，但我一直没有提醒她。如今看来，早在那时候，我在潜意识里就想与她建立起某种浪漫关系。太神奇了！

我没有把继续检测的消息告诉罗茜。只是有一天，我把这些漂洋过海和我一起到了纽约的样本装进了我的背包。

首先是疑神疑鬼的整形外科医生弗赖伯格，在我看来，他是最不可能的那个。有个绿眼睛的父亲绝非不可能，但并没有更多的证据让他比其他候选人具有更高的可能性。他不愿寄给我血样，完全归咎于他疑神疑鬼的性格和不愿配合的态度。我言中了。

我装好埃斯勒的样本，那份围着地球跑个来回的叉子擦拭物。在他黑漆漆的地下室里，我曾很确定他就是罗茜的父亲。但后来，我认为他是在保护一位朋友或是一位朋友的记忆。我怀疑埃斯勒最终决定成为一名精神科医生，是受到了他的伴郎杰弗里·凯斯自杀的影响。

　　我检测了样本，艾萨克·埃斯勒不是罗茜的生父。

　　我拿起吉恩的样本。我最好的朋友，他正在为自己的婚姻不懈努力着。就在我向院长递交辞呈的时候，那张地图已经不复存在了。但是，我记得爱尔兰的区域内没有任何图钉，那里是罗茜母亲的出生地。完全没有必要检测那块餐巾了，我把它丢进了垃圾桶。

　　除了杰弗里·凯斯，所有的候选人都被排除了。艾萨克·埃斯勒告诉我他知道罗茜的父亲是谁，但发誓要保守秘密。难道罗茜的母亲——还有埃斯勒——不想让罗茜知道自己有自杀的家族史？或者是有遗传性的精神疾病？或者杰弗里·凯斯是得知自己是罗茜的父亲之后才选择了自杀，她的母亲只好决定继续和菲尔在一起？这些理由都说得通——让我相信罗茜极有可能是她的母亲与杰弗里·凯斯一夜情的产物。

　　我从背包里拿出那份DNA样本，那是罗茜不曾知晓的来自命运女神的馈赠。现在，我终于可以验证我的假说，揭示罗茜生父的真相。

　　我剪下一小块布料，倒上试剂，静置了几分钟。我看着溶液里浸泡着的布料，脑子里回想着整个寻父计划，我越来越相信自己的判断是对的。我想让罗茜和我一起见证这一刻，不管我是对是错。我给她发了短信。她就在学校里，几分钟后，她出现在实验室里，一下子就明白我在干什么了。

　　我打开仪器，分析样本，等待检测结果出炉。我们一起盯着电脑屏幕，结果蹦了出来。经过了采血样、擦口腔、调酒、爬墙、收杯子、飞行、飙车、做立项、取尿样、偷杯子、抹叉子、捡纸巾、偷牙刷、清发梳、擦眼泪之后，我们终于等到了一个匹配项。

　　罗茜一直想知道她的生父是谁，而她的妈妈则一直想永远地保守这个秘密，毕竟那可能只是一次激情驱使下的破格行为。现在，她们两个的愿望都能得到满足了。

我给她看了那件印着"贾曼健身房"字样的背心，上面沾染了不少血迹，中间镂空的部分正是剪掉的样本。因此，没必要再去检测沾有玛格丽特·凯斯眼泪的手绢了。

究其根本，有关父亲是谁的困扰完全是由吉恩引起的。就是这个人，往医学生们的大脑里灌输了过于简化的遗传特征模型。如果罗茜的母亲知道仅仅依靠眼睛的颜色并不能准确判断出谁才是罗茜的生父，而是要进行一次DNA检测，那么整个寻父计划就根本不会存在了，当然也不会有伟大的鸡尾酒之夜，不会有纽约历险，不会有唐的大革新计划——更不会有罗茜计划。如果没有这一系列计划外的突发状况，她的女儿也不会和我坠入爱河，我应该还会在每周二晚上度过龙虾之夜吧。

难以置信。

图书在版编目（CIP）数据

罗茜计划：遇见一个合适的人有多难 /（澳）辛浦生（Simsion，G.）著；郑玲译.
—长沙：湖南文艺出版社，2016.4
书名原文：The Rosie Project
ISBN 978-7-5404-7355-6

Ⅰ.①罗… Ⅱ.①辛…②郑… Ⅲ.①言情小说—澳大利亚—现代 Ⅳ.①I611.45
中国版本图书馆CIP数据核字（2015）第240538号

著作权合同登记号：图字18-2015-160

上架建议：外国文学/爱情小说

LUOXI JIHUA：YUJIAN YIGE HESHI DE REN YOU DUO NAN
罗茜计划：遇见一个合适的人有多难

作　　者：[澳]格雷姆·辛浦生
译　　者：郑　玲
出 版 人：刘清华
责任编辑：薛　健　刘诗哲
监　　制：毛闽峰　李　娜
策划编辑：付立鹏
特约编辑：郑　荃
版权支持：张　婧　闫　雪
营销编辑：贾竹婷
版式设计：张丽娜
封面设计：利　锐
出版发行：湖南文艺出版社
　　　　　（长沙市雨花区东二环一段508号　邮编：410014）
网　　址：www.hnwy.net
印　　刷：三河市鑫金马印装有限公司
经　　销：新华书店
开　　本：880mm×1230mm　1/32
字　　数：203千字
印　　张：9.25
版　　次：2016年4月第1版
印　　次：2016年4月第1次印刷
书　　号：ISBN 978-7-5404-7355-6
定　　价：32.00元

质量监督电话：010-59096394
团购电话：010-59320018